浙江省哲学社会科学规划重大项目"西方文学思潮发展史"（22YSXK03ZD）
2024年"商大精品文库"建设项目

西方文学思潮发展史论丛

蒋承勇 主编

现代主义文学思潮导论

曾照智 蒋承勇 著

商务印书馆 | 北京
The Commercial Press

浙江工商大学出版社 | 杭州
ZHEJIANG GONGSHANG UNIVERSITY PRESS

图书在版编目（CIP）数据

现代主义文学思潮导论 / 曾照智，蒋承勇著.
杭州：浙江工商大学出版社；北京：商务印书馆，
2024.12. --（西方文学思潮发展史论丛 / 蒋承勇主编）.
ISBN 978-7-5178-6149-2

Ⅰ. I109.9

中国国家版本馆 CIP 数据核字第 2024DF4537 号

现代主义文学思潮导论
XIANDAI ZHUYI WENXUE SICHAO DAOLUN

曾照智　蒋承勇　著

出 品 人	郑英龙	
策　　划	郑英龙　任晓燕	
责任编辑	张婷婷	
责任校对	胡辰怡	
封面设计	观止堂_未氓	
责任印制	祝希茜	
出　　版	商务印书馆	
	浙江工商大学出版社	
发　　行	浙江工商大学出版社	
	（杭州市教工路 198 号　邮政编码 310012）	
	（E-mail：zjgsupress@163.com）	
	（网址：http://www.zjgsupress.com）	
	电话：0571-88904970，88831806（传真）	
排　　版	杭州朝曦图文设计有限公司	
印　　刷	浙江全能工艺美术印刷有限公司	
开　　本	710mm×1000mm　1/16	
印　　张	17	
字　　数	219 千	
版 印 次	2024 年 12 月第 1 版　2024 年 12 月第 1 次印刷	
书　　号	ISBN 978-7-5178-6149-2	
定　　价	91.00 元	

总　序

蒋承勇

　　20世纪八九十年代,我国学界曾经就"重写文学史"问题展开了十分热烈的讨论,唤起了众多学人对创新文学史研究的学术热情,不少人开始致力于新文学史著作的撰写。时过境迁,热烈的讨论已归于沉寂,文学史"重写"的实践无疑也取得了可喜的成果。但是,今天看来,当年的讨论主要聚焦于文学史撰写的观念更新,而不是着力于对文学史事实与现象及作家作品本身的深度研究——就当时的学术状况和语境而言,这种研究尚不具备深度展开的客观条件,——因而也不可能为文学史的"重写"提供丰富的学术"原材料"。观念更新固然很重要,但如果没有长期的对文学史事实与现象及作家作品研究的深厚积累,仅仅是观念和概念层面的花样翻新,那么,这种"重写"就缺乏学术新成果的有力支撑,从某种意义上说是"巧妇难为无米之炊",那么,所"重写"的文学史难免有观念空泛与学术意蕴轻浅之嫌,很难取得实质性的学术突破,其历史局限不言而喻。

　　文学史的"重写"原本就不是一蹴而就的,有道是"一代人有一代人的文学史","重写"也总是处于一种开放和行进的状态。从当今时代倡导人类文明交流互鉴、重构文明史的理念来看,显然又到了需要对曾经的"重

001

写文学史"进行回顾、总结、反思与超越的时候了。就近几十年来学术研究的积累而言,当下新一轮"重写文学史"的展开亦有了较为丰厚的学术资源,更何况,文学史构建的理念也需要与时俱进、不断更新——"重写文明史"①的呼声无疑是新时代在人类文明交流互鉴语境中昭示的一种崭新的历史观和价值观,文学史撰写的创新无疑又进入了一个新的历史周期。在这种意义上,"重写文学史"依然是当今摆在我们面前的十分紧迫的学术新任务。

就国内的外国文学史撰写而言,自当年开展"重写文学史"的讨论以来,各种集体或个人"编撰"出来的西方文学史、国别文学史著作或者外国文学史教材,无疑有其历史的超越性与学术贡献。但是也必须看到,它们大都呈现为作家列传和作品介绍,对文学历史,普遍缺乏生动、真实、系统而有深度的描述与阐释;此外,用失之狭隘的文明史观和文学史观所推演出来的思想观念去简单地对作家、作品做出定论,也是这种文学史著作或教材的常见做法。这种现状亟待改变。

文学思潮是指在特定历史时期一定社会—文化思潮影响下形成的具有某种共同美学倾向、艺术追求和广泛影响的文学思想潮流。由于文明与文化发展的差异性,与国内文学史的演进相比,西方文学史是以文学思潮的形态展开的,并由此彰显其显著的"革新""革命""运动"的特征。从文艺复兴开始的人文主义,17世纪的古典主义,18世纪以降的浪漫主义、现实主义、自然主义、唯美主义、象征主义、颓废主义,再到20世纪的现代主义、后现代主义等,这一系列的文学思潮和运动在交替或交叉中奔腾向前,勾勒出了西方文学史发展的大致轮廓。可以说,文学思潮是西方文学发展的基本脉络,有其深层的人文意蕴,把握住了这一脉络,就等于把握住了西方文学史发展的基本构架和总体风貌。"批评家和文学史家都确

---

① 曹顺庆、刘诗诗:《重写文明史》,《四川大学学报》(哲学社会科学版)2023年第1期。

信,虽然古典主义、浪漫主义和现实主义这类宽泛的描述性术语含义多样,但它们都是有价值且不可或缺的。把作家、作品、主题或体裁描述为古典主义的、浪漫主义的或现实主义的,就是运用一个有效的参照标准并由此展开进一步的考察和讨论。"①也许正是基于此种原因,在西方学界,文学思潮研究历来是文学史研究的主战场,其研究成果亦可谓车载斗量、汗牛充栋。与之相比,国内学界在这方面的研究则显得十分薄弱,亟待拓展与深化,这对文学史和文明史的"重写"与互鉴都有重大意义。因为,就西方文学而言,文学思潮研究乃"重写"西方文学史所不可或缺的重要前提,其研究成果乃"重写"西方文学史不可或缺的重要学术资源。

在我国,西方文学思潮自五四前后被介绍到本土,百余年来学界展开过不少研究,出版过一些研究与介绍性的作品,如早年陈独秀的《现代欧洲文艺史谭》、茅盾的《西洋文学通论》,以及后来胡风的《论现实主义的路》,何其芳的《关于现实主义》,王秋荣、陈伯通主编的《西方文学思潮概观》,罗钢的《浪漫主义文艺思想研究》等,也出版过翻译引进的著作,如厨川白村的《西洋近代文艺思潮》、本间久雄的《欧洲近代文艺思潮论》、勃兰兑斯的《十九世纪文学主流》、罗杰·加洛蒂的《论无边的现实主义》等。20世纪八九十年代学界曾经编辑出版过系列的单个文学思潮的资料汇编,如朱雯等编选的《文学中的自然主义》等。此外,杨周翰等的《欧洲文学史》、李明滨的《二十世纪欧美文学史》、朱维之等的《外国文学史》和郑克鲁等的《外国文学史》等文学史(教材)类的出版物也涉及对西方文学思潮的介绍。所有这些出版物,都为我国的西方文学思潮研究打下了坚实基础。不过,总体上看,这些研究或介绍只能代表一定时期的学术水平,而且难免有历史局限性,尤其是没有对西方文学思潮演变的历史展开全

---

① Donald Pizer: *Realism and Naturalism in Nineteenth-Century American Literature*, Southern Illinois University Press,1984,p. 1.

面系统的研究与阐释。迄今为止,国内学界未曾出版由本土学人撰写的系统研究与阐释西方文学思潮发展史的著作,这无疑是我国外国文学研究与出版的一大缺憾。

有鉴于此,"西方文学思潮发展史论丛"作为浙江省哲学社会科学规划重大项目"西方文学思潮发展史"的最终成果,致力于对西方文学史中最具代表性的十大文学思潮——人文主义、古典主义、浪漫主义、现实主义、自然主义、唯美主义、象征主义、颓废主义、现代主义、后现代主义——展开深入、全面的反思性研究[①],以 10 卷(每卷 20 万字左右)的体量予以系统呈现,力图对西方文学思潮和西方文学的演进做正本清源的梳理与研究,为"重写文明史"背景下本土学界重写文学史,特别是重写西方文学史提供重要的学术资源和观念启迪。

作为国内首次系统推出的关于西方文学思潮发展史研究的学术性丛书,"西方文学思潮发展史论丛"立足反思性、超越性和建设性,把西方十大文学思潮置于西方文明史和文学史演变的历史长河中,既作为一个整体,又分别作为各自独立的单元,以跨文化、跨学科方法展开多角度分析,发掘和阐发其本原性特质、历史性地位与价值,努力在研究方法的创新性,研究内容的系统性,研究结论的前沿性、原创性等方面,都有显著的建树,从而把对西方文学思潮的研究推向新水平、新高度,为推进中国特色的外国文学学科建设,也为中国现当代文学和文艺理论研究提供借鉴与参考。

---

① 需要说明的是,国内不少外国文学史教材或西方文学史、欧洲文学史著作,把 18 世纪启蒙运动中出现的文学——启蒙文学——也视为一种文学思潮,而本丛书则没有将其列入西方文学思潮中。那是因为,我们认为,欧洲 18 世纪的启蒙运动主要发生在思想文化领域,而不是文学领域。这一思想文化运动背景下出现的启蒙文学,虽然也受启蒙思想的影响,而且也有一个宽泛的作家群体,但是他们的成就主要表现在哲学、政治和思想文化领域而非文学领域,尤其是他们并没有形成比较系统的文学理论和美学思想体系,因此启蒙文学总体上只是一种松散的文学现象,而不是一个系统的文学思潮。有鉴于此,本丛书未将其作为西方文学思潮之一予以研究与阐释。

　　本丛书虽然集中于研究西方文学思潮,但实际上学科和专业涉及面宽,体现了跨学科、跨文化的比较文学方法与视野。对读者而言,本丛书的写作定位是学术性与普及性相互兼顾,既"为学术而学术",又面向文科专业的本科生、硕士和博士研究生以及文学专业工作者和爱好者。本丛书的宗旨是努力打造一套简洁而不简陋、通俗易懂又有学术性和持久影响力的西方文学思潮精品读本与学术参考书。为此,本丛书坚持以下基本写作原则:观照基本问题,把握思潮主线;追踪思潮渊源,阐释本原特质;内容简明扼要,语言简洁生动。希望本丛书不仅能成为外国文学教学与研究者、文学工作者和爱好者的重要读物,同时也能成为中国现当代文学、文学理论教学与研究者的重要参考书。

目　录

引　言　"反传统"内里的逻辑与分蘖　　　　　　　001

第一章　现代主义的核心观念　　　　　　　　　　011

　　第一节　现代主义之"名"　　　　　　　　　　011

　　第二节　"荒诞":现代主义的核心观念　　　　023

　　第三节　"荒诞"观念的浪漫主义起源　　　　032

　　第四节　"超人"或"荒诞英雄"　　　　　　　038

　　第五节　怪诞:现代主义叙事手法的革新　　　049

第二章　现代主义诗学　　　　　　　　　　　　　053

　　第一节　对唯美主义文学本体论的拓进　　　054

　　第二节　对自然主义"震惊"审美的发展　　　065

　　第三节　"实验主义":从"否定"到"创新"　　076

第三章　现代主义的反传统叙事　　　　　　　　　087

　　第一节　"反主题":文本主旨的隐遁　　　　088

　　第二节　"反英雄":典型性格的消解　　　　099

第三节　"反情节":线性结构的碎裂　105

第四章　后期象征主义　123

第一节　象征主义源流考　123

第二节　后期象征主义的特质　137

第三节　个案研究:T. S. 艾略特及其《荒原》　142

第五章　表现主义　152

第一节　表现主义源流考　152

第二节　表现主义的特质　158

第三节　个案研究:卡夫卡及其《城堡》　164

第六章　意识流小说　181

第一节　"意识流":从哲学、心理学到文学　181

第二节　意识流小说的文本特质　191

第三节　个案研究:詹姆斯·乔伊斯的《尤利西斯》　201

第七章　自断"粮草"的先锋　218

第一节　未来主义　219

第二节　超现实主义　233

第三节　先锋派的逻辑　244

参考文献　256

"反传统"内里的逻辑与分蘖

如同丹麦文学史家勃兰兑斯(Gerog Brandes,1842—1927)用浪漫主义称呼 19 世纪西方文学的主流一样,现代主义乃用来描述 20 世纪西方艺术总体倾向的一个概念,它所指称的是一个声势浩大的国际性运动,而且它和浪漫主义一样波及整个西方文化。

现代主义文学,因其流派众多而有着多元的共时性构成;而探究现代主义形成的文学渊源,则不难发现其历时性构成亦是多元的。

一

对一切文学传统与文化传统的质疑与否定,乃现代主义最为鲜艳的外在标识。"敢作敢为、无所畏惧、离经叛道将是我们的艺术的主要本质。"①事实上,声称"有大量摧毁性的、否定性的工作要完成"的现代主义先锋团队,最初正是从呼吁"火烧""水淹"作为传统基本表征的博物馆与图书馆开始的。"我们要把这个国家从数不清的博物馆的霸占下拯救出

---

① 菲·马利涅蒂:《未来主义宣言》,吴正仪译,见袁可嘉等编选《现代主义文学研究》(上),中国社会科学出版社 1989 年版,第 361 页。

来,这些博物馆在她身上布满了数不清的坟场墓地。"①"干起来吧!你们点燃图书馆的书架!……你们将河水引来淹没博物馆!……你们举起锄头、斧子、铁锤,毫不手软地捣毁那些受人尊敬的城堡吧!"②"把普希金、陀思妥耶夫斯基、托尔斯泰等等,从现代生活的轮船上扔出去。"③

本土很多学者对现代主义的界定标准就是"反传统"。但事实上,"反传统"要落到实处,必定要挖掉"传统"得以构建的地基;循此线索,接下来才可以触摸到现代主义"反逻辑""反体系"这一更为深层的特征。"人的逻辑和知识,绝对再也贡献不出任何有价值的东西了。"④"逻辑总把事情复杂化。逻辑永远是谬误。它从外在形式上操纵概念、语言向着终极、向着虚幻的中心展开。这种链索就像使人窒息的多足虫一般扼杀着独立。艺术一旦和逻辑相结合,就将处于乱伦中,永远大口地吞食自己的尾部,自身淫乱,变成一种具有新教色彩的令人生厌的东西,变成一座建筑,一堆暗灰色的、沉甸甸的肚肠。"⑤因此,"最能被接受的体系是原则上没有任何体系的体系"⑥。

毋庸置疑,包含文学艺术在内的"传统"文化大厦,其最基本的建筑材料便是文字。由是,现代主义的先锋兵团普遍表达了对既有话语体系、语法规则的敌视与拒绝。"传统句法是沉重的、狭隘的,固定在地面不动,因

---

① 菲·马利涅蒂:《未来主义宣言》,吴正仪译,见袁可嘉等编选《现代主义文学研究》(上),中国社会科学出版社 1989 年版,第 363 页。
② 菲·马利涅蒂:《未来主义宣言》,吴正仪译,见袁可嘉等编选《现代主义文学研究》(上),中国社会科学出版社 1989 年版,第 364 页。
③ 维·赫列勃尼科夫、达维德·布尔柳克、弗·马雅可夫斯基等:《给社会趣味一记耳光》,张捷译,见袁可嘉等编选《现代主义文学研究》(上),中国社会科学出版社 1989 年版,第 382 页。
④ 菲·马利涅蒂:《未来主义文学的技术性宣言》,吴正仪译,见袁可嘉等编选《现代主义文学研究》(上),中国社会科学出版社 1989 年版,第 370 页。
⑤ 特·查拉:《一九一八年达达宣言》,项燕译,见袁可嘉等编选《现代主义文学研究》(上),中国社会科学出版社 1989 年版,第 470 页。
⑥ 特·查拉:《一九一八年达达宣言》,项燕译,见袁可嘉等编选《现代主义文学研究》(上),中国社会科学出版社 1989 年版,第 468 页。

为它只有理智而无手臂和翅膀。"①"句法过去一直是千篇一律的解说员和导游。必须取消这个媒介物,使文学直接进入宇宙,同宇宙合为一体。"②不唯如此,"不可遏止地痛恨存在于他们之前的语言"的诗人们还同时拥有"任意造词和派生词以扩大词汇量的权利"③。而且,在"删削了形容词、副词和连接词后,标点符号就自然地作废了。自然形成的连贯串通具有特别生动活泼的风格,不需要用逗号和句号标出荒谬悖理的停顿"④。从此,"我们进入了自由直觉的无限统治时期。在自由的诗歌之后,自由的语言终于到来"⑤。

　　反对一切,自然需要力量,而且是非常强大的力量,于是现代主义的先锋便慨然宣称"强力"即"美"。"艺术,说到底,只能是暴力、残忍和邪恶。"⑥"我们领略过战栗和苏醒。我们怀着对力量的陶醉回到人世,把三齿叉刺入无忧无虑的肉体。"⑦"语言和体力的强者将生存下去,因为他们激烈抗争,他们的四肢和思想都发出敏捷的强光。"⑧"我们宣告,由于一种新的美,世界变得更加光辉壮丽了。这是速力之美。""离开斗争,就不存在美。如果不具备敢作敢为的进攻精神,就不会产生杰作。应当把诗

---

① 菲·马利涅蒂:《未来主义文学的技术性宣言》,吴正仪译,见袁可嘉等编选《现代主义文学研究》(上),中国社会科学出版社 1989 年版,第 371 页。

② 菲·马利涅蒂:《未来主义文学的技术性宣言》,吴正仪译,见袁可嘉等编选《现代主义文学研究》(上),中国社会科学出版社 1989 年版,第 372 页。

③ 维·赫列勃尼科夫、达维德·布尔柳克、弗·马雅可夫斯基等:《给社会趣味一记耳光》,张捷译,见袁可嘉等编选《现代主义文学研究》(上),中国社会科学出版社 1989 年版,第 383 页。

④ 菲·马利涅蒂:《未来主义文学的技术性宣言》,吴正仪译,见袁可嘉等编选《现代主义文学研究》(上),中国社会科学出版社 1989 年版,第 367 页。

⑤ 菲·马利涅蒂:《未来主义文学的技术性宣言》,吴正仪译,见袁可嘉等编选《现代主义文学研究》(上),中国社会科学出版社 1989 年版,第 373 页。

⑥ 菲·马利涅蒂:《未来主义宣言》,吴正仪译,见袁可嘉等编选《现代主义文学研究》(上),中国社会科学出版社 1989 年版,第 365 页。

⑦ 特·查拉:《一九一八年达达宣言》,项燴译,见袁可嘉等编选《现代主义文学研究》(上),中国社会科学出版社 1989 年版,第 465 页。

⑧ 特·查拉:《一九一八年达达宣言》,项燴译,见袁可嘉等编选《现代主义文学研究》(上),中国社会科学出版社 1989 年版,第 471 页。

当作向未知力量发起的勇猛攻击,目的是迫使它们向人类屈服。""我们要赞美进取性的运动、焦虑不安的失眠、奔跑的步伐、翻跟头、打耳光和挥拳头。""我们要歌颂战争——世界唯一的洁身之道,我们要歌颂军国主义、爱国主义和无政府主义者的破坏捣乱,我们歌颂美丽的理想,并愿为之献出生命,我们称赞蔑视妇女的言论行动。"①

而自由,毫无疑问是他们一切力量的来源,也是他们唯一肯定的东西——"'达达'就是这样由于需求独立、反感一致而产生。我们的人都保持着自己的自由"②。"超现实主义,名词。纯粹的精神的无意识活动……在不受理性的任何控制,又没有任何美学或道德的成见时,思想的自由活动。"③

二

现代主义诸流派的确是聚拢在"反传统"的大旗之下,或者说正因为有"反传统"这个共同的立场或姿态,人们才有了用"现代主义"这个概念指称那么多先锋派别的可能。但更多时候停留在各种"运动式"的"宣言"口号或各种花样迭出的手法创新层面的"反传统",其内在的动力源头何在?——这就涉及对现代主义核心观念的探究。现代主义诸流派虽然形态各异,但思想内核无不与现代人在"上帝"缺席之生存困境中的荒诞体验息息相关。"现实和精神之间的桥梁倒塌了。因此在纯理性的人看来,世界成了摇摇晃晃的怪诞不经的东西。"④在现代主义文学中,"荒诞"观

---

① 菲·马利涅蒂:《未来主义宣言》,吴正仪译,见袁可嘉等编选《现代主义文学研究》(上),中国社会科学出版社1989年版,第362页。

② 特·查拉:《一九一八年达达宣言》,项嫄译,见袁可嘉等编选《现代主义文学研究》(上),中国社会科学出版社1989年版,第465页。

③ 布列东:《什么是超现实主义?》,见伍蠡甫等编《现代西方文论选》,上海译文出版社1983年版,第169页。

④ 库·品图斯:《论近期诗歌》,韩耀成译,见袁可嘉等编选《现代主义文学研究》(上),中国社会科学出版社1989年版,第420页。

念的释出与流行堪称最具时代标识意义的文学现象。

　　作为体现着个体主观感受的"心理体验","荒诞"即"荒诞感"。将哲学思辨、神学探究与文学直觉熔为一炉,存在主义的"诗化哲学"以"个体性"为基础深入阐发了"荒诞"的内涵。在浪漫派诗人克尔凯郭尔(Søren Aabye Kierkegaard,1813—1855)那里,"荒诞"是个体意识所体察到的存在之无可规避的悖谬性;作为一份非理性的主观感受或"反理性的主观性",克尔凯郭尔的"荒诞"观念满透着孤独、恐惧、绝望、虚无的意绪。后来萨特(Jean-Paul Sartre,1905—1980)将这种"反理性的主观性"称作"绝对的内在性",而孤寂、迷惘、烦恼、畏惧、绝望等非理性的心理体验也就合乎逻辑地被视为人之本真存在。存在主义否认理性对人之存在的独断论解释,转而强调人是"被抛"到世界上来的"偶然性"存在;"偶然性"的高耸,使得客观世界和人生都因"必然性"的悬置而陷入意义丧失的状态,来自子虚去向乌有的虚无感和"荒诞感"由是沛然而出,即所谓"荒诞是指缺乏意义……在同宗教的、形而上学的、先验论的根源隔绝后,人就不知所措,他的一切行为就变得没有意义,荒诞而无用"①。作为"自为存在"的人在其伊始处"被抛"的那份"偶然性",足以使作为人格基本构成的理性与自由均显现出十足的荒诞性。"人之绝对自由,使其找不到任何可以依仗凭援之物,人孤零零地独立于一派虚无的命运之中。然而,也正是绝对的自由所构成的这片无限绝对的虚无,为人的绝对主体性、无限创造性、永恒超越性提供了可能。一言以蔽之,绝对自由开启的虚无释出荒诞,自由本身的悖谬导出荒诞,而荒诞同时也解开了所有成规的束缚,解放了自由——自由与荒诞原本就互为表里,二位一体。"②

---

　　①　马・埃斯林:《荒诞派之荒诞性》,陈梅译,见袁可嘉等编选《现代主义文学研究》(下),中国社会科学出版社1989年版,第675页。
　　②　曾繁亭:《19世纪西方文学思潮研究　第一卷　浪漫主义》,北京大学出版社2022年版,第348页。

在与萨特一样同为无神论存在主义思想家的尼采(Friedrich Wilhelm Nietzsche,1844—1900)于 19 世纪末宣称"上帝死了"之后,西方文化系统中那些关于人生之精神价值或意义的传统的说辞,在很大的范围与程度上已然呈现出混乱与失效。在这种情况下,面对着人从哪里来、要到哪里去,以及人生的精神价值与意义到底是什么等一系列问题,人们也就难免陷入迷茫与焦虑。正是在这样的文化-精神背景下,萨特才说:我们是没有了本质而陷于虚无的存在,也就是荒诞的存在。若用一句话来概括 20 世纪人类的处境与时代的精神状况,那就是虚无主义所释放出来的"荒诞"一直在裸奔。在现代主义作家的眼中,宇宙是一种没有语言的存在,既无善意也无恶意。他们不再像 19 世纪的作家那样,痛心疾首地哀叹人在宇宙中地位的丧失,而把"丧失地位"视为当然的事情,一任焦虑在内心世界蓄积。"虚无主义基本上暗示出,人丧失了与生活根源的联系。因此,它在文学与经验中都永远同厌烦这一厄运相关联,虽然分析起来都是各不相同的。"[1]"虚无主义存在于所有我们称之为现代主义文学作品的中心。它既是题材,也是症状;既是被征服的恶魔,也是战胜的恶魔。这是因为萦绕在现代人脑际的恐惧是毫无意义的,永恒的死亡。"[2]

美国著名现代主义研究专家欧·豪(Irving Howe,1920—1993)在谈及究竟何谓现代主义时,曾这样谈论表层的"形式试验"与内质的"观念创新"的关系:"形式的试验经常可以是现代主义的后果或必然结果。然而某个作家或作品具备这个特征并不构成被称为现代主义的足够条件。这一点意味着文学运动或文学风格中的关键因素是某种振奋人心的'观照',是一种重新看待世界及人类存在的新方法。这个'观照'无疑将引起

---

[1] 欧·豪:《现代主义的概念》,刘长缨译,见袁可嘉等编选《现代主义文学研究》(上),中国社会科学出版社 1989 年版,第 199 页。

[2] 欧·豪:《现代主义的概念》,刘长缨译,见袁可嘉等编选《现代主义文学研究》(上),中国社会科学出版社 1989 年版,第 201 页。

形式和语言的巨变,但同时两者之间根本不存在直接或不变的联系。在某些文学作品中,如托马斯·曼的某些小说中,实际上根本不存在形式的试验,然而其中现代主义精神却表现得极为强烈。它是一种既使人解放,又使人遭殃的力量。与此相反,有些作品对现代主义表面上的方法与特征仿效或模拟得非常成功,但它们缺少那种生机勃勃的精神……认为只要看到试验的迹象,就能看出现代主义观点的想法是错误的。"①正是基于这样的逻辑,加缪(Albert Camus,1913—1960)才这样谈论陀思妥耶夫斯基(Fyodor Mikhailovich Dostoevsky,1821—1881):"陀思妥耶夫斯基的所有主人公都在问自己生活的意义是什么……这样他们都是现代主义的:他们不怕别人耻笑。现代情趣与古典情趣的区别就在于后者依赖道德问题为生,前者则依赖形而上的问题。"②从陀思妥耶夫斯基到尼采再到萨特,西方现代作家一直都在关注此种构成时代精神症候的虚无主义或曰"荒诞"。"倘若现代主义文学中确实存在着作家不得不克服的某种主题,不然就一定会使他毁灭的话,那么,这就是虚无主义的幽灵。"③

<h2 style="text-align:center">三</h2>

"荒诞"乃 20 世纪西方现代主义文学中的一个核心问题。这首先是因为现代主义的绝大部分主要流派的形成都与"荒诞"观念息息相关。直接以"荒诞"为流派标识的存在主义文学及其派生物——荒诞派戏剧自不待言,稍后的新小说、黑色幽默小说、魔幻现实主义等流派与"荒诞"观念的关系亦甚明了;而其他现代主义流派也都以不同的方式在不同程度上

---

①　欧·豪:《现代主义的概念》,刘长缨译,见袁可嘉等编选《现代主义文学研究》(上),中国社会科学出版社 1989 年版,第 181 页。
②　转引自欧·豪:《现代主义的概念》,刘长缨译,见袁可嘉等编选《现代主义文学研究》(上),中国社会科学出版社 1989 年版,第 177 页。
③　欧·豪:《现代主义的概念》,刘长缨译,见袁可嘉等编选《现代主义文学研究》(上),中国社会科学出版社 1989 年版,第 198 页。

与"荒诞"问题存在着千丝万缕的联系,如弗朗茨·卡夫卡(Franz Kafka, 1883—1924)领衔的表现主义。不仅"荒诞"是卡夫卡、尤金·奥尼尔 (Eugene O'Neill, 1888—1953)等人创作的基本主题,而且最重要的 是——他们最常用的以扭曲变形为特征的"怪诞"手法也正是肇始于"荒 诞"观念。

"在作品中,这个世界既没有被详细说明,也没有被下定义,它是以千 变万化的形式属于观众的。对于创作者来说,它既无原因又无理论。秩 序=混乱;我=非我;肯定=否定:这是纯艺术至高无上的光辉。这种纯 粹表现为在没有延续、没有呼吸、没有光明、没有监督的瞬间全宇宙井井 有条的、永恒的、混乱的纯净性。"①事实上,奠基于"荒诞"观念的"怪诞" 手法,与"意识流"手法、"象征"手法一样,乃20世纪所有现代主义作家所 广泛运用的一种手法。对"荒诞"观念的文学表达,已然使得"荒诞"成为 整个现代主义文学的基本母题,这意味着除却卡夫卡、戈尔丁(William Golding,1911—1993)、安德烈·马尔罗(André Malraux,1901—1976)、 加缪、萨特等专事描写"荒诞"的作家之外,20世纪西方文坛几乎所有现 代主义作家的创作都与此相关。即便我们非常熟悉的所谓"现实主义"小 说家海明威(Ernest Miller Hemingway,1899—1961),他也公然在作品 中宣称"胜者亦无所得",其创作主题与"荒诞"观念的密切关联也就合乎 逻辑地成了批评家对其文本进行阐释的有效路径。欧·豪在谈论何谓现 代主义时曾特别提到这一点:"如果现代主人公确认世界是不可改变的, 那么,他就可以像海明威小说中所描绘的那样,试图创造出一个自己的、 与世隔绝的世界,那里几个苦闷的人活着,他们采取一种固执己见的方

---

① 特·查拉:《一九一八年达达宣言》,项嫶译,见袁可嘉等编选《现代主义文学研究》 (上),中国社会科学出版社1989年版,第466页。

式,这就有可能(他们自以为有可能)去奋斗、再生,获得光荣的失败。"①

　　在看到现代主义"反传统"的同时,人们也应该看到,现代主义同传统也并不是由铁幕或长城分割开来的。现代主义并非纯粹的单色调,其多元的色调中自然也包含着诸多传统的文学因子。浪漫主义张扬自我、推崇天才、强调文学的内心表现及艺术本位等特质,均在现代主义中得到了进一步发扬光大,而浪漫派中的霍夫曼(Ernst Theodor Amadeus Hoffmann,1776—1822)、柯勒律治(Samuel Taylor Coleridge,1772—1834)、爱伦·坡(Edgar Allan Poe,1809—1849)等人也因此常被现代派作家视为自己的先驱。法国思想史专家海明斯(F. W. J. Hemmings,1920—1997)则基于更为宏大的文化视角断言"浪漫主义就是现代主义的代名词,这意味着它要抛弃古典主义对诗歌的影响,选择现当代的题材,并采用一种恰当的新的写作方式"②。

　　历史是一张羊皮纸,这意味着昔日的文化是可以向现在和将来渗透的。浪漫主义之后的世纪末诸思潮与现代主义更是直接连通。19世纪80年代前后法兰西诗坛以魏尔伦(Paul Verlaine,1844—1896)、兰波(Jean Nicolas Arthur Rimbaud,1854—1891)、马拉美(Stéphane Mallarmé,1842—1898)为代表的象征主义诗歌运动,与20世纪初以艾略特(Thomas Stearns Eliot,1888—1965)、瓦莱里(Paul Valéry,1871—1945)、里尔克(Rainer Maria Rilke,1875—1926)等人为代表的后期象征主义诗歌运动之联系不言自明。而"具有现代意义的文艺流派"自然主义,主张从存在的本源去认识人,用生理学、遗传学的法则去揭示人的生理秘密和本质,则直接为现代主义作家发掘人的潜意识做好了准备;正因

---

　　①　欧·豪:《现代主义的概念》,刘长缨译,见袁可嘉等编选《现代主义文学研究》(上),中国社会科学出版社1989年版,第196—197页。

　　②　F. W. J. Hemmings: *Culture and Society in France: 1789-1848*, Leicester University Press, 1987, p.165.

为如此,不少人才将现代主义看成一种"心理自然主义",而 20 世纪美国批评家卡罗琳·戈登(Caroline Gordon,1895—1981)才说:"在现在这个时代,文学上有两种趋向:自然主义和象征主义,或以自然主义作基础的象征主义。"①

---

① 戈登:《关于海明威和卡夫卡的札记(1949)》,见叶庭芳编《论卡夫卡》,中国社会科学出版社 1988 年版,第 205 页。

第一章

现代主义的核心观念

第一节　现代主义之"名"

20世纪上半期是人类文学大发展、大变化的历史时段,思潮迭起、流派纷呈乃其重要特色。在特定的地域空间,有些思潮、流派尚可略领风骚二三十年,有些则三五年不到即烟消云散。有些显赫一时的作家生前颇受批评家推崇,甚至红得发紫,但随着时光的流逝,他们很快又身价大跌成为明日黄花;而另一些作家生前备受冷落,死后却因批评风尚的转向被重新"发现"和"阐释",甚至被赋予各种"大师"之类的桂冠。总体来看,20世纪上半期西方文坛呈现出现代主义、现实主义、左翼文学三足鼎立的多元文学格局,而其中现代主义堪称其主流。"现代主义虽然不是我们的全部风格,但却变成了表现我们现代意识、在其作品中充分创造现代经验特征的运动。它也许不是唯一的潮流,但却是主流。"①

---

① 马尔科姆·布雷德伯里、詹姆斯·麦克法兰:《现代主义的名称和性质》,见马·布雷德伯里、詹·麦克法兰编《现代主义》,胡家峦等译,上海外语教育出版社1992年版,第13页。

一

现代主义是一个含义含混、包容宽泛的概念。从广义上讲,它指一切反传统、重实验的社会文化思潮;从文学这个具体的层面讲,它是在 19 世纪与 20 世纪之交开始兴起的、流行于欧美各国的各种反传统文学流派的理论主张和创作现象的总称。显然,虽然现代主义在我们国家有时又被称为"现代派",但它并不是一个文学流派,而是一种文学思潮。作为文学思潮,现代主义向传统的理性观念和文学发起挑战,不屑于表面的客观真实和狂放无度的个人情感,而是以冷峻、严肃的笔调呈现内心深处的真实,并致力于探索新奇别致的形式与表现手法,这是现代主义文学最基本的艺术精神。

现代主义文学是西方文学演进过程中的一段。作为一个术语,"现代主义"(或"现代派")是用来称呼 20 世纪上半期西方文坛上一种具有特定艺术精神的文学现象的专有名词。恰如我们将 14 至 16 世纪的西方文学主流称为"人文主义",将 17 至 18 世纪的西方文学主流命名为"古典主义",将 19 世纪的西方文学分别冠以"浪漫主义""现实主义""自然主义""象征主义"等称谓一样,"现代主义"(或"现代派")在承载了特定的艺术精神之后,其所指已绝不是夹在"近代"和"当代"之间的"现代"的文学,而是一种在 20 世纪特定的社会、人文背景之下所出现的文学思潮。对这种文学思潮,我们现在称之为"现代主义"(或"现代派");100 年后,1000 年后,也还是应该将它称为"现代主义"。因为在这里,"现代"已并非一个一般意义上的时间概念,而是成了一个标志某种内在文学品格的质量概念了。

20 世纪上半期,西方文学呈现出比以前任何一个世纪都更多样化、更个性化的态势。意象派、隐逸派、后期象征主义、印象主义、达达主义、超现实主义、未来主义、表现主义、意识流小说、存在主义、"迷惘的一代"

等流派如走马灯般竞相争艳，"你方唱罢我登场"，共同构成了现代主义的文学运动。显然，同以往相对单纯、明晰的文学思潮不同，现代主义文学思潮是由众多既相互交叉渗透，又相互指斥矛盾的支流复合而成的。这意味着现代主义本身也呈现出一种多姿多彩的多元格局。"现代主义在大多数国家里是未来主义和虚无主义、革命和保守、自然主义和象征主义、浪漫主义和古典主义的一种奇特的混合物。它既歌颂技术时代，又谴责技术时代；既兴奋地接受旧文化秩序已经结束的观点，同时面对这种恐怖情景又深感绝望；它混合着这些信念：既确信新的形式是逃避历史主义和时代压力的途径，又坚信它们正是这些东西的生动表现。"[①]就文学与现实社会的关系来说，有人坚定地认为现代主义是与 20 世纪这个现代性世界相契合的艺术，如现代主义作家格特鲁德·斯泰因（Gertrude Stein，1874—1946）等人便持守现代性必然导出现代派的立场；但它也被一些批评家——尤其是像卢卡契（György Lukács，1885—1971）这样的马克思主义批评家——看作资本主义社会晚期必然会产生的一种否定 19 世纪现实主义的美学倾向与文艺形态。在马尔科姆·布雷德伯里（Malcolm Bradbury，1932—2000）与詹姆斯·麦克法兰（James Walter McFarlane，1920—1999）共同撰写的《现代主义的名称和性质》（1974）一文中，这两位现代主义研究专家则有如下论断：如同勃兰兑斯用浪漫主义称谓 19 世纪西方文学的主流一样，现代主义乃用来描述 20 世纪西方艺术总体倾向的一个概念，它所指称的是一个声势浩大的国际性运动，而且它和浪漫主义一样波及整个西方文化。"现代主义这个词语曾被用来包括各种各样破坏现实主义或浪漫主义激情的运动，这些运动都倾向于抽象化（印象主义、后印象主义、表现主义、立体派、未来主义、象征主义、意象主义、旋涡

---

① 马尔科姆·布雷德伯里、詹姆斯·麦克法兰：《现代主义的名称和性质》，见马·布雷德伯里、詹·麦克法兰编《现代主义》，胡家峦等译，上海外语教育出版社 1992 年版，第 32 页。

派、达达主义、超现实主义);但我们将会看到,这些运动也并不都是性质相同的运动,有些还是对其他运动的某种激进的反应。在有些国家,现代主义对文学艺术传统的发展似乎是至关重要的;在有些国家,它则不过是昙花一现的东西……现代作家的运动和实验业已成为艺术方面引人注目的中心。"①

　　站在 21 世纪的当口回观 20 世纪西方文学的百年展现,不难发现学术界对"现代主义"这一概念内涵与外延的界定并没有一个统一的说法。拿表层的"外延"来说,我们首先遭遇的最大争议当然是所谓"现代主义"与"后现代主义"的区分。本土学界一般的说法是将"二战"后在存在主义哲学文化思潮裹挟之下出现的荒诞派戏剧、新小说、黑色幽默小说、魔幻现实主义等文学流派统称为"后现代主义"。事实上,这一说法自一开始便聚讼纷纭——在启用"后现代主义"这个概念描述 20 世纪后半期西方文学主潮之后,它与此前的"现代主义"之历史分界在哪里? 两者内在的根本分野究竟是什么? 因为一个再明显不过的历史事实就摆在那里——存在主义虽然在 20 世纪中叶的法国、20 世纪末叶的美国蔚为大观,但早在 20 世纪初叶便经由雅斯贝尔斯(Karl Theodor Jaspers,1883—1969)、海德格尔(Martin Heidegger,1889—1976)等人的理论发挥在德国形成了第一个高潮,而法国存在主义在 20 世纪中叶所掀起的第二个高潮明显源于此——其领袖人物萨特早年在德国学习哲学的经历堪称最为确凿的证据。更何况人们可以按历史的脉络将存在主义哲学思潮进一步上溯到 19 世纪后期的尼采、19 世纪中期的陀思妥耶夫斯基与 19 世纪上半期的克尔凯郭尔。显然,"后现代主义"虽然已经成为很多文学批评家和文学史家手中一个相当时髦的术语,但它的实际含义仍然是含混不清的。著

---

　　① 马尔科姆·布雷德伯里、詹姆斯·麦克法兰:《现代主义的名称和性质》,见马·布雷德伯里、詹·麦克法兰编《现代主义》,胡家峦等译,上海外语教育出版社 1992 年版,第 8 页。

名的后现代主义理论家伊·哈桑(Ihab Hassan,1925—2015)在《后现代主义问题》(1979)一文中曾坦率地承认:"后现代主义一词不仅笨拙、粗俗,而且还为其想要压制和超越的现代主义招魂","后现代主义遭受着词义不稳定的折磨"①。被公认为后现代主义代表作家之一的美国著名小说家约翰·巴思(John Barth,1930—2024)在《补充文学——后现代派小说》一文中也说:"后现代主义这个词本身就是含糊的,略带模仿性的,与其说它在小说这门旧艺术中暗示了生机勃勃的或者甚至是有趣的方向,倒不如说是暗示了一种反高潮的东西,它艰难地遵循着一种很难遵循的教条。"②

　　不少文学史家在描述 20 世纪西方文学的时候并不接受"后现代主义"这一概念,他们反对按社会事变乃至军事事件来对文学艺术进行硬性切割,认为"二战"前后现代主义文学在哲学基础、美学观念、艺术精神、创作方法、表达形式等方面均无大的变迁或质的不同。这样,"后现代主义"这一概念提出之后,"现代主义"这一概念在文学领域内便有了广义和狭义两种不同的指涉。"狭义的现代主义"将其外延的辐射面限定在 20 世纪上半期,显然这是承认了"后现代主义"这一概念对 20 世纪后半期西方文学描述的有效性;而"广义的现代主义"则不认可"后现代主义"这一概念的学术合法性,其外延直接贯通整个 20 世纪:20 世纪二三十年代纷至沓来的未来主义、后期象征主义、达达主义、超现实主义、表现主义、意识流小说等被看成是现代主义文学运动的第一次高潮;20 世纪 60 年代前后存在主义统领下的荒诞派戏剧、新小说、黑色幽默小说、魔幻现实主义等新品种热热闹闹地同时存在则被看成是现代主义文学运动的第二次高潮。

---

　　① 伊·哈桑:《后现代主义问题》,刘长缨译,见袁可嘉等编选《现代主义文学研究》(上),中国社会科学出版社 1989 年版,第 320—321 页。
　　② 转引自龚翰熊:《现代西方文学思潮》,四川大学出版社 1987 年版,第 5 页。

事实上,文学史上的所有术语都只是糊在无数裂缝上的标签。"后现代主义"如是,"现代主义"亦如是。尽管在种种纷纭杂沓的争议中,"现代主义"这一概念比"后现代主义"得到了更为明确的确认,但它确实也有着很多争议不休、莫衷一是的问题。依然拿其外延这个表层的问题来说,抛开"后现代主义"所带来的下限之争不论,"现代主义"文学的时间上限究竟该从何时算起,这其实也是一个见仁见智的聚讼之处:以美国意象派领袖庞德(Ezra Pound,1885—1972)为代表的一些人认为,中世纪以后五六百年的文学都可以算是现代主义;美国批评家爱德蒙·威尔逊(Edmund Wilson,1895—1972)在其名著《阿克塞尔的城堡》(1931)中把1870年作为现代主义的上限;英国批评家西利尔·康诺利(Cyril Vernon Connolly,1903—1974)在其《现代主义运动》(1965)中说1880年是现代主义的起点;丹麦著名文学批评家勃兰兑斯将1890年定为现代主义的上限;乔伊斯(James Joyce,1882—1941)、叶芝(William Butler Yeats,1865—1939)和理查德·艾尔曼(Richard Ellmann,1918—1987)等人把1900年定为现代主义的上限。英国的意识流小说经典作家维吉尼亚·伍尔夫(Virgina Woolf,1882—1941)认为现代主义开始于"1910年12月左右"——是时,"人性改变了……一切人类关系都变化了——主仆关系,夫妻关系,父子关系。而当人类关系变化时,其在宗教、行为、政治和文学上也同时发生了变化"①。而法国批评家罗兰·巴特(Roland Barthes,1915—1980)将1850年作为现代主义的上限:"一八五〇年左右……传统的写作崩溃了,从福楼拜到今天的整个文学都成了语言的难题。"②我国学者廖星桥在《外国现代派文学导论》(1988)中则指出,1857年是现代主

---

① 转引自马·布雷德伯里、詹·麦克法兰编《现代主义》,胡家峦等译,上海外语教育出版社1992年版,第18页。
② 转引自马·布雷德伯里、詹·麦克法兰编《现代主义》,胡家峦等译,上海外语教育出版社1992年版,第5页。

义的正式开始；还有不少人则声称是在"一战"之后……

二

在 20 世纪上半期西方文坛鼎立的三足中，"左翼文学"是一个政治色彩很浓的称谓，它主要是指在"红色三十年代"前后，某些西方共产党员作家或有左翼倾向的进步作家在苏联文学的影响下描写工人生活和斗争的一类作品。总体来看，20 世纪西方左翼文学并没有属于自己的、成熟的美学理论和艺术方法。例如，思想上有左翼倾向的布莱希特（Bertolt Brecht，1898—1956）在美学观念和艺术方法上基本是属于表现主义的；一度加入法共的阿拉贡（Louis Aragon，1897—1982）虽然写有题名为《共产党人》（1949—1951）的长篇小说，但其美学思想和艺术方法是属于超现实主义的；而美国的马尔兹（Albert Maltz，1908—1985）、法国的巴比塞（Henri Barbusse，1873—1935）等左翼作家在美学思想和艺术方法上则都属于现实主义。这样说来，仅从美学思想和艺术方法的角度来看，20 世纪西方文坛事实上就只有现代主义和现实主义两种成分了。

在现代主义文学崛起的 20 世纪上半期的西方文坛上，菲薄和反对 19 世纪延续下来的现实主义传统的声浪始终此起彼伏、喧嚣不已。例如，美国作家兼评论家 B. S. 约翰逊说：

这也是直到第一次大战爆发时，19 世纪叙述性小说中所发生的情况。不论作家有多么好，他现在试用这种形式，在我们这样的时代，就行不通了，写它就是犯时代错误的、无效的、离题的和反常的。[①]

---

① B. S. 约翰逊：《小说——形式与手段》，见崔道怡、朱伟、王青风等编《"冰山"理论：对话与潜对话》（下），工人出版社 1987 年版，第 670 页。

　　此种论调在小说家中有,在戏剧家、诗人中也有,而且数不胜数、俯拾即是。正是在这种强烈的贬责和反对的声浪中,现实主义创作延续至 20 世纪后,其文坛地位渐趋边缘化,而现代主义的美学原则和艺术手法则取而代之,大行其道。从文学演进过程来看,每种文学流派和创作主张都会有其发生、发展和衰落的时期;在 20 世纪上半期的西方文坛,现实主义作为文学流派早已灰飞烟灭,而其作为一种文学思潮所具有的那些美学原则和创作主张化作"不死鸟",不因时过境迁而陷入衰落的困境。

　　历史是一张羊皮纸,这意味着昔日的文化是可以向现在和将来渗透的。在看到现代主义反传统——尤其是反现实主义传统的同时,我们也应该看到,现代主义同现实主义也并不是由铁幕或长城分割开来的。现代主义并非纯粹的单色调,其多元的历时性构成中自然也包含着现实主义的因素。在现代主义潮流里肯定流淌着尚未毁坏的某些现实主义传统元素,现实主义对现代主义也绝不可能持一种完全冷漠、抵抗的态度。其间必有新的现实主义凝块产生。当然"此"现实主义,已远非"彼"现实主义,只能是一种新形势下的"新"现实主义。

　　源远流长的现实主义和正欣欣向荣的现代主义,既相互矛盾对立,又相互交汇融合,堪称你中有我,我中有你。尤其是对新形势下江河日下的现实主义来说,只有主动、积极地不断调整自身以求适应时代变化,才能得到继续生存和发展的资格。这样,迎接挑战、兼收并蓄,便成了 20 世纪上半期西方现实主义作家的共同选择。亨利·詹姆斯(Henry James, 1843—1916)不仅将巴尔扎克(Honoré de Balzac,1799—1850)奉为心目中的楷模,且其早年在巴黎结识的屠格涅夫(Ivan Sergeevich Turgenev, 1818—1883)、都德(Alphonse Daudet,1840—1897)、福楼拜(Gustave Flaubert,1821—1880)、左拉(Émile Zola,1840—1902)、莫泊桑(Guy de Maupassant,1850—1893)等现实主义或自然主义大师均对他的创作产生了不容小觑的影响;但也正是他率先从叙事角度等叙事艺术层面大胆突破、锐意革新,创造了被称为"以人之意识为中心"的新的叙述方法——经由对心理细致描绘的刻意追求,文本叙事的重心明显已由外部世界转向人的内心世界。作为一个出生于矿区且深深植根于英国文学传统之中的现代小说家,劳伦斯(David Herbert Lawrence,1885—1930)在很多小说中真实再现了20世纪初英国煤矿工人的非人生活状况;可他同时又经由象征手法和意识流手法的广泛运用,展开了对人之无意识领域或深层原始冲动的大胆开掘,从而揭示出现代物质文明对人性的裹挟、异化与戕害,并主张通过自然、健康的性爱来克服资本主义工业文明给人留下的创伤。毫无疑问,他独具一格的创作同时具有丰富的心理学探索内涵与深刻的社会批判内容。"劳伦斯不仅仅是一个伟大的小说家,他本人就是一个现代主义文学中的大英雄。他体现了这种两重性。有一次他说:'只要我是我,而且只有我是我,我只是我,只要我是不可避免地、永远地孤独——知道这点,接受这点,以这点作为我自知之明的核心,那就是我最后的福分了。'这就是劳伦斯式主人公的自知之明。他骄傲有余,力量不足。但与此同时还存在着另一个劳伦斯:'使我烦恼的是我的原始的社会本能全部受到挫败……我认为社会本能比性本能要深刻得多——社会压抑的危害更大……我甚至对自己的个性感到厌烦,对其他人的个性简直就感到恶心。'"[①]

此种情形也完全适合于对托马斯·曼(Thomas Mann,1875—1955)与海明威等20世纪著名作家的评判。前者的《布登勃洛克一家》(1901)是公认的现实主义或自然主义杰作,但他的《魔山》(1924)、《绿蒂在魏玛》(1939)等作品因故事情节的淡化以及大量意识流手法的运用,被公认为

---

① 欧·豪:《现代主义的概念》,刘长缨译,见袁可嘉等编选《现代主义文学研究》(上),中国社会科学出版社1989年版,第195页。

现代主义经典之作。后者的小说具有强烈的现实主义写实倾向,然而,其《乞力马扎罗的雪》(1936)是用意识流手法写成的,《老人与海》(1952)中内心独白和象征手法的运用则几乎达到了现代主义经典的水平,因而在西方绝大多数文学史家那里,海明威实乃20世纪英语小说中与福克纳(William Faulkner,1897—1962)、劳伦斯齐名的现代主义巨擘。作为一种美学原则,现实主义有着基本的质的规定性——经由写实的刻画"按照生活原有的样式和形态来表现生活",这是其区别于其他主义的独立品格。现实主义是"开放的",但不是"无边的";现实主义的"开放"也有一个度的问题,一旦超出了某个度,现实主义就变成了非现实主义的其他主义了。对20世纪西方文坛中一些本土学界更习惯于归属为现实主义的作家[除上面提到的英国的劳伦斯、美国的海明威、德国的托马斯·曼,可能还有奥地利的茨威格(Stefan Zweig,1881—1942)等若干人]和某些我们归属为现实主义的作品,西方的评论家常将其看成是现代主义的作家和现代主义的作品。为什么会发生这种不同的评判和论断呢?盖出于我们犯了认定有"无边的现实主义"和"至上的现实主义"的错误,要不就是我们把现实主义的"边"定得过于"开阔"了。

三

从一个更为宏阔的西方现代文学的视野来看,浪漫主义以降,西方文坛始终涌动着一种全面反传统的非理性主义潮流,这在19世纪后期表现为自然主义、象征主义、唯美主义、颓废派等世纪末文学思潮,而在20世纪上半期则体现为以后期象征主义、未来主义、表现主义、达达主义、超现实主义、意识流小说等为代表的先锋派思潮。文学史上,一般将后者统称为现代主义。显然,本书所讨论的现代主义属于"狭义的现代主义",其外延上限确定为19世纪与20世纪之交,下限大致确定为1950年前后。

存在于20世纪西方文坛的现代主义文学,其共时性构成是多元的;

如果探究现代主义形成的文学渊源,我们将会发现其历时性构成亦是多元的。浪漫主义在张扬自我、推崇天才、强调文学的内心表现及艺术本位等方面的特点,均在现代主义中得到了进一步发扬光大,而浪漫派中的霍夫曼、柯勒律治、爱伦・坡等人也因此常被现代主义作家视为自己的先驱。"浪漫主义所推崇的个体理念,乃个人之独特性、创造性与自我实现的综合。"①自由开启了创新的大门,创新乃浪漫主义的外在标识。在攻击艾布拉姆斯(Meyer Howard Abrams,1912—2015)《镜与灯》(1953)用"表现"置换"模仿"的经典分析时,海登(John O. Hayden,1939—2016)辩称浪漫主义之所以是有趣的,不在于其"表现的理论"而在于其"创造的理论"。② 法国思想史专家海明斯更是反复断言:

> 浪漫主义就是现代主义的代名词,这意味着它要抛弃古典主义对诗歌的影响,选择现当代的题材,并采用一种恰当的新的写作方式。③

世纪末诸思潮与现代主义更是直接连通。19 世纪 80 年代前后法兰西诗坛以魏尔伦、兰波、马拉美为代表的象征主义诗歌运动,与 20 世纪初叶以艾略特、瓦莱里、里尔克等人为代表的后期象征主义诗歌运动之联系不言自明。而"具有现代意义的文艺流派"自然主义,主张从存在的本源去认识人,用生理学、遗传学的法则去揭示人的生理秘密和本质,则直接为现代主义作家发掘人的潜意识做好了准备;正因为如此,不少人才将现

---

① Steven Lukes：*Individualism*，Basil Blackwell，1973，p. 17.

② See Paul H. Fry："Classical Standards in the Period"，in Marshall Brown，ed.：*The Cambridge History of Literary Criticism：Romanticism*，Cambridge University Press，2008，p. 14.

③ F. W. J. Hemmings：*Culture and Society in France：1789-1848*，Leicester University Press，1987，p.165.

代主义看成一种"心理自然主义",而 20 世纪美国批评家卡罗琳·戈登才说:"在现在这个时代,文学上有两种趋向:自然主义和象征主义,或以自然主义作基础的象征主义。"①

　　20 世纪上半期现代主义诸先锋思潮的共同特点是"反传统"。"破坏即是创造"是未来主义者与达达主义者共同标榜的行动纲领。达达主义者反传统的决绝姿态堪与未来主义者相提并论。1916 年,流亡瑞士的法国诗人特雷斯顿·查拉(Tristan Tzara,1896—1963)与一群志趣相投的青年诗人结成了一个文艺社团。某日,在苏黎世的一家露天咖啡馆,他们决定给这个社团赋名,便随手翻阅手头的字典检视到了"dada"一词,"达达派"由此得名。"达达主义是第一次世界大战后产生的幻灭感和失败情绪的直接产物。在当时,苦闷的艺术家们感到,给人们带来这一恐怖的人类文明应该铲除和开拓一个新的起点。这是一种虚无主义的思潮,尤其是对理智产生了怀疑。"②罗斯玛丽·兰伯特(Rosemary Lambert,生卒年不详)明确指出:"达达派与其说是一种风格,不如说是表明一种态度,它从 1915 年到 1922 年是文学和艺术界的一种国际运动。""达达派用多种方法着手摧毁现有的艺术。"③达达主义者高标艺术自由的价值与力量,鼓吹针对传统文化、道德、社会进行个人的精神反叛,主张"消灭考古""消灭记忆""消灭未来"。在《一九一八年达达宣言》中,查拉声称:"我摧毁陈腐思想和社会组织的精神,到处否定道德,把上帝之手扔进地狱,把地狱之神的眼睛提升到苍天,在现实的统治和每个人的梦想中,重建世界这个马戏团的巨大车轮。"④达达主义在 20 世纪 20 年代初便很快偃旗息

---

① 戈登:《关于海明威和卡夫卡的札记(1949)》,见叶庭芳编《论卡夫卡》,中国社会科学出版社 1988 年版,第 205 页。

② 威廉·弗莱用:《艺术与观念》,宋协立译,陕西人民美术出版社 1991 年版,第 692 页。

③ 唐纳德·雷诺兹、罗斯玛丽·兰伯特、苏珊·伍德福特:《剑桥艺术史(三)》,钱乘旦、罗通秀译,中国青年出版社 1994 年版,第 255 页。

④ 马克·西门尼斯:《当代美学》,王洪一译,文化艺术出版社 2005 年版,第 40—41 页。

鼓、风流云散,其艺术精神却催生了超现实主义的一代新人。

现代主义诸流派的确是聚拢在"反传统"的大旗之下,或者说正因为有"反传统"这个共同的立场或姿态,人们才有了用"现代主义"这个概念指称那么多先锋派别的可能。但更多时候停留在各种"运动式"的"宣言"口号或各种花样迭出的手法创新层面的"反传统",其内在的动力源头何在? ——这就涉及对现代主义核心观念的探究。

第二节　"荒诞":现代主义的核心观念

欧·豪在谈及究竟何谓现代主义时,曾这样谈论"形式试验"与"观念创新"的关系:"形式的试验经常可以是现代主义的后果或必然结果。然而某个作家或作品具备这个特征并不构成被称为现代主义的足够条件。这一点意味着文学运动或文学风格中的关键因素是某种振奋人心的'观照',是一种重新看待世界及人类存在的新方法。这个'观照'无疑将引起形式和语言的巨变,但同时两者之间根本不存在直接或不变的联系。在某些文学作品中,如托马斯·曼的某些小说中,实际上根本不存在形式的试验,然而其中现代主义精神却表现得极为强烈。它是一种既使人解放,又使人遭殃的力量。与此相反,有些作品对现代主义表面上的方法与特征仿效或模拟得非常成功,但它们缺少那种生机勃勃的精神……认为只要看到试验的迹象,就能看出现代主义观点的想法是错误的。"[1]

现代主义诸流派虽然形态各异,但思想内核无不与现代人在"上帝"缺席之生存困境中的荒诞体验息息相关。"现实和精神之间的桥梁倒塌

---

[1]　欧·豪:《现代主义的概念》,刘长缨译,见袁可嘉等编选《现代主义文学研究》(上),中国社会科学出版社1989年版,第181页。

了。因此在纯理性的人看来,世界成了摇摇晃晃的怪诞不经的东西。"①
在现代主义主导的西方文学中,"荒诞"观念的释出与流行堪称最具时代
标识意义的文学现象。因此,要准确地理解现代主义或从总体上把握 20
世纪西方文学,"荒诞"观念可谓一个最重要、最精准的入口。

一

"荒诞"一词源于拉丁语 absurdus,原指音乐中的不和谐音,后引申演
变为"不合道理和常规"的意思。文学史上自古就有对世界或人生"荒诞
性"的表达,譬如,在各民族的古代神话中,人类因无法解释大自然的诸多
现象而产生的困惑和面对大自然威力所产生的恐惧等便是"荒诞感"的最
初表现。19 世纪中叶以来,随着存在主义哲学的兴起与广泛传播,"荒
诞"观念渐渐蔓延开来,至 20 世纪大行其道;受此观念影响所产生的以
"荒诞"为母题的"荒诞文学",遂也迎风起舞、蔚为大观。

"荒诞"与文学的关系可谓源远流长,那两者的交响合流又是缘何从
不温不火突然在 20 世纪演进出洪峰高潮的呢?

作为文学思潮,强调内心表现、高标自我的现代主义具有反理性倾向
已是公论;而作为个体的生存体验,"荒诞"也是反理性的。显然,现代主
义作家对唯理主义的反拨以及对非理性主观体验的表现,与"荒诞"观念
的内涵高度契合。科技高歌猛进,物质高度丰裕,20 世纪现代性历史进
程的持续推进将西方社会卷进了眼花缭乱的"消费社会",但蜷缩在历史
角落的人的精神益发显得孤寂落寞。基于对人的精神世界的高度关注,
现代主义作家比既往时代的作家更为敏感地体察和感受到了"自由"理想
与"冷硬"现实的冲突在心灵深处所造成的不适与精神苦痛;而作为一种

---

① 库·品图斯:《论近期诗歌》,韩耀成译,见袁可嘉等编选《现代主义文学研究》(上),中
国社会科学出版社 1989 年版,第 420 页。

生命体验，"荒诞"内里所蕴含的也正是主观意识在面对客观世界时所绽出的一种不无痛苦的不适感。

作为体现着个体主观感受的"心理体验"，"荒诞"即"荒诞感"。"荒诞哲学"显然建立在对个体主观性的强调之上。将哲学思辨、神学探究与文学直觉熔为一炉，存在主义的"诗化哲学"以"个体性"为基础深入阐发了"荒诞"的内涵。在克尔凯郭尔那里，"荒诞"是个体意识所体察到的存在之无可规避的悖谬性；作为一份非理性的主观感受或"反理性的主观性"，克尔凯郭尔的"荒诞"观念满透着孤独、恐惧、绝望、虚无的意绪。后来萨特将这种"反理性的主观性"称作"绝对的内在性"："显然应该在虚无化中找到一切否定的基础，这种虚无化是在内在性之中进行的。我们必须在绝对的内在性中，在即时的我思的纯粹主观性中发现人赖以成为其自身虚无的那种原始活动。"①存在主义"往往把孤寂、烦恼、畏惧、绝望、迷惘，特别是对死亡的忧虑等非理性(非认知方式)的心理体验当作人的本真存在的基本方式，认为只有揭示它们才能揭示人的真正存在"②。存在主义否认理性对人之存在的过度解释，转而强调人是"被抛"到世界上来的，其存在充满了"偶然性"；"偶然性"的高耸，使得客观世界和人生都因"必然性"的悬置而陷入了丧失意义的状态，来自乌有去向子虚的虚无感和"荒诞感"由是沛然而出，即所谓"荒诞是指缺乏意义……在同宗教的、形而上学的、先验论的根源隔绝后，人就不知所措，他的一切行为就变得没有意义，荒诞而无用"③。

存在主义把人自身看成是一切存在的核心，是世上一切事物之所以存在的出发点，即萨特所谓"存在先于本质"。"首先是人存在、露面、出

---

① 萨特：《存在与虚无》，陈宣良等译，生活·读书·新知三联书店 2007 年版，第 77 页。
② 刘放桐等：《新编现代西方哲学》，人民出版社 2000 年版，第 332—333 页。
③ 马·埃斯林：《荒诞派之荒诞性》，陈梅译，见袁可嘉等编选《现代主义文学研究》(下)，中国社会科学出版社 1989 年版，第 675 页。

场,后来才说明自身……因为人之初,是空无所有,只在后来人要变成某种东西,于是人就照自己的意志而造成他自身……人,不外是由自己造成的东西,这就是存在主义的第一原理,这原理,也就是所谓的主观性。"① 人之为人,乃"自为的存在",而客观世界作为"自在的存在"其实是因了"自为的存在"之主观性的"去蔽"才得到"澄明"的;这就是——若无"自我"即无"世界"。主观性就是人的自由。"人并不是首先存在以便后来成为自由的,人的存在和他'是自由的'这两者之间没有区别。"② "我命定是自由的,这意味着,除了自由本身以外,人们不可能在我的自由中找到别的限制。"③存在主义高标个体主观性,认为只有主观意识和心理体验(如孤独、烦闷、恐惧、勇气、绝望等)才是可靠的、第一性的存在,而外在客观世界则是不可知的,置身其中的人生也并无意义可言,即所谓一切均虚无,世界很荒诞。其实,作为"偶然性""被抛"到世界上来的"自为的存在",其体现着主观性的自由意志和思想却"澄明"了世界,为本来并无意义的世界或人生赋予了意义或价值,这本身就是"荒诞"的证明。的确,不管"自为的存在"在主观性和本质上多么自由,仅仅其伊始处"被抛"的那份"偶然性",便足以使人之自由本身显现出十足的荒诞性。"人之绝对自由,使其找不到任何可以依仗凭援之物,人孤零零地独立于一派虚无的命运之中。然而,也正是绝对的自由所构成的无限这片绝对的虚无,为人的绝对主体性、无限创造性、永恒超越性提供了可能。一言以蔽之,绝对自由开启的虚无释出荒诞;自由本身的悖谬导出荒诞,而荒诞同时也解开了所有成规的束缚,解放了自由——自由与荒诞原本就互为表里,二位一体。"④

---

① 萨特:《存在主义是一种人道主义》,见中国科学院哲学研究所西方哲学史组编《存在主义哲学》,商务印书馆 1963 年版,第 337 页。

② 萨特:《存在与虚无》,陈宣良等译,生活·读书·新知三联书店 2007 年版,第 54 页。

③ 萨特:《存在与虚无》,陈宣良等译,生活·读书·新知三联书店 2007 年版,第 535 页。

④ 曾繁亭:《19 世纪西方文学思潮研究 第一卷 浪漫主义》,北京大学出版社 2022 年版,第 348 页。

存在主义经典作家萨特反复强调：人存在着，却找不到存在的理由；而找不到存在理由的存在也就是失却了本质的存在，即所谓荒诞的存在。"没有本质的存在"是什么？是精神的"虚无"。所以，我们可以借用萨特提出这一观点的著作的名字《存在与虚无》(1943)来概括他对"荒诞"的界定——"荒诞"就是"虚无"——确切地说，"荒诞"就是"找不到存在的理由"或不知道"为什么活着"所带来的失却了本质规定的精神的"虚无"。经由"荒诞"，萨特阐明了人的存在境遇与本相：作为存在，我们既不知道我们从哪里来——另一位存在主义大家海德格尔将人的出生这样一个对个人而言完全偶然、被动的事件命名为"被抛"，也不知道我们要到哪里去——有人说最终都要走向死亡之国，但有人知道死亡之国是怎样的吗？那些去了死亡之国的人始终没有一个回来，因而也就没有谁知道它到底是什么样子，这意味着我们还是不知道最终要到哪里去；最重要的，在生命的起点与终点之间，生命的隧道短促而又幽暗，没有谁不是带着无奈与苦痛在无常与苦闷之中奔忙——求学、求职、求升职、求关注、求爱、求偶、求婚、求子，然后为这个求来的"子"之求学、求职、求升职……去求人。这里，贯穿人生的那个"求"字，道出了人生的"被动"与"尴尬"。就这么"被动"与"尴尬"地折腾来折腾去，究竟企图为何？那些兜售成功学的骗子马上会告诉你，那是"为了追求人生的幸福"。设若你问何谓"幸福"，他们又会变着花样告诉你，幸福就是"升官发财"，说到底就是欲望的满足。如果"幸福"就是欲望的满足，那人与猪狗的区别何在？

在萨特的表述中，"找不到存在的理由"就是"没有本质的存在"，显然"存在的理由"即"为什么活着"的那个答案就是人之"本质的存在"。这就是说，人和猪狗的根本不同在于，他的存在必须得有一个吃喝拉撒之外的精神层面的理由；若没有这个理由，人就失去了他作为人而不是猪狗的本质。人的困境很可能在于：人有灵魂——他只要活着便需要某种精神意义或价值来填满他的灵魂。但在与萨特一样同为无神论存在主义思想家的尼采于 19 世纪末宣称"上帝死了"之后,西方文化系统中那些关于人生之精神价值或意义的传统的说辞,在很大的范围与程度上已然呈现出混乱与失效。在这种情况下,面对着人从哪里来、要到哪里去,以及人生的精神价值与意义到底是什么等一系列问题,人们也就难免陷入迷茫与焦虑。正是在这样的文化-精神背景上,萨特才说:我们是没有了本质而陷于虚无的存在,也就是"荒诞"的存在。

二

文学是人学,这已是一个广为确认的古老命题。一部文学史,首先是一部人的精神解放的历史:"人"的观念的演进,从根本上决定着文学的发展和文学思潮的更替。不同的"人"的观念,不但直接决定着作家观察、感受和思考外部世界与内心世界的特定角度、习惯及价值取向,而且间接地决定了作家语言的运用和文本的构筑形式。"人"的观念的演进,往往在特定时期的哲学思潮中得到凝结和反映,因而人们往往将对某种文学思潮所凭依的哲学信念的考察,作为对这种文学思潮进行界定和研究的理论前提。

一般说来,传统作家的哲学信念是一种理性主义。在社会历史观方面,他们大都是理性主义的信徒,善与恶、美与丑在他们看来是泾渭分明的。他们很少从丑恶的历史作用上来认识丑恶,不太了解丑恶虽然使人类付出了沉重的代价但也推动了历史的进步;同时,他们一般认为丑恶现象的存在不过是背叛正义和道德沦丧的结果,是一种人类应该而且可以避免的东西,并不是世界的某种本质属性,只要真正的人道重新为人类所认识,只要理性和良知占了上风,正义和幸福就一定会降临人间。在认识论上,传统作家也大都能坚持当时哲学中属于朴素唯物主义的可知论和反映论。"诗在于创造性地复制有可能的现实。因此,凡是现实中不可能有的东西,在诗里也就是虚伪的……要想能够描写现实,只有创造的天赋是不够的；必得还有理性，才能理解现实。"①

而现代主义毋庸置疑是时代的产物。这用现代主义研究专家马尔科姆·布雷德伯里等人的话来说就是：

> 它是唯一与我们的混乱情景相应的艺术。它是由海森伯格的"测不准原则"而产生的艺术，是第一次世界大战中文明和理智遭到毁灭的艺术，是为马克思、弗洛伊德和达尔文所改变的和重新解释的那个世界的艺术，是资本主义和工业不断加速发展的艺术，是人们感到自己的存在无意义或不合理的艺术。它是技术的文学。它是由于取消社会现实和因果关系中的传统观念而产生的艺术，是由于破坏完整个性的传统观念，由于语言的普遍观念受到怀疑、一切现实变为虚构时引起语言混乱而产生的艺术。因此，现代主义是现代化的艺术——无论艺术家怎样与社会彻底脱离，也无论他们怎样间接地作出艺术的姿态……按照这个观点来看，现代主义不是艺术的自由，而是艺术的必然。②

他们得出的结论是："因此，我们确实可以说，现代主义倾向是最深刻、最真实地了解我们时代的艺术状况和人类处境的倾向……"③尼采把"上帝死了"后所出现的凄凉的价值真空称为虚无主义：

---

① 别林斯基：《别林斯基论文学》，别列金娜选辑，梁真译，新文艺出版社 1958 年版，第 111 页。

② 马尔科姆·布雷德伯里、詹姆斯·麦克法兰：《现代主义的名称和性质》，见马·布雷德伯里、詹·麦克法兰编《现代主义》，胡家峦等译，上海外语教育出版社 1992 年版，第 12 页。

③ 马尔科姆·布雷德伯里、詹姆斯·麦克法兰：《现代主义的名称和性质》，见马·布雷德伯里、詹·麦克法兰编《现代主义》，胡家峦等译，上海外语教育出版社 1992 年版，第 13 页。

用道德解释世界这种学说解体了,它在经历了企图逃遁到某种不可及的境地之后,就再也不被认可了,最终只得以虚无主义结束。"一切都没有意义……"自从哥白尼时起,人从世界的中心位置滚向一个"X"……虚无主义意味着什么?即最高价值使自身变得无价值。缺乏的是目的,是对我们的"为什么"所作出的回答。①

人类的处境与时代的精神状况若用一句话来概括,那就是虚无主义所释放出来的"荒诞"一直在裸奔。加缪曾经这样谈论陀思妥耶夫斯基:"陀思妥耶夫斯基的所有主人公都在问自己生活的意义是什么……这样他们都是现代主义的:他们不怕别人耻笑。现代情趣与古典情趣的区别就在于后者依赖道德问题为生,前者则依赖形而上的问题。"②从陀思妥耶夫斯基经尼采再到萨特,西方现代作家一直都在关注此种构成时代精神症候的虚无主义或曰"荒诞"。"倘若现代主义文学中确实存在着作家不得不克服的某种主题,不然就一定会使他毁灭的话,那么,这就是虚无主义的幽灵。"③在现代主义作家的眼中,宇宙是一种没有语言的存在,既无善意也无恶意。他们不再像19世纪的作家那样,痛心疾首地哀叹人在宇宙中地位的丧失。他们把"丧失地位"视为当然的事情,而焦虑则在内心世界蓄积。"虚无主义基本上暗示出,人丧失了与生活根源的联系。因此,它在文学与经验中都永远同厌烦这一厄运相关联,虽然分析起来都是

---

① 转引自欧·豪:《现代主义的概念》,刘长缨译,见袁可嘉等编选《现代主义文学研究》(上),中国社会科学出版社1989年版,第199页。
② 转引自欧·豪:《现代主义的概念》,刘长缨译,见袁可嘉等编选《现代主义文学研究》(上),中国社会科学出版社1989年版,第177页。
③ 欧·豪:《现代主义的概念》,刘长缨译,见袁可嘉等编选《现代主义文学研究》(上),中国社会科学出版社1989年版,第198页。

各不相同的。"①"虚无主义存在于所有我们称之为现代主义文学作品的中心。它既是题材,也是症状;既是被征服的恶魔,也是战胜的恶魔。这是因为萦绕在现代人脑际的恐惧是毫无意义的,永恒的死亡。"②

说"荒诞"乃 20 世纪西方现代主义文学中的一个核心问题,首先是因为——现代主义的绝大部分主要流派的形成都与"荒诞"观念息息相关。直接以"荒诞"为流派标识的存在主义文学及其派生物——荒诞派戏剧自不待言,稍后的新小说、黑色幽默小说、魔幻现实主义等流派与"荒诞"观念的关系亦甚明了;而其他现代主义流派也都以不同的方式在不同程度上与"荒诞"问题存在着千丝万缕的联系,如弗朗茨·卡夫卡领衔的表现主义。不仅"荒诞"是卡夫卡、尤金·奥尼尔等人创作的基本主题,而且最重要的是,他们最常用的以扭曲变形为特征的"怪诞"手法也正是肇始于"荒诞"观念。

事实上,奠基于"荒诞"观念的"怪诞"手法,与"意识流"手法、"象征"手法一样,乃 20 世纪所有现代主义作家所广泛运用的一种手法。对"荒诞"观念的文学表达,已然使得"荒诞"成为整个现代主义文学的基本母题,这意味着除却卡夫卡、戈尔丁、安德烈·马尔罗、加缪、萨特等专事描写"荒诞"的作家之外,20 世纪西方文坛几乎所有现代主义作家的创作都与此相关。即便我们非常熟悉的所谓"现实主义"小说家海明威,他也公然在作品中宣称"胜者亦无所得",其创作主题与"荒诞"观念的密切关联也就合乎逻辑地成了批评家对其文本进行阐释的有效路径。欧·豪在谈论何谓现代主义时曾特别提到这一点:"如果现代主人公确认世界是不可改变的,那么,他就可以像海明威小说中所描绘的那样,试图创造出一个

---

①　欧·豪:《现代主义的概念》,刘长缨译,见袁可嘉等编选《现代主义文学研究》(上),中国社会科学出版社 1989 年版,第 199 页。

②　欧·豪:《现代主义的概念》,刘长缨译,见袁可嘉等编选《现代主义文学研究》(上),中国社会科学出版社 1989 年版,第 201 页。

自己的、与世隔绝的世界,那里几个苦闷的人活着,他们采取一种固执己见的方式,这就有可能(他们自以为有可能)去奋斗、再生,获得光荣的失败。"①

扼要来说,非理性主义的"荒诞"观念与20世纪现代主义文学有那么密切的关联,我们可以从存在主义在20世纪西方文化领域的广泛流行来解释:存在主义哲学锻造了"荒诞"的观念,并使其成为20世纪西方哲学文化领域的核心命题,在这样的哲学文化土壤上生发出来的现代主义文学之花,当然会受到"荒诞"观念的滋养。但这或许仅仅是基于一个时代的文学必然会受这个时代的哲学-文化影响所做出的一个很外在的解释。文学不是哲学,文学与哲学的关系也不仅仅是哲学影响文学这样简单,更有文学对哲学的反叛或逃离等其他维度。这意味着,要真正地理解"荒诞"观念与现代主义文学为什么会有那么密切的关联,还必须从"荒诞"观念的文学史脉动中寻求答案。

第三节 "荒诞"观念的浪漫主义起源

虽然荒诞现象和"荒诞感"在人类的历史长河中自古就有,但严格意义上的"荒诞"实际上乃一个现代才有的哲学范畴。作为哲学观念,"荒诞"实际上是由最初的那种生活境遇上的"荒诞感"被提升到人类存在的形而上层面来达成的。

存在主义从个人与世界关系的角度将"荒诞"界定为个人在

---

① 欧·豪:《现代主义的概念》,刘长缨译,见袁可嘉等编选《现代主义文学研究》(上),中国社会科学出版社1989年版,第196—197页。

世界中的一种生命体验——它既是颠覆理性-信仰后无所依凭的孤独感,也是对未知可能性的恐惧和人生无意义的绝望。从勒内、哈洛尔德等忧郁成性的诸多"世纪儿"形象中可以见出:对如上心理体验的表达,实乃浪漫主义文学的核心属性或基本特征;孤独、恐惧和绝望,连同厌倦、疯狂和迷醉等,均是浪漫主义时期文学表现的标志性现象。①

对个体"自我"的寻觅开启了对内心意识的探求,"内在性"—"主体性"—"主观性"或主观主义成为浪漫主义文学最基本的特征,而张扬个体自由所达成的"个性解放"则成为浪漫主义革命最基本的动力。"在浪漫主义革命中,最基本的因素可能是主观主义。从康德的观点看,主观主义就是人的精神参与对现实的塑造。人的精神不是一个消极的旁观者。过去人们是从认识对象的角度来考虑认识过程;现在重心转移到主体。"②当浪漫主义运动以反理性的姿态将人们尘封已久的各种生命体验与非理性情绪解放出来,以主观体验反观自身存在的人就会遽然领悟:习以为常的那个世界原来竟是那样陌生,那些因感觉亲近而生发出来的"必然"背后原来藏着那么多悬浮于不确定性中的"偶然"……那个因熟悉而习惯的世界的崩塌带来了旧有自我的沦陷。刚刚醒转过来却满头雾水的个体,在自我沦陷的迷惘中挣扎、摸索,竭力摆脱那些曾经显得那么理直气壮而现在看上去竟是如此苍白、虚伪的"标准"说辞与"规范"逻辑,努力要做一个真正自由的新人。但何谓真正的人?关于人生意义的新的答案究竟又在哪里?绝对自由最终所抵达的难道不是一份绝对的虚无吗?"在这个

---

① 曾繁亭:《19世纪西方文学思潮研究 第一卷 浪漫主义》,北京大学出版社2022年版,第348—349页。

② 罗兰·斯特龙伯格:《西方现代思想史》,刘北成、赵国新译,中央编译出版社2005年版,第240页。

时刻,彻底的不信宗教和彻底的虔信宗教都没有前途了。只剩下了怀疑——即诗歌领域的激进主义,对有关人生的目标和价值提出了千百个痛苦的使人烦恼的问题。"①当人们为了达成自我的救赎而进一步追问这些生命之谜的时候,无法化解的怀疑的一团乱麻最终所凝成的"荒诞感"就会在那些迷惘的心灵深处油然而生。简言之,在用生命体验反抗既定理性律令的过程中,浪漫派是很容易遭遇"荒诞"体验的。

"经由在一派反叛声中解放了的非理性,浪漫主义打开了人们体验'荒诞'的入口;'荒诞'作为个体生存的最深刻的非理性体验也就成了浪漫主义文学表现的重要内容。"②以讲述怪诞诡异故事著名的霍夫曼,赋予笔下的人物以神魔的造型、奇怪的经历和不着边际的头脑,在其19世纪初叶的一系列谈魔说怪的作品中虚构了一个个怪异的幻想世界;通过对恐怖、绝望、病态等极端非理性意识的聚焦,另一位浪漫派的奇异人物爱伦·坡对人之潜意识世界的探索在19世纪中叶达到了空前的深度,非理性在其作品中常常成为导致人物自我毁灭和毁灭他人的主要元素。由是,人们也就常常给浪漫派冠以"古怪""疯狂""梦幻"等标签。"只需要通读蒂克的一个剧本的人物表或者随便其他一个浪漫主义诗人的剧作的人物表,就能想象出在他们的诗意世界里出现的是多么稀奇古怪、闻所未闻的东西。动物说着人话,人说起话来像个畜生,凳子、桌子意识到它们在生存中的意义,人感到生存是个毫无意义的东西,无物变成一切,一切变成无物,一切是可能的而又是不可能的,一切是合乎情理的可又是不合乎情理的。"③

---

① 勃兰兑斯:《十九世纪文学主流》(第三分册),张道真译,人民文学出版社2009年版,第269页。

② 曾繁亭:《19世纪西方文学思潮研究 第一卷 浪漫主义》,北京大学出版社2022年版,第399页。

③ 克尔凯郭尔:《论反讽概念》,汤晨溪译,中国社会科学出版社2005年版,第263页。

时而是霍夫曼作品中呈现在理想和现实之间的精神矛盾，时而是爱伦·坡作品中主宰着理性思维的歇斯底里，"荒诞"在浪漫主义作品中常常以一种可笑或可怕的逻辑支配着理智。正是在关注个人的内在精神矛盾和深层情感体验这一层面上，浪漫主义文学为存在主义哲学进一步发现非理性的"人"做好了准备。勒内的"彷徨苦闷"，奥克塔夫的"迷茫绝望"，曼弗雷德的"世界悲哀"……这些浪漫主义时代无所适从、焦躁不安的灵魂，其所共同表达的正是存在主义哲学大肆张扬的孤独、虚无、烦闷、绝望等现世的生存体验。①

事实上，正是浪漫主义在西方现代文学的起点处为现代主义的"荒诞"母题提供了原型。在谈到浪漫主义革命时，以赛亚·伯林（Isaiah Berlin，1909—1997）明确指出："两种因素——其一是自由无羁的意志及其否认世上存在事物的本性；其二是破除事物具有稳固结构这一观念的尝试。某种意义上，这两种因素构成了这场价值非凡、意义重大的运动中最深刻也是最疯狂的一部分。"②在"荒诞"隐现的现代的开端，敏感的浪漫派第一次意识到：个人真正可以凭依的东西只有与生俱来的自由。浪漫主义自由内涵的丰富性有时候直接表现为其自身的悖谬。如自由既是权利也是责任，作为要承当后果的责任，意味着自由这一权利其实也是不自由的；再如，人既向往自由，但又逃避自由，乃至喜欢奴役或喜欢被奴役——"人悬于'两极'：既神又兽，既高贵又卑劣，既自由又受奴役，既向上超升又堕落沉沦，既弘扬至爱和牺牲，又彰显万般的残忍和无尽的自我

---

① 曾繁亭：《19 世纪西方文学思潮研究 第一卷 浪漫主义》，北京大学出版社 2022 年版，第 399 页。
② 伯林：《浪漫主义的根源》，吕梁等译，译林出版社 2008 年版，第 118 页。

中心主义"①。在浪漫主义文学中,自由成为最高价值,所有的范畴都出自人的自由心灵,一切理性、逻辑、伦理乃至法律规则和习惯都要用自由的最高原则衡量一番。"这就是浪漫派,其主要任务在于破坏宽容的日常生活,破坏世俗趣味,破坏常识,破坏人们平静的娱乐消遣……",但"浪漫主义的结局是自由主义,是宽容,是行为得体以及对于不完美的生活的体谅,是理性的自我理解的一定程度的增强。这些和浪漫主义的初衷相去甚远……他们有志于实现某个目的,结果却几乎全然相反"②。"搬起石头砸了自己的脚",以"自由"为灵魂的浪漫主义革命由是从整体上呈现出"荒诞"的意味。

　　大致来说,在浪漫主义运动开启之前,"荒诞"事实上始终停留在人们无力对眼前世界作出合理解释而产生的迷惘困惑这一层面;正是循着迷惘困惑的情绪路径,克尔凯郭尔在19世纪中叶第一次将浪漫主义作品中由勒内发端的大量"世纪儿"形象内里的核心要素"忧郁"进一步阐发成为后来加缪笔下"局外人"莫尔索所表征着的那份"荒诞"。准确地说,"荒诞"乃"忧郁"内里那份混乱的激情或热忱冷却、沉静下来的观念结晶。③

最早为现代主义"荒诞"母题打造模板的人就是19世纪上半期这位集哲学家、神学家、文学家于一身但又长时间在历史的长河中茕茕孑立、落寞消瘦的丹麦人:"就像一株孤傲的冷杉,兀然而立,直指天际,我站立

---

①　尼古拉·别尔嘉耶夫:《人的奴役与自由》,徐黎明译,贵州人民出版社1994年版,第3页。
②　伯林:《浪漫主义的根源》,吕梁等译,译林出版社2008年版,第145页。
③　曾繁亭:《19世纪西方文学思潮研究　第一卷　浪漫主义》,北京大学出版社2022年版,第349页。

着,不留下一丝阴影。"①克尔凯郭尔的所有哲学论题都建立在对个体的思考之上,其实生活和精神的信仰均表明他的哲学是来自个人绝对孤独世界的尖叫。在很大程度上,正是基于其"孤独个体"这一新的思想轴心,克尔凯郭尔才开启了直接影响尼采进而改变西方文化走向的哲学革命。"这种情况本身体现了西方哲学的革命性变革:他们的中心论题是单个人或个体独有的经验……"②

身为浪漫主义作家的克尔凯郭尔将哲学思辨与神学探究的触角延伸到后世存在主义哲学的核心命题——"荒诞",并以"个体性"为基础,用艺术家的空灵笔触深入阐发了"荒诞"的内涵。在克尔凯郭尔那里,"荒诞"是个体意识所体察到的存在之无可规避的悖谬性;作为一种非理性的主观感受或"反理性的主观性",克尔凯郭尔的"荒诞"观念满透着孤独、恐惧、绝望、虚无的意绪。后来萨特将这种"反理性的主观性"称作"绝对的内在性":"显然应该在虚无化中找到一切否定的基础,这种虚无化是在内在性之中进行的。我们必须在绝对的内在性中,在即时的我思的纯粹主观性中发现人赖以成为其自身虚无的那种原始活动。"③综合来看,"浪漫主义背离权威而追求自由,拒绝陈旧僵化的学问而崇尚个体的探究,拒斥安稳的恒定性而拥抱不可预见的戏剧性……"④。浪漫主义运动对理性的颠覆,为"荒诞哲学"或存在主义哲学在 19 世纪中后期的形成与发展提供了重要的前提条件。感性自由的空前释放,使浪漫派成为文学史上第一个与个人存在的荒诞性正面遭遇的作家集群。不唯如此,在浪漫主义运动的后期阶段,历史绝非偶然地提供了第一位将"荒诞"从生活境遇的

---

① 索伦·克尔凯戈尔:《克尔凯戈尔日记选》,彼德·P. 罗德编,晏可佳、姚蓓琴译,上海社会科学院出版社 2002 年版,第 37 页。

② 巴雷特:《非理性的人》,段德智译,上海译文出版社 2012 年版,第 15—16 页。

③ 萨特:《存在与虚无》,陈宣良等译,生活·读书·新知三联书店 2007 年版,第 77 页。

④ Jacques Barzun: *Classic*, *Romantic and Modern*, Secker & Warburg, 1962, p. xxi.

情感体验上升到形而上学观念的诗人、哲学家——克尔凯郭尔。有意识地从个体性、反理性以及强调人的孤独、恐惧、绝望等心理体验的角度来思考人的存在,他提炼、创造了"荒诞"这一"极其丰富的、远远超前他们时代、只有下一个世纪的人才理解得了的观念"①。此后,随着尼采、海德格尔、雅斯贝尔斯以及萨特、加缪等哲学家对"人的存在"的不断阐释以及陀思妥耶夫斯基、卡夫卡等文学家对人生存体验的不断描述,"荒诞"最终在哲学与文学两个层面上被确定为对存在的一种根本性描述——世界是荒诞的,人的存在在根本上也是荒诞的;由是,"荒诞"作为存在主义这一20世纪影响最大的哲学思潮之核心观念,也就历史性地成了作为20世纪西方文学主潮的现代主义之基本母题。

第四节 "超人"或"荒诞英雄"

作为19世纪最伟大的虚无主义者,死于1900年的尼采"完全是浪漫主义自由的使徒——人成为无条件和创造性的意志。作为个体主义时代的首席代表,他将自我的概念投射到负无穷大"②。在尼采的"超人哲学"中,所谓"超人"便是因具备了强力意志而能够在自由创造中超越自身的人。在人的自由本质和超越性向度上,后世的存在主义者大都吸收或发展了尼采的"超人"思想,进一步"强调人的超越性,认为人的存在就是不断超出自己的界限。人总是不断超出现在而面向未来,人的存在就是人的超越和创造活动,就是人的生活、行动和实践,这些都意味着人的自

---

① 巴雷特:《非理性的人》,段德智译,上海译文出版社2012年版,第15页。

② Wylie Sypher: *Loss of the Self in Modern Literature and Art*, Random House, 1962, p. 21.

由"①。后世的存在主义思想家与现代主义作家进一步将尼采这种以自我超越为内核的自由精神发扬光大,并反复论定生命的本质就在于不断地自我超越——人是"一种应该被超越的东西"②。

"存在先于本质",存在主义把人自身看成是世界的核心,乃所有事物之所以存在的出发点与一切精神意义的来源。与先验"本质"断开的人所直面的只有被萨特直接命名为"荒诞"的"虚无";经由这样一番"虚无化"的处理,存在主义的荒诞直接导出了在很多人看来"声名狼藉"的虚无主义。但事实上,此虚无主义却并不等同于被裁定为悲观主义的那种虚无主义。尼采的"超人"、加缪很多时候体现为"局外人"的"荒诞英雄"以及海明威那种桑地亚哥式的"打不败的人",乃至乔伊斯笔下的"现代尤利西斯"布鲁姆……现代主义主导的西方文坛上大量从"虚无"废墟上站立起来的文学形象,虽历遭挫败、身形憔悴、衣衫褴褛,但以感性、直观、另类的方式晓谕了何谓"荒诞英雄"或"现代主义英雄"——

> 他不再是一个形象,他真的是人。他和宇宙有着错综复杂的联系,不过他靠的是宇宙的感觉。他不靠投机取巧度日,他是直接通过生活。他不考虑自己,他体验自己;他不悄悄地绕过事物,他触及事物的中心;他既不是非人,也不是超人,而只是人。懦怯而又坚强,善良、可卑而庄严,就如上帝将他创造出来的那般。因而所有如下的事物他都感到切近:他惯于观察其核心,其真正的本质的那些事物。③

---

① 刘放桐等:《新编现代西方哲学》,人民出版社 2000 年版,第 333 页。
② 尼采:《尼采著作全集》(第六卷),孙周兴等译,商务印书馆 2015 年版,第 411 页。
③ 卡·埃德施密特:《论文学创作中的表现主义》,袁志英译,见袁可嘉等编选《现代主义文学研究》(上),中国社会科学出版社 1989 年版,第 436 页。

换言之,经由怪诞或象征等超现实的手法,现代主义作家生动地描绘了一个看上去陌生但想来也真切的荒诞世界。现代主义文本着意表现世界的荒诞性和人的荒诞感,这一方面是文学对现实不无沉痛的指控,另一方面也体现着文学对现实最坚定、坚毅、坚实的反抗。

一

在《西西弗神话》(1941)中,加缪笔下的西西弗便是反叛命运而与荒诞世界对衡的"现代主义英雄"。"西西弗是荒诞英雄。既出于他的激情,也出于他的困苦。他对诸神的蔑视,对死亡的憎恨,对生命的热爱,使他吃尽苦头,苦得无法形容,因此竭尽全身解数却落个一事无成。这是热恋此岸乡土必须付出的代价……他凭紧绷的身躯竭尽全力举起巨石,推滚巨石,支撑巨石沿坡向上滚,一次又一次重复攀登;又见他脸部痉挛,面颊贴紧石头,一肩顶住,承受着布满黏土的庞然大物;一腿蹲稳,在石下垫撑;双臂把巨石抱得满满当当的,沾满泥土的两手呈现出十足的人性稳健。用没有天顶的空间和没有深底的时间来衡量这种努力,久而久之,目的终于达到了。但西西弗眼睁睁望着石头在瞬间滚落山下的世界,又得把它重新推上山巅。于是他再次走向平原。"①

显然,西西弗反复与之抗争的那块巨石便是其命运的象征。在加缪看来,超越命运是需要生命的强度的。加缪指出:"我感兴趣的正是在回程时稍事休息中的西西弗。如此贴近石头的一张苦脸已经是石头本身了。我注意到此公再次下山时,迈着沉重而均匀的步伐,走向他不知尽头的苦海。这个时辰就像一次呼吸,恰如他的不幸肯定会再来,此时此刻便是觉悟的时刻。在他离开山顶的每个瞬息,在他渐渐潜入诸神巢穴的每

---

① 阿尔贝·加缪:《加缪全集:散文卷Ⅰ》,柳鸣九、沈志明主编,丁世中、沈志明、吕永真译,河北教育出版社2002年版,第137—138页。

分每秒,他超越了自己的命运。他比他推的石头更坚强 。"①

西西弗之为"荒诞英雄"或"现代主义英雄",正在于他清醒地意识到了其所面对的荒诞命运,并且绝不屈服于这荒诞命运而倾其全副生命与之抗衡。"上帝死了",在四分五裂、混乱颓败的废墟上赫然站立起来的,是面色憔悴但精神傲岸的"现代主义英雄";"上帝死了",生命旧有的、确定的意义来源被断开,在荒诞的荒原上,对往往被命名为"反英雄"的"现代主义英雄"来说,生命的全部意义在自己的手上——西西弗那血肉模糊、沾满泥土却紧紧抵住命运巨石的手,正是现代人反抗荒诞生命过程与生命姿态的大号特写画面,"他觉得这个从此没有主子的世界既非不毛之地,抑非微不足道。那岩石的每个细粒,那黑暗笼罩的大山每道矿物的光芒,都成了他一人世界的组成部分。攀登山顶的奋斗本身足以充实一颗人心。应当想象西西弗是幸福的"②。

西西弗显然不是传统文学文本中那种用慷慨赴死来体现崇高感的悲剧英雄,他甚至算不上萨特"境遇剧"作品中那种常常出现的用"自由选择"来达成自我超越,克服乃至战胜荒诞的"自由人"。但他在荒诞命运面前,的确没有退缩,没有被吓倒和吞没。经由更加柔韧的生命意志,西西弗始终与荒诞命运既艰难紧张又慨然从容地相生相伴,荒诞由是成为他与世界相联系的唯一的纽带。既然从来没有被灌输希望,赤裸的生命在任何时候也就没有什么绝望可言。自始至终,他只有行动——行动中的血汗凝成了那份带着蔑视与坦然的微笑,这就是发自其生命内部的、充实的"幸福":"西西弗沉默的喜悦全在于此。他的命运是属于他的。他的岩石是他的东西。同样,荒诞人在静观自身的烦恼时,把所有偶像的嘴巴全

①　阿尔贝·加缪:《加缪全集:散文卷Ⅰ》,柳鸣九、沈志明主编,丁世中、沈志明、吕永真译,河北教育出版社 2002 年版,第 138 页。

②　阿尔贝·加缪:《加缪全集:散文卷Ⅰ》,柳鸣九、沈志明主编,丁世中、沈志明、吕永真译,河北教育出版社 2002 年版,第 139 页。

堵住了。在突然恢复寂静的宇宙中,无数轻微的惊叹声从大地升起……没有不带阴影的阳光,必须认识黑夜。荒诞人说'对',于是孜孜以求,努力不懈。如果说有什么个人命运,那也不存在什么至高无上的命运。再不然至少有一种他设想的命运,那就是注定带来不幸的命运,无足轻重的命运。至于其他,他知道他是自己岁月的主人。在反躬审视自己生命的时刻,西西弗再次来到岩石跟前,静观一系列没有联系的行动,这些行动变成了他的命运,由他自己创造的,在他记忆的注视下善始善终,并很快以他的死来盖棺定论。就这样,他确信一切人事皆有人的根源,就像渴望见天日并知道黑夜无尽头的盲人永远在前进。岩石照旧滚动。"①

荒诞既在于世界,更在于人。加缪的这一表述再次提示我们:尽管存在主义者宣称"世界是荒诞的",但"荒诞"观念并非对世界某种客观属性的描述或表达,而是感觉主体的某种内在感觉或精神体验,正所谓"荒诞"即"荒诞感"。在《西西弗神话》中,加缪来来回回反复强调——"荒诞的人"不是没有意义的人,而是清醒地意识到这个世界本来没有意义的人;真正造成西西弗痛苦的,乃他的清醒意识;然而也正是这份清醒的意识,同时造就了他的胜利;如果说西西弗的故事是一个悲剧,那还是因为它的主人公是有意识的……对西西弗这种"荒诞的人"来说,"荒诞"显然已经不再只是"荒诞感"那么简单,而更是建立在某种感觉体验基础上的一份冷峻的"清醒意识"。世界或人生是否"荒诞",取决于个体对世界或人生的感觉体验;"荒诞"就是由此种感觉体验所凝成的对世界和人生的一份清醒意识。在这份清醒意识中,"世界"原来很多"确定性"的东西现在"不确定"了,"人生"原来诸多"必然性"的东西陡然呈现为"偶然"。那么什么样的人会有这样的感觉体验与清醒意识呢?最直观的回答是像西西弗那

---

① 阿尔贝·加缪:《加缪全集·散文卷Ⅰ》,柳鸣九、沈志明主编,丁世中、沈志明、吕永真译,河北教育出版社 2002 年版,第 139 页。

样的人。西西弗那样的人又是怎样的人？——因不接受现实而反叛的人，禀有自由意志的人，精神个性发达的人，能不依赖于外部灌输的理念而是基于自己的切身感知独立地进行思考、判断、选择、行动的人。

"现代主人公从英雄业绩走向意识的英雄主义，一种只能在失败中存在的英雄主义。他以征服者的姿态出现，以朝圣者的姿态待下来。思想上他寻求那种据说传统主人公通过行为而找到了的精神目标。用马尔罗《人类的命运》中奇奥·基索斯的话来说，他懂得了'人与他的痛苦相近似'。"①质言之，有着强烈"荒诞"体验的"荒诞的人"，绝非猥琐的、无为的平庸之辈，而是披覆着"反英雄"外衣的独具时代特色的"现代主义英雄"——

他知道人们要求传统的主人公扮演勇敢的角色。但是他发现，处于困境之中的他所需要的是勇气。勇敢意味着某种行为，勇气则意味着某种存在。由于他感到难于调和行为与存在两者的需求，因而就得认识到：要鼓起勇气就必须放弃勇敢。他不能卸掉的这个包袱使他接近了威廉·詹姆斯所描述的那种情况："英雄主义永远处于险峻的边缘，只有奔跑才能维持其生命。每个瞬间都是一次逃脱。"

他知道对他的追随者和他本人来说，只有主人公绝对相信人生的格局充满意义时，才能使出他的全部力量。但他越是使自己作出英雄主义的姿态，就越感到存在的荒诞性。上帝不同他讲话，先知不予他鼓励，信条也不能减轻他的痛苦。②

---

①　欧·豪：《现代主义的概念》，刘长缨译，见袁可嘉等编选《现代主义文学研究》（上），中国社会科学出版社 1989 年版，第 197 页。

②　欧·豪：《现代主义的概念》，刘长缨译，见袁可嘉等编选《现代主义文学研究》（上），中国社会科学出版社 1989 年版，第 196 页。

事实上,作为一份对世界与人生的"清醒意识",看上去反理性的"荒诞"内里却涵纳着一份常常被人所忽略的现代新理性。以观念存在的"荒诞"乃人之理性高度发达后才能达成的一种对世界和人生的深度体验;这份体验对既定理性逻辑的解构,体现着主体对既定理性的颠覆与否定,更体现着精神在不断延展中对既定理性的超越与扬弃。浪漫主义大潮过后,宣称"上帝死了"的尼采在19世纪末叶将反传统理性的事业推进到了更高的阶段,并由此成了存在主义哲学发展过程中具有划时代意义的标志性人物。在尼采的理论体系中,设若上帝存在,那就剥夺了世界的最终意义;倘若上帝不存在,则剥夺了万物的意义。而现代人的意义则注定隐没在"上帝死了"之后所呈放出来的世界虚无之中——如果人生有意义,其源泉就是虚无,就是在虚无中行动,无论如何又只能归于新的虚无的过程之中。"对尼采来说,正像对于后来的存在主义者一样,面对虚无主义的空虚这一事实便成了人类复苏的主要前提了。"①一旦个人的存在不必再受基督教之上帝的支配,根植和依附于这一信仰的规范性道德体系当然也就不复存在;换言之,设若人们昔日为自己确定下来的真理成为虚空,则个体自身存在的意义也就失去了依据或合理性,"荒诞"体验遂由此缤纷绽放,而人也同时得到了将自己的价值握在自己手中的"自由"。尼采"上帝死了"的断喝进一步确认了世界与人生的"荒诞"与"自由"。"在存在主义的演进过程中,尼采占着中心的席位:没有尼采的话,雅斯培、海德格和沙特是不可思议的,并且,卡缪《薛西弗斯的神话》的结论听来也像是尼采遥远的回音。"②

① 欧·豪:《现代主义的概念》,刘长缨译,见袁可嘉等编选《现代主义文学研究》(上),中国社会科学出版社1989年版,第200页。
② W.考夫曼:《存在主义》,陈鼓应、孟祥森、刘崎译,商务印书馆1987年版,第13页。

二

不管是断言"上帝死了"的尼采,还是宣称"人生荒诞—世界荒诞"的萨特,他们只是在用这样的一些命题揭示现代社会人在价值与意义层面所面临的精神危机,但他们本人从未否定人与猪狗在终极价值问题上的本质区别。也就是说,他们固然激烈地反对在他们看来已然过时了的传统文化,但他们没有任何人在任何时候曾经否认过——作为人,生命的过程从根本上来说是一个追求某种精神意义或价值的过程。事实上,这些激烈反传统的现代思想家所从事的工作,只不过是在传统价值系统不能有效解释人的现代生存的情势下所进行的重构人生之精神价值系统的艰苦努力与紧张探索。所以,宣称"上帝死了"的尼采提出了"超人哲学",而宣称"世界荒诞"的萨特则经由"人不是其所是而是其所不是"的"自由选择"理论来大力弘扬人的创造精神。

"境遇剧"是萨特基于其存在主义哲学思想与文学思想所创造的一种独特的戏剧样式。这里的"境遇",是指人之生存的客观环境与生活的各种际遇。因此,萨特的"境遇剧"在很多方面便迥然有异于传统的"性格剧":后者注重在性格交锋中展开性格分析,其人物处境设置的唯一目的便是突出人物性格,或给人物营造显露其性格的语境;而前者关注的则不是性格与环境的关系,而是被置入某种极端境遇中的人如何在动态的"自由选择"中造就自己的本质。因为这种戏剧要表现人的"境遇",表现人在特定境遇中的"自由选择",所以萨特才称它为"境遇剧"或"自由剧"。

在萨特的境遇剧中,人物总是被置于充满危机、生死攸关的可怕境遇之中。作者着力渲染人物在特定境遇中的恐惧与焦虑,但更刻意揭示的却是人在这种境遇中的自由意志与自由选择。

《苍蝇》是萨特在1943年创作的三幕话剧。这个剧本取材于古希腊传说,"悲剧之父"埃斯库罗斯曾用这个故事写过悲剧《阿伽门农》。情节梗概是:自埃癸斯托斯伙同王后克吕泰墨斯特拉谋杀阿伽门农篡夺王位之后,阿尔戈斯城便充满了无数的苍蝇。15 年以后,阿伽门农的儿子俄瑞斯忒斯长大成人,来到阿尔戈斯城复仇,杀死了埃癸斯托斯和自己的母亲。随后,他离开了阿尔戈斯城,成群的苍蝇也随之而去,阿尔戈斯城得救了。

俄瑞斯忒斯是剧中的中心人物,也是萨特着力塑造的存在主义英雄。当俄瑞斯忒斯来到阿尔戈斯城为父报仇时,众神之王朱庇特企图阻止他,警告他不要破坏城邦的秩序和人们心灵的平静,否则将引发大祸,并且暗示他屈从命运的安排。但俄瑞斯忒斯坚信复仇的正义性,敢于自由选择,并且打算承担复仇的一切后果。认识到人是自由的,人应该在自己选择的行动中确证自己存在的价值,俄瑞斯忒斯慨然宣称:"我就是我的自由。"这句对白,道出了存在主义思想家萨特的核心思想:人即自由。

在其存在主义哲学的经典著作《存在与虚无》一书中,萨特通过对构成世界的两种存在的分析,揭示了人的自由本质。在萨特看来,世界是由相互联系着的两种"存在"构成的:其一是"自在的存在",即排列在空间中的客体的物的存在;其二是"自为的存在",即在时间维度上不断展开的人之存在。"自在的存在"——譬如一只狗、一棵苹果树或者一块石头,它是"实心的",没有任何缝隙,因而它"对自身来说是不透明的",是阴暗的、混沌的、滞重的,它仅仅是其偶然之所是——对其自身而言,它既不需要存在的理由,也就无所谓存在的意义。而"自为的存在",作为一种有意识的存在,则是一种空灵的、透亮的、澄明的、有意义的存在。

对"自为的存在"而言,"自为"的要义就在于其所禀有的"意识"。关于意识,萨特说:一切意识都是自我意识,意识就是自我的显现,人之自我也只有通过意识活动才使自身在外面成为存在;同时,一切意识都是对某物的意识,即意识与意识活动及意识对象是同时出现的,因而意识归根到底只能是一种在外面的、在世界中的存在。意识的这两种特性表明："自在的存在"与"自为的存在"共同构成的世界，只有在意识的活动中才得以呈现；正是"意识的突现"，才有一个世界在我周围形成，并开始为我而存在。在这样的世界上，"自在的存在"与"自为的存在"不再简单地是相互对立的主体与客体的关系，没有"自为的存在"之"意识"的照耀，原始的世界只是一片死寂而冰冷的虚无；换言之，原始的世界正是通过人之自我意识的命名才获得了澄明。至此，萨特得出结论：在一个因为人之"意识的突现"才得以确立存在的世界上，人注定是自由的。

人即自由，意味着对"自为"的人而言"存在先于本质"——"首先是人存在、露面、出场，后来才说明自身……因为人之初，是空无所有，只在后来人要变成某种东西，于是人就照自己的意志而造成他自身……人，不外是由自己造成的东西，这就是存在主义的第一原理……"①因此，萨特呼吁每个人都应该积极地去创造他自己的本质。

人即自由，意味着人生就是"选择"。萨特这里号召人们去"创造"的本质，显然是指个体的、具体的人之本质，而非那种集体的、普遍的类本质。人作为独特物种的类本质，也就是自由，早已先天具有。所以萨特才反复强调：人的自由先于人的本质，并使本质成为可能；存在的本质悬空于人的自由之中，人的本质属于人的自由。而"选择"作为自由的具体展现，则彰显着自由绝非抽象之物，而是活生生的人之生命存在本身：能选择，就是有自由；不能选择，则意味着人的自由的被剥夺或丧失。在萨特看来，无论在什么情况下，个体都始终秉有独立选择的自由，而所谓人生也就具体呈现为一个不断选择的过程。

---

① 萨特：《存在主义是一种人道主义》，见中国科学院哲学研究所西方哲学史组编《存在主义哲学》，商务印书馆 1963 年版，第 337 页。

人即自由,意味着自由是"被判定"的人之与生俱来的命运,而并非需要去努力争取才能获得的权利。人的自由是绝对的而非相对的,是无条件的而非有条件的。这里应该指出的是,所谓"自由是绝对的",只是意味着人对某物的选择自由是绝对的,而非指得到某物的自由是绝对的;虽然选择的自由是永恒的,可有许多东西是人们都想得到却永远不能得到的。这意味着萨特的绝对自由也只有在人之精神层面才有可能真正落到实处。

人即自由,意味着自由不仅是一份命定的权利,同时也是一份命定的责任,这也就是所谓"自由的重负"。责任与权利的同时存在,意味着自由当然不是为所欲为,而只是一份选择的主动性和独立性罢了。正因为难以承当或不愿承当自由责任的重负,现实中才有很多懦弱的人选择了"逃避自由"。人即自由,意味着人不仅是一种已然而更是一种未然,不仅是一种现实而更是一种憧憬,人永远向着活泼泼的未来敞开着大门。正是在人的未来向度上,人永远"不是其所是而是其所不是"的这一不同于物的超越品格才得到了澄明。虽然鱼也可以在水中自在地游弋,但鱼永远是鱼;而具有超越品格的人,却是高高矗立于天地间朝着太阳不断生长、生成并独立禀有意义的生命存在。然而也正因为如此,不断否定着现在却又不能同时将未来抓在手里的人,就不能不命定般地承受着孤独、焦虑、烦恼、虚空的精神苦痛。这意味着,在萨特的存在主义体系中,"自由"与"荒诞"是一对几乎同时降临的孪生子;也许更准确的表述应该是"自由"与"荒诞"是一个硬币的两面。

综上,"荒诞英雄"内里所涵纳着的自由进取姿态、永恒创造精神以及自我超越品格,意味着所有声称"荒诞"的观念即虚无主义或悲观主义的说辞当然是不能成立的。也许,"上帝死了"这一口号的真义并不在于它宣告了危机的到来,更重要的是它揭示并确立了怀疑精神的永恒价值。说到底,正是彻底的怀疑精神才使尼采发出了那振聋发聩的断喝。尼采说出这个论断时的那份欣喜与陶醉、激动与兴奋,足以提示我们应该审慎地理解这个论断。事实上,这个论断,与其说是在宣告一种文化的死亡,倒不如说是在宣示这种文化的再生。因为,在本质上,正是它所得以形成并又反过来使之进一步确立的怀疑精神解放了人的创造精神与自由精神。就此而言,尼采在本质上也许非但不是一个虚无主义者,反倒恰恰是一个对一般流行的虚无主义进行检视、反思、批判的"反虚无主义者"。而常常以"反英雄"面目出现的"现代主义英雄",在祛除了各种先验理性的统摄之后,只是褪去了传统文本所赋予的那种虚文伪饰和不真实的"高大上"的崇高色彩,而呈现出了更平实也更柔韧、更质朴也更可信、更悲怆也更傲岸的现代形态。

第五节 怪诞:现代主义叙事手法的革新

作为"偶然性"的观念凝缩,"荒诞"成了 20 世纪西方现代主义文学的母题。现代主义作家高度重视这一母题的表现,由是便出现了与之相适应的专门的小说、戏剧样式;而与之相契合的独特叙事手法——"怪诞",也在现代文坛大行其道。

作为一个术语,怪诞既涉及内容、观念,也涉及形式、手法。在叙事手法这个层面,我们可以说怪诞是夸张和象征杂交而生成的一种寓意手法。首先,怪诞和象征既有联系又有区别:怪诞离开象征便会失去寓意,象征超出极限自然变成怪诞;象征大抵是选取客观事物本身固有的特点来表现某种主观感受,怪诞则是从某种主观感受出发,在改变客观事物或现象的形态和属性之后再用这种被扭曲得失去原形的客观事物或现象反过来表现这种主观感受。其次,怪诞和夸张也有一定关系:把一般的夸张手法运用到极致,使普通的形而下的现象或事物扭曲变形,从而得到一种形而上的意义,这时候夸张便成了怪诞。简而言之,怪诞事实上就是变形的夸张。作为一种叙事手法,怪诞具有抽象、概括、深刻、犀利的特点。现代主义中的表现主义作家在使这种手法高度成熟并大行其道方面有突出贡献;但事实上怪诞作为一种叙事手法,在 20 世纪西方所有流派、所有作家那里都得到了广泛的应用,后来的荒诞派剧作家则更使其达到了登峰造极的地步。

"上帝"的缺席使世界最终失去了能被整合为一个整体的契机,哈姆雷特著名独白中对人的美妙表述面对六神无主、委顿猥琐的现实人生,呈现出强烈的讽刺意味。为了将此种难以言说的现实境遇"赤裸裸地呈现在人们面前",现代主义作家便往往诉诸"变形"的方式。"现代主义认为,传统的现实主义已丧失了真实感,因此现代主义作品屈服于变形这个必需。"①这用美学家阿恩海姆(Rudolf Arnheim, 1904—2007)的话来说就是:20 世纪,"变形是能使我们达到一定的艺术目的的一个必要的和有用的工具"②,以扭曲变形等极为主观的荒诞形式、怪诞手法直观地呈现被作家所反省过的荒诞生命境遇。卡夫卡曾称:"我总是力图传达一些不可传达的东西,解释一些不可解释的事情,叙述一些藏在我骨子里的东西和仅仅在这些骨子里所经历过的一切。是的,也许其实这并不是别的什么,就是那如此频繁地谈及的、但已蔓延到一切方面的恐惧,对最大事物也对最小事物的恐惧,由于说出一句话而令人痉挛的恐惧。"③《地洞》(1928)、《变形记》(1912)这类以"虫"写"人"的形式所体现的正是这种"痉挛的恐惧"。英雄所见略同,加缪也曾将文学文本看成是对"荒诞人"命运的形式

---

① 欧·豪:《现代主义的概念》,刘长缨译,见袁可嘉等编选《现代主义文学研究》(上),中国社会科学出版社 1989 年版,第 189 页。
② 鲁道夫·阿恩海姆:《艺术与视知觉——视觉艺术心理学》,滕守尧、朱疆源译,中国社会科学出版社 1984 年版,第 402 页。
③ 卡夫卡:《卡夫卡书信日记选》,叶廷芳、黎奇译,百花文艺出版社 1991 年版,第 321 页。

赋予。①

　　在过去的岁月里，巴尔扎克、狄更斯(Charles John Huffam Dickens，1812—1870)这类作家对自我往往充满着一种童稚的自信。他们确信自己所观察到的、所描述的所有人物和事件体现着真实；他们确信自己的作品能够反映世界，揭示真理；他们确信所有人物和事件都遵循着他们早已谙熟于心的逻辑轨道发展变化；他们确信他们完全有能力对活动于巴黎或伦敦的形形色色的人物进行分门别类的把握、分析和描画。于是，透过他们所创作的文本，读者必然会感觉到他们作为叙事主体的那种类于国王的自高自大和类于师爷的自以为是。在卡夫卡等现代主义作家那里，由于"荒诞"观念的影响，其自我的观念和世界的观念均发生了巨大的变化。在"上帝死了"的时代里，在"测不准原理"大行其道的时代里，"模棱两可"成了最根本的真理；昔日上帝的宝座上现在端坐着的是相对主义的"相对"。那种理性逻辑建构起来的稳定秩序被打破之后，世界呈现在人们眼前的是一张黑咕隆咚、带着紊乱表情的面孔。"巴尔扎克的时代是稳定的，刚刚建立起来的秩序是受欢迎的；当时的社会现实是一个完整体，因此巴尔扎克表现了其完整性。但20世纪不同了，它是不稳定的，是浮动的，令人捉摸不定，它的很多含义都很难捉摸；因此要描写出这样一个现实，就不能再用巴尔扎克时代那种方法，而要从各个角度去写，要用辩证的方法去写，把现实的飘浮性、不可捉摸性表现出来。"②在这样的世界和时代里，现代主义作家对自己眼睛所看到的现实的真实性充满怀疑；对自己是否能用自己的视点观察和用语言表现出现实的真实性充满怀疑。他们确认并不存在一个先验的关于世界的固定逻辑，确信不管是时间、空间还是人物的心理状态都是相对的，确信每个人都有自己体验现实的方

---

　　①　阿尔贝·加缪:《加缪全集:散文卷Ⅰ》，柳鸣九、沈志明主编，丁世中、沈志明、吕永真译，河北教育出版社2002年版，第36页。
　　②　柳鸣九:《巴黎对话录》，湖南人民出版社1983年版，第15页。

式和结论。一言以蔽之,既然这"荒诞"的世界上所有的外部现实均是"表象",而只有人的内心世界才是真实,既然人的内心世界中占绝大部分比重的是"潜意识",而"潜意识"从具体形态上看往往又是一些蕴义模糊的混沌意象,那么,显然,用传统作家惯用的白描等写实手法来面对这种新的"人"之现实便很难奏效了。

为了真切地传达人对世界的"荒诞"体验,在怪诞手法之外,20世纪西方现代主义作家在传统叙事手法的基础上,还突出和发展了象征、意识流这样一些在营造意象方面非常得力的叙事手法。

象征,就是用有物质感的形象,通过暗示、烘托、对比和联想,由此及彼,由表及里,表现出某种思想、意绪或感情。作为叙事手法,象征在表现人的内心世界方面具有蕴藉、含蓄、浓缩、精练的特点。象征手法古已有之,但20世纪西方现代主义作家和传统西方作家对它的理解和运用并不全然相同。自波德莱尔(Charles Baudelaire,1821—1867)发端的象征主义诗歌运动在将这种古老的手法赋予具体的世界观和方法论的意义之后,魏尔伦、兰波、马拉美等法国象征主义诗人首先开始大规模地采用象征手法;而在20世纪西方现代主义作家那里,象征又进一步越出了"象征主义"和"诗歌"的局限,演进成为现代主义所有流派、所有作家都普遍运用的一种手法。

意识流是以内心独白和感官印象呈现为主体的一种综合性叙事技巧。因为内心独白是其核心,所以有时候人们往往约定俗成地将其看成一种狭义的"意识流"手法。作为一种用来揭示人物内心世界的新的叙事手法,意识流具有酣畅淋漓、精微细致、准确贴切等特点。在语言上它常常没有条理、不合逻辑、颠三倒四,甚至大幅度地打破一般的语法规范。意识流小说家在这种叙事手法的高度成熟并大行其道方面做出了突出贡献;但在20世纪的西方文学中,意识流作为一种技法,绝非仅为该流派的小说家们所垄断,它同样具有普泛性,为现代主义所有流派、所有作家所器重。

第二章

现代主义诗学

现代主义作为 20 世纪诸先锋思潮的统称,其在美学理念上也有着共同的 19 世纪来源。"现代主义的潜力早就存在于文学发展之中;我们有可能看到它繁荣之前的起源。如果说现代主义是多种运动,那么这些运动就以日益高涨的浪潮流贯于整个 19 世纪。如果说这些运动是波希米亚式豪放不羁的,或先锋派的,那么波希米亚式豪放不羁的艺术家自 19 世纪 30 年代以来就在巴黎活跃了;而未来主义艺术家的理论,在危险的知识领域里豪放不羁的行为者的理论,则活跃在整个浪漫主义思想之中。"①作为内心的"表现",现代主义美学底蕴上的浪漫主义的渊源已是人所共知的定论。现代主义的种子无疑是深深地蕴藏在浪漫主义之中的,但浪漫主义的种子在 20 世纪土壤里所绽出的现代主义花朵与浪漫主义的根本不同究竟何在?"浪漫主义诗人挣脱了古典基督教的传统束缚,但他们却仍希望在宇宙中找到一整套的精神意义,能将他们的自我包括

---

① 马尔科姆·布雷德伯里、詹姆斯·麦克法兰:《现代主义的名称和性质》,见马·布雷德伯里、詹·麦克法兰编《现代主义》,胡家峦等译,上海外语教育出版社 1992 年版,第 14—15 页。

进去,不管它多么不稳固不牢靠。"①这一方面意味着他们对于自我-灵魂的高度关注——这也是之后现代主义作家的共同特征;另一方面也意味着浪漫主义诗人仍旧深陷于将这种关注同外部世界中某种超验价值(如上帝)结合起来的强烈冲动之中——而这一点正是后来现代主义与其区分开来的标记。

设若将象征主义、唯美主义以及颓废主义看成浪漫主义的衍生物,是浪漫主义的延伸和发展,那么,当我们在现代主义问题上追本溯源时,问题的答案就会变得简单而又清晰。经由后期象征主义,现代主义与 19 世纪法国象征主义诗歌运动的直接关联自是毋庸多言的历史事实。"我们越向前追溯,追溯得越广泛,我们就越有可能在现代主义同 19 世纪两个主要的思想和艺术运动之间的关系方面提出问题:这两个主要的思想和艺术运动就是浪漫主义和实证论的自然主义。"②

现代主义诗学与唯美主义、自然主义等思潮关联何在?——这是饶有趣味但甚少有人关注的学术课题。

第一节　对唯美主义文学本体论的拓进

一

"愉悦与教化的结合不仅在古典主义的所有诗学,特别是贺拉斯以后

---

① 欧·豪:《现代主义的概念》,刘长缨译,见袁可嘉等编选《现代主义文学研究》(上),中国社会科学出版社 1989 年版,第 180—181 页。

② 马尔科姆·布雷德伯里、詹姆斯·麦克法兰:《现代主义的名称和性质》,见马·布雷德伯里、詹·麦克法兰编《现代主义》,胡家峦等译,上海外语教育出版社 1992 年版,第 32 页。

变得司空见惯,而且成为艺术的自我理解的一个基本主题。"①在传统文本那里,"愉悦"与"教化"的关系是非常微妙的。实际上,在具体实施过程中,贺拉斯所谓"寓教于乐"的诗学规范往往体现为:"乐"所代表着的艺术的审美功能是手段,而"教"所体现着的教化功能才是艺术的目的。"教化",体现为某种道德或宗教或政治之社会意识形态观念的渗透;在此种传统诗学的表述中,"观念"无疑才是文本的灵魂。在 19 世纪,唯美主义者以其建构"无目的(直接的功利目的)"之艺术王国的主张,对"寓教于乐"的艺术原则进行了大胆的否定,第一次导致"教化"在艺术理论与艺术创作中被理解为一种非美学的因素。但这种否定,在极端唯美主义者那里却明显地失之于"矫枉过正",断绝艺术与生活关系的激进乌托邦主张让他们一头栽进了另一个艺术的陷阱。

"为艺术而艺术",乃唯美主义的理论纲领。唯美主义的要旨,首先在于强调艺术的纯粹性,认为艺术"旨在求美",所以"为艺术而艺术"实质上是为美而艺术。其次,在于倡扬艺术的独立性,否定艺术秉有政治、道德、认识等任何功利目的,认为一切有用的东西都与美无涉,都是丑的。唯美主义作为文学本体论的观念形态,其形成过程漫长而又复杂:其基本话语范式奠基于 18 世纪末叶德国的古典哲学,其文学表达的雏形最早在 19 世纪初叶法国浪漫派作家那里形成,而其广泛传播的高潮则在 19 世纪后期英国颓废派作家的喧嚣中得以集中呈现。单就其形成和发展在时空上的这种巨大跨度而言,唯美主义艺术观念的复杂性也可见一斑。

"为艺术而艺术"这一观念的直接理论渊源是德国古典哲学。随着美学在德国古典哲学中越来越成为一个独立建构的哲学知识领域,唯美主义之艺术自律的观念开始形成。将艺术活动理解为某种不同于其他一切活动的活动,这一观念正是在 18 世纪末的德国首先开始流行;也正是从

---

① 彼得·比格尔:《先锋派理论》,高建平译,商务印书馆 2002 年版,第 111 页。

这个时候开始,各种艺术(活动)被从日常生活的语境中抽离出来,并被进一步设想为某种可被当作一个整体对待的东西:在与社会生活的鲜明对比中,这一整体成为一个无目的创造和无利害快感的王国。其间,康德与席勒(Johann Christoph Friedrich von Schiller,1759—1805)"审美只涉形式""审美不涉利害""审美不涉概念"等美学创见无疑起了关键性的作用。而把康德对审美活动之特殊性的哲学界定移植于文学艺术领域,并举起"为艺术而艺术"的理论大旗,这大致乃素来喜欢趋新求异的法国作家及批评家之所为。"为艺术而艺术"口号最早形诸文字是在1804年。法国浪漫主义作家、自由主义思想家贡斯当(Benjamin Constant de Rebecque,1767—1830)最早使用"为艺术而艺术"这种表述。1818年,法国美学家维克多·库辛(Victor Cousin,1792—1867)在其巴黎大学的哲学讲座中明确声称:为宗教而宗教,为道德而道德,为艺术而艺术。艺术不是手段,它本身就是目的;艺术不再服务于宗教和道德,正如它不服务于快适感与实用一样。不久,泰奥菲尔·戈蒂埃(Théophile Gautier,1811—1872),这位曾在《欧那尼》(1830)首演时因身着奇装异服充当浪漫派啦啦队队长而闻名遐迩的雨果的追随者,进一步系统地表达了一种"为艺术而艺术"的激进热忱。他1832年发表的《〈阿贝杜斯〉序言》乃唯美主义最早的重要理论文献。戈蒂埃坚称自己写诗只是为了寻找游手好闲的借口;而他之所以游手好闲则又因为他是一个诗人。稍后,在1834年发表的《〈莫班小姐〉序言》中,他继续重复其在《〈阿贝杜斯〉序言》中的老调:真正称得上美的东西只是毫无用处的东西,一切有用的东西都是丑的,因为它体现了某种需要;小说和诗歌不可能、永远不可能、绝对不可能有任何实际用途。在写于1857年的《艺术》一诗中,戈蒂埃写道:只有"对形式反复雕琢,才能产生出佳作,大理石、玛瑙、珐琅和诗歌……为保住纯美的轮廓,去和坚硬珍奇的大理石,进行韧性的拼搏"。至此,康德的"游戏说"以及"审美不关利害说"与浪漫主义那种高标"自我"的思想取向进一步聚合,终于在浪漫主义文学运动的尾声中无奈而又合乎逻辑地凝成"为艺术而艺术"这一奇特的观念晶体。

在经历了19世纪中叶法国诗人波德莱尔的进一步发展之后,历史之手在19世纪末叶抓取了英国上流社会一个公子哥式的、时髦的乃至以喜欢行为出格而博取眼球的二流作家,使唯美主义在巨大的非议声中得到了进一步"普及"。这个人就是被很多人视为唯美主义代表人物的奥斯卡·王尔德(Oscar Wilde,1854—1900)。声称艺术除了表现自己以外从不表现任何东西,王尔德循着康德"纯粹美"的思路,把文学艺术的本质界定为"纯形式":形式就是一切;诗的真谛绝不在于主题,而是来自对韵文的独创性运用。王尔德的唯美主义主张,因其观念上的绝对化借助其行为上的招摇出格而声名远播。但王尔德被当作唯美主义的代名词显然是历史的一个误会。在本土学界,人们往往粗心大意地误把他当成了"唯美主义"的发明者。而事实上,王尔德可能仅仅是唯美主义的传播者,或者是为唯美主义的拓展做了广告的人。

总体来看,传统文本的意识形态性质一般来说是很明显的。对司汤达、巴尔扎克、雨果、狄更斯等活跃于19世纪中叶的西方作家来说,在叙事过程中直接或间接地明确表达自己道德上或政治上的好恶,乃非常流行的做法。随意中断叙事,或对社会、文化、宗教、道德、政治问题发表滔滔宏论,或来上一小段格言警句般的说教,或对书中人物及事件直接表明自己的看法,或借书中人物的嘴间接贩卖作家本人的主张,等等,在他们的作品中屡见不鲜。传统作家的文学创作往往直接受其社会政治、宗教、道德观念的主导,这直接导致"观念统摄型"的宏大叙事。由社会意识形态观念统摄的传统文学,显然具有鲜明的"依存性"。当这种"依存性"被意识形态劝诱引导而成为某种习惯性生存姿态的时候,文学作为艺术的"独立性"便在不知不觉中被取消了。正是基于这样的文学语境,将文学从伦理学附庸的地位中解脱出来,便成了历史赋予"西方现代文学"的首要使命。19世纪中后期,作家与社会的关系随着工业革命的深入越来越呈现出一种紧张状态:在一个神学信仰日益淡出的科学与民主时代,作家们普遍与自己的时代格格不入,排斥乃至厌恶观念保守的中产阶级读者大众,而艺术则越来越成了一种被他们紧紧攥在手里的宗教替代品。简言之,唯美主义艺术观念在19世纪中后期的广泛流行,最初肇始于纯文学作家对自己置身其中的社会、文化深重的厌恶;而当厌恶与茫然交织在一起时,作家便会越发逃避一切社会问题与社会责任。

在对中产阶级的价值观念与生活方式的叛离方面,现代主义者与唯美主义者可谓毫无二致。"艺术并不具有我们这些精神野人几个世纪以来所不惜赋予它的重要性。艺术不会使任何人悲伤,那些知道如何对它发生兴趣的人将从中得到安抚及扩大谈话领域的良机。艺术是一种私有物,艺术家为自己而创作。"①就此而言,现代主义作家也大都堪称普泛意义上的唯美主义者。"当先锋主义者们要求艺术再次与实践联系在一起时,它们不再指艺术作品的内容应具有社会意义。"②彼得·比格尔(Peter Burger,1936—2017)在《先锋派理论》一书中如是说。这里,既然提到艺术与生活实践的联系,比格尔所说的"社会意义"显然是指传统文本常有的那种作为政治训诫或道德教化宣示工具的社会意义。作为普泛意义上的唯美主义者,现代主义作家在艺术中经常流露出对中产阶级那种平庸、机械生活的刻意拒绝和激烈否定,并力图通过艺术加以超越。在他们看来,这种生活底下流淌着的功利主义、现实主义的工具理性正是艺术的最大敌人,而这种理性几乎完全支配、控制了中产阶级的思维,并进而塑造了他们特定的生活方式。现代主义作家对那种"生命工具化"的生活的否定,否定的只是此种生活方式及其内里所渗透着的那种工具理性的思维

---

① 特·查拉:《一九一八年达达宣言》,项嫄译,见袁可嘉等编选《现代主义文学研究》(上),中国社会科学出版社1989年版,第469页。
② 彼得·比格尔:《先锋派理论》,高建平译,商务印书馆2002年版,第120页。

模式,而非同极端唯美主义者一样逃避、否定生活本身。一般而言,现代主义作家大都拒绝接受艺术与生活的分离,并在"愉悦-教化机制"之外探求艺术与生活再度统一的所有可能。为此,他们中的很多人甚至强调艺术对生活的强力"介入"。当然,就他们的这种探求被非常明确地定位于"愉悦-教化机制"之外而言,人们可以发现:即使在现代主义作家反对极端唯美主义者那种自我孤立的艺术立场之时,唯美主义仍然是其不可缺少的基础前提。

二

"独立性"显然是一个关涉"关系"的概念。如果甲事物从根本上依存或从属于乙事物,那我们就可以说甲事物因缺乏或出让了自己的本质规定性而将自己陷入了存在的虚无之中,即从根本上来说不具备自己"独立性"的事物,事实上就等于不存在。就此而言,我们可以说完全被权力化了的基督教所控制的中世纪教会文学,其本质是宗教而非文学。虽然事物是否拥有自己的"独立性"对其本身的存在与否至关重要,但这并不意味着该事物一旦拥有了自己的"独立性"便完全断绝了与其他诸事物的关联。这就是说,任何事物的真正存在都必然具有两面性:一方面它必须是独立的,而另一方面它又必然是与其他事物处于联系的网络之中——对作为人类心灵活动的文学来说,情形就更是如此。的确,应该毫不迟疑地坚持文学作为艺术的"独立性",但同时也应该承认文学作为艺术的"依存性":作为人类的一种精神活动,与宗教、哲学、科学等其他精神活动的关联;作为人类的一种生存方式,与政治、伦理等其他社会生活方式之间的相互作用与影响。一方面,"艺术是最初的和基本的精神活动,所有其他的活动都是从这块原始的土地上生长出来的"[①]。另一方面,"诗人的每

---

① 罗宾·乔治·科林伍德:《艺术哲学新论》,卢晓华译,工人出版社1988年版,第8页。

一句话,他的幻想的每一个创造都有整个人类的命运、希望、幻想、痛苦、欢乐、荣华和悲哀,都有现实生活的全部场景……"①这正如席勒在《审美教育书简》中所试图揭示的:正是由于自律,由于不与直接的目的相连,艺术才能完成一个其他任何方式都不能完成的任务——增强人性,将被文明的发展所摧毁了的感性与理性的统一重新建立起来。但席勒同时又说:"如果这样一些异乎寻常的事件实际发生了,即法律由理性决定,人本身被当作目的来对待和尊重,君主按法律行事,自由成为国家的基础,我将永远告别缪斯,而专门从事最辉煌的艺术活动——理性的君主制。"②席勒的这番话表明,所谓美学上的自律从一开始就与放弃自律的问题联系在一起。就此而论,坚持绝对的艺术自足即绝对地坚持为"艺术而艺术"的极端唯美主义者,如王尔德,显然是犯了将问题简单化的错误——尽管人们可以同时承认:这一错误在特定的文学情境中具有历史命定性或历史合理性。

现代主义作家与极端唯美主义者的区别在于:他们并没有就此止步,而是由此出发进一步深入反思并进而颠覆了传统文学文本在审美阅读中的"愉悦"效用。即现代主义作家对传统文学的否定并不纠缠于"教"与"乐"关系的调整,或艺术的"审美功能"与"教化功能"的调整,而是从一个更深的层面切入——直接解构传统文本灵魂的"观念"。传统文本存在和被接受的前提条件是假定一种整体意义的存在,并且整体中单个部分的意义与整体的意义之间存在着一种必然的和谐。而现代主义者则对往往体现为观念的意义之"确定性"提出疑问,因为他们普遍地更相信"不确定性";对那种"必然性"和谐提出疑问,因为他们普遍地更相信"偶然性"与体现为"偶然性"的"荒诞"。就此而言,正是在对世界的理解方面更偏重

---

① 克罗齐:《美学原理 美学纲要》,朱光潜、韩邦凯、罗芄译,外国文学出版社 1983 年版,第 318 页。

② 转引自彼得·比格尔:《先锋派理论》,高建平译,商务印书馆 2002 年版,第 182 页。

于"不确定性""偶然性""荒诞"的这一精神现实,才使得现代主义达成了对浪漫主义的突破与弘扬。现代主义者也因此有效矫正了极端唯美主义者普遍具有的那种浮泛与轻飘,而使其文学反叛以更大的力度和深度体现出更为宏大的社会视野和文化气象。相形之下,戈蒂埃、王尔德等人对传统的反叛只是浅尝辄止地迈出了半步——且停留在这"半步"上纠缠不休,所以他们才在虚空中迷失,步入了另一个艺术的误区。换言之,激进唯美主义者拿出了吃奶的劲儿一味在那里空泛地叫嚷"反功利",但因此耗尽了所有本来可以用来前行的气力——20世纪现代主义文学对由浪漫主义领衔的19世纪西方文学实施突破的历史契机也许就在此处。

作为社会的存在,人需要被教育与教化。学校求学生涯、文化习俗熏染、生活经验、艺术经验等均可达成这种教育与教化。教育与教化的本质并不简单地在于让受教育者或被教化者接受某种知识或赞同某种主张,而是要让人学会如何观看、如何思考从而获得生产知识与主张的能力。艺术可以达成某种启发心智的作用;就此而言,艺术在一种不自知的状态中事实上已经担负起了某种教育与教化的使命。但不同于一般的学院教育与道德教化,艺术开启心智的独特性在于——它主要不是通过诉诸人的大脑而是人的情感,即主要是经由情感而抵达心灵,而非诉诸理性而抵达大脑。通过营造某种仿若真实生活情境的艺术情境,直接触发人的情感机制,启动某种生命-情感体验,艺术使人突破各种生活-理性概念的蒙蔽最终达成心灵对生命与世界的理解。

虽然激烈反对作家将文学文本当作布道劝善或政治宣传的讲坛,但一般说来,在文学与大众、文学与社会的关系问题上,现代主义作家却迥然有异于同时代极端唯美主义者的那种遗世独立——既慎言文学的社会作用,又不讳言文学的社会效能。现代主义经典作家里尔克声称:"艺术家应该将事物从常规习俗的沉重而无意义的各种关系里,提升到其本质的巨大联系之中。"① 德国表现主义理论家埃德施米德（Kasimir Edschmid,1890—1966)则称："说表现主义是以陈腔滥调命名的,这是谎言;说表现主义的东西包含着一种时髦,这是亵渎;说表现主义是纯艺术的运动,这是诽谤。"② 另一位表现主义诗人品图斯(Kurt Pinthus,1886—1975)也说："近期诗歌所追求的不是现象与装饰,而是本质,是心脏和神经,它反对从外部强加的现实,争取一个更充分、更高尚的存在,大胆地说,争取一个更为美好的存在,因此归根结底是一种政治诗,更高形式的政治诗……"③ "诗歌就是从人们对这个新现实的兴奋、失望和厌恶的混杂感情里涌流出来的。只有少数诗人从这个现实里逃出去,'为艺术而艺术'的口号与其说是诗歌创作的诀窍,还不如说是失意者的口号。"④ 现代主义作家中的领袖人物之一庞德在写给友人的信中也曾激烈地声辩："伪称艺术是非教谕性的,这是胡说八道。启示总是教谕性的。只有 1880 年以来那些唯美主义者才宣扬相反的看法,他们并不是一帮健全的人。"⑤ 当然,他同时也强调,承认艺术的教谕功能,并非要艺术去充当某种"他者"的工具;而在他看来,所有的唯美主义者都无一不是犯了将两者混为一谈的错误："艺术无法提供某种专卖药品。不能把这一点与一种更深刻的教谕性区分开来,就导致了'唯美主义'批评的错误。"⑥

如果非要说艺术对人心智的开启关乎"教育",那么这种"教育"显然

① 莱·里尔克:《关于艺术的札记(第二稿)》,卢永华译,见袁可嘉等编选《现代主义文学研究》(下),中国社会科学出版社 1989 年版,第 832 页。
② 卡·埃德施密特:《论文学创作中的表现主义》,袁志英译,见袁可嘉等编选《现代主义文学研究》(上),中国社会科学出版社 1989 年版,第 440 页。
③ 库·品图斯:《论近期诗歌》,韩耀成译,见袁可嘉等编选《现代主义文学研究》(上),中国社会科学出版社 1989 年版,第 423 页。
④ 库·品图斯:《论近期诗歌》,韩耀成译,见袁可嘉等编选《现代主义文学研究》(上),中国社会科学出版社 1989 年版,第 416 页。
⑤ 彼得·福克纳:《现代主义》,付礼军译,昆仑出版社 1989 年版,第 76—77 页。
⑥ 彼得·福克纳:《现代主义》,付礼军译,昆仑出版社 1989 年版,第 77 页。

是直接关乎情感与心灵的：它滋养情感反应的能力，打开心灵的窗户，让人获得属于自己的观察世界的第三只眼睛与理解人生的另一种思维方式。就此而言，我们同时也不得不说艺术的这种"教育"又是反"教化"的——那种抹平个性、对群体实行知识-理性加载、让人变成知识的贮存器与理性的机械人的"教化"，其作为规训与阉割的专制主义的文化程度，纯粹就是一种杀人于无形的罪恶。现代主义艺术文本诉诸个体的生命-情感体验的这种艺术的"审美教育"，对一般意义上的"教化"而言，是一种颠覆与反叛，更是一种校正与均衡——因为在进行颠覆的时候，它并没有要求取消也不可能取消得了自己对立面的存在。对现代主义作家来说，他们所强调的只是"艺术的根源与本质在于直觉的、自然的反应，当人们发展理性的理解力和技巧时，不应丢掉这种直觉的反应"①。

当然，同在许多问题上一样，关于艺术功能的这种理论调整在现代主义内部从来就不是只有一种声音，但总体来说，在生活与艺术的关系问题上，绝大部分自然主义作家和现代主义作家拥有一种远比极端唯美主义者更为开放的理论姿态，这大概是没有问题的。即使那些激进到近乎无政府主义地步的现代主义流派或作家，如达达主义者，如未来主义者，他们也从不拒绝接受艺术对生活承担着某种使命这样的观念。"在他激烈的反抗中，某些根本性的真理出现了——艺术的真理，生命的真理——这其实只不过是一条真理，即生命以及它的矛盾和无条理性，在他眼里有价值的就是厌恶和它的补充：自发性。因为，经过杀戮之后，不仅还存在着一个净化人类的希望，同样存在着对人的信任。查拉在拒绝一切意识形态，但他没有拒绝意识。"②达达主义者为使艺术获得生命力做出了不懈的努力。他们反复论证，如果艺术失去了与现实的联系，它就会失去自身

---

① 大卫·贝斯特：《艺术·情感·理性》，李惠斌等译，工人出版社1988年版，第243页。
② 特·查拉：《一九一八年达达宣言》，项嫄译，见袁可嘉等编选《现代主义文学研究》（上），中国社会科学出版社1989年版，第473页。

的意义,成为一种虚无缥缈、自我欺骗的生活替代物。因此,他们坚持认为艺术应该面对现实,应该关心人类的经验——不管这经验是高贵的还是平庸的;主张艺术应该向生活敞开大门,现实生活应该进入艺术。他们尤其反对把艺术仅当作一种消遣而声称它与生活没有直接关系的艺术观念,因为在他们看来——这种观念迎合了罗曼蒂克式的幻想,从而默认了社会的永恒不变,并最终将艺术弄成了一种麻醉剂。现代主义艺术家绝非仅仅用一种愤世嫉俗的焦虑、厌烦或其他一些有关灵魂的伪存在主义的激情来反抗社会。他们拒绝让自己孤立无援,而是要将自己及其艺术与生活重新结合起来。这样看来,积极的甚至带有攻击性的艺术宣言成为 20 世纪先锋派艺术家所喜欢用的表达自己的手段,当然也就不是偶然的了。①

就此而言,与弗洛伊德(Sigmund Freud,1856—1939)的心理学理论对现代主义文学的重大影响相比,我们也许不应过高地估计其文学理论对现代主义文学的影响。尽管现代主义文学是极其复杂的多元文学存在,但大致来说,现代主义作家在很大程度上代表了 20 世纪西方严肃文学的创造性努力——如果过度地用弗洛伊德的压抑-宣泄-升华理论来阐释现代主义文学,即使人们充分考虑到其文学理论中"升华"的一元,那也未免过于消极。事实上,现代主义作家固然有在文学创作中寻求诗意陶醉或诗性解脱的一面,但更有面向现实之庄严的责任担当的另一面。他们对人生价值问题的深沉探究之真诚,对存在意义问题的热切寻觅之严肃,甚至对诸多现实社会问题所表现出来的直接关注与介入之积极,这一切长时间以来似乎没有得到恰如其分的评价。个中缘由,简单地将现代主义与极端唯美主义等量齐观乃其一,而意识形态或隐或显、或直接或间接的影响也许是更为重要的原因。

---

① 彼得·比格尔:《先锋派理论》,高建平译,商务印书馆 2002 年版,第 38 页。

第二节　对自然主义"震惊"审美的发展

一般来说,校正与均衡必须诉诸颠覆与反叛,因为只有经由激进的颠覆与反叛所造成的"震惊"效应,在"习以为常"中已经"机械化"了的观察-感受-思维机制才有可能被阻断,而情感-心灵的大门也只有在这样的基础上才有可能真的被"砰"然打开。

> "审丑"使西方现代文学与"纯粹的美"发生断裂。文学不再是对现实的"模仿""再现",而是"消解""去蔽";不再是对现实的"反映",而是"反应";不再是情感的"抒发",而是"理解"。由此,传统西方美学中的"审美距离说"受到挑战,审美活动与生命活动的同一性得到强化,这就有了尼采所谓"残忍的快感",即"震惊"。①

西方现代主义作家所追求的"震惊"效应绝不是为"震惊"而"震惊";震惊只是手段或策略,而通过震惊所要达成的则是:唤醒读者的生命意识,开启他们对早已因习惯而置若罔闻的生活的反思。

> 有害的文学比有用的文学更有用,因为它反对一致,防止钙化、硬化、长壳、长苔藓与和平。它是乌托邦式的,又荒谬绝伦。像 1797 年的巴贝夫一样,一百五十年后它是对的……
> 陈腐的、缓慢的、催眠的描述已不复存在。简洁的表达方式

---

① 曾繁亭:《文学自然主义研究》,中国社会科学出版社 2008 年版,第 265 页。

如今当令了——但每一个词都必须是浓缩的,受过高压的。过去需要六十秒钟的混合物,必须压缩入一秒钟之内。句型变得省略了,易挥发了。复杂的句号金字塔已被拆毁、打碎,已被独立分句的单一基石所取代。在迅速的运动中,规范的、习惯的因素,在眼前不见了。不同寻常的、往往是古怪的象征和措辞便应运而生。这个意象是鲜明的、合成的,只包含了一个基本的特征。人在行驶的汽车上,有足够的时间将这个特征抓住……并不是所有的人都能领略这一新形式。对很多人来说,它很难懂。可能是这样的。惯常的、俗套的东西当然容易多了,更能讨人喜欢,更能使人舒适。欧几里得的世界非常容易,爱因斯坦的世界非常艰难。然而,现在却不可能回到欧几里得的世界中去了。没有任何革命,任何异端邪说,会令人感到舒适。因为它是一个飞跃,是对平滑的进化曲线的突破。突破又是伤口、疼痛。但这是一个必要的伤口:大多数人都在忍受着遗传下来的嗜睡症。不应该允许那些患有此病的人睡眠,否则他们就会进入最后的死亡之眠。①

一

"艺术,说到底,只能是暴力、残忍和邪恶。"②"在这里既不存在绝对性也不存在规律性。天才是阵阵狂飙和道道激流……艺术代表着一种自我毁灭和自我碎裂的要求,它传播的英雄主义遍及全世界。我们知道,细

---

① 欧·豪:《现代主义的概念》,刘长缨译,见袁可嘉等编选《现代主义文学研究》(上),中国社会科学出版社 1989 年版,第 179 页。
② 菲·马利涅蒂:《未来主义宣言》,吴正仪译,见袁可嘉等编选《现代主义文学研究》(上),中国社会科学出版社 1989 年版,第 365 页。

菌对于肠胃的健康是必不可少的。艺术的生命也需要一种细菌,这就是从我们身体里产生、然后延伸到无限的空间与时间之中的灵感。"①

德里达在论及超现实主义作家安托南·阿尔托(Antonin Artaud,1896—1948)之"残酷戏剧"时说:"我说'残酷'就像我说'生命'一样。""残酷戏剧不是一个再现。就生命是不可再现而言,它是生命本身。生命是再现的不可再现的起源。"②"再现"即再造,通过观念对现实的再造。在传统的文学叙事文本中,由于作家的思维总是站在一个"类主体"的宏大立场上展开,所以,在抽象的理性观念与鲜活的生命体验之间,他们的叙事总是习惯性地贴近前者潜行。一旦细致的感性生命体验被忽略,所谓"对现实的真实再现"也就只能宿命般地沦为"对观念的抽象演绎"。

早在 19 世纪后期,自然主义作家便开始旗帜鲜明地反对以人造的观念体系"再现"世界,而强调让世界在自我的真实显现中说明自身——即便这真实正是波德莱尔"恶中掘美"里的"丑恶"。"有幸的是任何一朵鲜花都不是神圣的,我们身上最神圣的就是反人性行为的觉醒。"③"我要摧毁一切观念和社会机构中的陈腐之物:到处否定道德,把手从天堂甩向地狱,把目光从地狱扫向天堂,在每个人的现实力量和幻想中修复包罗万象的马戏团的多产的车轮。"④"我憎恶良知。"⑤在 20 世纪西方现代主义作家这里,理性主义之真、善、美的观念在很大程度上瓦解了,丑和恶不但成了一种绝对的存在,而且本身就是世界的一种本质,他们的作品由此而充

---

① 菲·马利涅蒂:《未来主义文学的技术性宣言》,吴正仪译,见袁可嘉等编选《现代主义文学研究》(上),中国社会科学出版社 1989 年版,第 373 页。
② 彼得·比格尔:《先锋派理论》,高建平译,商务印书馆 2002 年版,第 17 页。
③ 特·查拉:《一九一八年达达宣言》,项嫱译,见袁可嘉等编选《现代主义文学研究》(上),中国社会科学出版社 1989 年版,第 470 页。
④ 特·查拉:《一九一八年达达宣言》,项嫱译,见袁可嘉等编选《现代主义文学研究》(上),中国社会科学出版社 1989 年版,第 467 页。
⑤ 特·查拉:《一九一八年达达宣言》,项嫱译,见袁可嘉等编选《现代主义文学研究》(上),中国社会科学出版社 1989 年版,第 463 页。

满了病态、古怪、丑陋和荒谬的意象。乔伊斯的《尤利西斯》(1922)一笔抹杀了庄严崇高的理性和德行,赤裸裸地描写了潜伏在人的意识深处连他自己也不十分清楚的非理性的欲望和混乱;艾略特的《荒原》(1922)把第一次世界大战后的西方现代社会表现成一个生命完全死寂只有行尸走肉,还在麻木中寻欢作乐的荒原;萨特的《厌恶》(1938)描写了一种巨大的不可名状的恶心的感觉怎样在人心里安顿下来使人对自己的存在感到羞耻;戈尔丁的《蝇王》等作品都在揭示人心的黑暗和传统神话的破灭……在不少20世纪西方作家看来,丑和恶在很大程度上已不再是一些坏人偏离了正路的堕落,而是世界和人的某种本质;对丑和恶的描写已不完全是为了进行道德上的谴责,而是作为一种应该承认的现实和需要认识的对象;丑和恶的表现获得了一种具有净化作用的美学价值,而某些美和善的东西却显得做作和虚假。大致来说,经由强调体验的直接性与强烈性,19世纪后期的自然主义作家与象征主义作家均主张让真实的生活本身"进入"文本,而不是以文本"再现"生活——在联手达成对传统"模仿现实主义"之革命性改造的同时,两者也共同开启了西方现代主义文学"震惊"审美的大门。

自然主义作家肯定已经意识到"不协调是机遇,它会导致反思"①。因此,他们主张作家"应该小心地避免把各种仿佛有点儿突然的事件串在一起。他的目的绝不是讲故事给我们听,让我们欢娱,或者使我们感动;而是强制我们思索,使我们理解各种事件内在的深刻含义"②。"小说家满足于在我们面前展现出从日常生活撷取的图景。这是他所看到的;他记录下细节,重建了整体。轮到读者来感受和思索。"③因此,梅林才一针

---

① 杜威:《艺术即经验》,高建平译,商务印书馆2005年版,第14页。
② 莫泊桑:《论小说》,见莫泊桑《漂亮朋友》,王振孙译,上海译文出版社1993年版,第406页。
③ 左拉:《论小说》,见朱雯、梅希泉、郑克鲁编选《文学中的自然主义》,上海文艺出版社1992年版,第227页。

见血地指出:左拉的小说"与其说是诗人在怡然自得地进行艺术创作时凭空臆造出来的纯艺术品,毋宁说是革新的警告和唤醒人们的呼号"①。在文本"震惊"审美效应方面,自然主义作家的观念被现代主义作家进一步发扬光大。既然否认文学与理性推演或滔滔雄辩有任何关系,既然放弃了"教化"大众的"神圣使命",那么文学打动读者的方式也就只能诉诸"震惊"所带来的"心灵痉挛"。叶芝称,这种"痉挛","使我们进入沉思,任我们几乎陷入迷离恍惚",心灵"缓慢地铺张,有如月光溶溶、幻影丛集的大海"。② T. E. 休姆说:"文学是突然安排平凡事物的方法。这种突然性使我们忘记平凡。"③布莱希特则强调使用"间离效果"以迫使观众受到震惊而非迷醉、进行反思而非认同、做出自己的判断而非接受他人的教化。现代主义者往往蔑视对读者的"责任感",声称忠于自我才是对艺术的自我拯救。超现实主义者大叫:"一部能被他人理解的著作是记者的产品,因为此刻我很乐意把这怪物浸到油彩里:一根人们无意识地挤压、倾倒的模仿金属的纸管,仇恨、怯懦、卑鄙。艺术家和诗人为浓缩成这工业某个部门主任的群众的恶语中伤而感到欢欣鼓舞。他们很乐意受到咒骂:这是他们作品永恒的明证。被报纸赞扬的作者或艺术家看到自己的作品被读者理解:如同一件公用大衣的旧里子、遮掩暴行的破布、散发着低级动物热气的粪便。松软乏味的躯体在这些印刷微生物的作用下不断增多。"④"有人说,应当不使读者感到诧异。噢! 不对! ……必须从语言中扫除它所包含的一切陈旧僵化的形象和色彩平淡无奇的喻义,也就是几

---

① 梅林:《爱弥尔·左拉》,见梅林《论文学》,张玉书等译,人民文学出版社 1982 年版,第285 页。

② 叶芝:《自传》,见马·布雷德伯里、詹·麦克法兰《现代主义》,胡家峦等译,上海外语教育出版社 1992 年版,第 530 页。

③ T. E. 休姆:《语言和风格笔记》,见马·布雷德伯里、詹·麦克法兰《现代主义》,胡家峦等译,上海外语教育出版社 1992 年版,第 329 页。

④ 特·查拉:《一九一八年达达宣言》,项巊译,见袁可嘉等选编《现代主义文学研究》(上),中国社会科学出版社 1989 年版,第 469—470 页。

乎全部旧内容。"①

　　大致说来,现代主义作家拒绝读者对文本做出简单的"接收"反应。在他们看来,除了造成读者的想象惰性之外,简单的"接收"反应并没有任何意义;而艺术的使命显然不是让其受众的想象力萎缩,而是要让他们的想象力被激活。由是,文体实验所带来的阅读难度与"不确定性"所释放出来的意义含混,便成了现代主义作家在其文学文本中所刻意追求的艺术效果。这在很大程度上决定了现代主义文学文本是一个向读者开放的结构,而不再是一个强行将某种观念导入读者内心的工具性载体。现代主义文本在读者身上所要唤起的不再是简单的愉悦与感动,而是斑驳的震惊、怀疑与反思。普鲁斯特和詹姆斯·乔伊斯等人所运用的现代叙事技巧要求读者在"接受"作品时更为积极主动地参与,亦即伍尔夫所谓——读者面对这种文本必须启用自己的能力与机智,这就像解答一个有趣的谜语必须运用自己头脑的敏捷和灵巧,必须摆脱心灵完全被作家所牵引的习惯,用自己的心灵去领悟、发现文本所呈现的事物本身所秉有的奇异性。"每一页书都应该或者通过严肃、深沉的内涵,通过旋转、晕眩、新奇、永恒的内容,或者通过对于某些原则的热情,或者通过印刷的方式引起震动。"②

　　作为现代艺术文本普遍具有的一种新的审美效应——

　　　　"震惊"不同于传统审美所达成的那种温情、快适、愉悦的感
　　动,它阻断了"无能的经验",达成生命锋锐的"体验";传统"和谐
　　之美"所营造的曼妙"光晕"与暖融"气息"在"震惊"中四散,传统

---

　　① 菲·马利涅蒂:《未来主义文学的技术性宣言》,吴正仪译,见袁可嘉等编选《现代主义文学研究》(上),中国社会科学出版社 1989 年版,第 368 页。
　　② 特·查拉:《一九一八年达达宣言》,项孅译,见袁可嘉等编选《现代主义文学研究》(上),中国社会科学出版社 1989 年版,第 466 页。

艺术文本所提供的"变相满足"与"抚慰""麻醉"效应遂被解除。"震惊"不再直接提供"意义",但却开启了深沉的"反思"与积极的"理解",由此"启示"成为可能。文学从此不再是"说服""动员""教诲",即不再提供"训话",而是进行"对话"。①

"对话"建构出作者与读者之间"平等"的新型关系——作家再也不能以"师爷"自居提供那种伪善的"劝善"教化。"教化"是"教化者"基于既定的思想立场和确定的观念体系对"被教化者"的"教"而"化"之,因而"教化"总是从"身后"掏出什么东西来诱导,企望达成"当下"的某种效果。

二

在《美学理论》一书中,阿多诺将"新异性"界定为描述现代主义文学文本的重要范畴。在他的论述中,追求"新异性"乃现代主义作家的核心冲动与理论纲领,因此它与之前体现着艺术发展的主题、题材和艺术技巧层面的更新决然不可同日而语。一般说来,那些叙事要素的"更新"大都是一种在传统基础构架上的局部创新,而现代主义的"新异性"则完全大异其趣——它既不是传统的发展也不是发展的传统,而是传统的打破与新质的重创,即它所要否定的不再是此前流行的技巧或手法或风格或其他任何枝节的东西,而是整体。也正因为如此,现代主义这种基于自然主义文学之"实验"精神的对"新异性"的追求,才使得很多论者常常认定其与传统的关系构成了一种"断裂"。但事实上,反传统大潮下现代主义作家的这种"新异性"追求,在理论上的"雷声"远比其在实际创作中的"雨点"要大。所谓的"断裂",只不过是一种为达成耸人听闻的"震惊"效应所选取的策略或方法。

---

　　① 曾繁亭:《文学自然主义研究》,中国社会科学出版社 2008 年版,第 265 页。

现代主义作家在一种全面的、刻意的"新异性"的迷恋中追求文学的"震惊"效应。在文本效应上，人们可以普遍感觉到，传统西方文学文本那种鲜明的批判性特征，从19世纪后期开始发生微妙的变化：一方面，文本批判的锋芒似乎收敛了不少——作家们普遍变得含蓄起来，不再直接赤膊上阵以自己的激扬文字或忧心忡忡或义愤填膺或正义在手审判现实指点江山；可另一方面，文本批判的内在动能越发加强——作家、艺术家普遍以一种更为自觉的激进姿态站在了社会-文化的对立面，对其进行一种更为彻底的解构与更为决绝的反抗。然而，细加考察，不难发现：各种思潮与现实的关系虽不乏共同之处，但旨趣与策略却有细微乃至根本的不同。大致来说，极端唯美主义者的反叛乃一份遁向"自娱自乐"的拒绝，在拒绝中封闭，于封闭中"对立"。现代主义作家的反叛则诉诸"震惊"，以震惊"介入"，在"介入"中"对衡"。弗雷德里克·詹姆逊指出："经典的现代主义是一种反抗的艺术……总的说来，现代主义与维多利亚时期的繁文缛节、道德禁忌或上流社会的习俗格格不入。这就是说，不论伟大的高级现代主义公开的政治内容是什么，它总是以最隐蔽的方式，在既有秩序中起危险的、爆炸性的颠覆作用。"①

现代主义作家普遍习惯于在一种全面、刻意的"新异性"迷恋中追求文学的"震惊"效应，这正如波兰裔英国学者齐格蒙·鲍曼（Zygmunt Bauman，1925—2017）在其《后现代性及其缺憾》（1997）一书中所指出的那样：

> 作品的构建所凭借的规则，只有在事后才可以被发现，即不仅在创造行为的终端，而且也在阅读或分析的终端……规则总是在不断的形成之中，不断地被寻求被发现；每次都是相似的独

---

① 弗雷德里克·詹姆逊：《文化转向》，胡亚敏等译，中国社会科学出版社2000年版，第18页。

一无二的形式,从而也是相似的独一无二的事件;每次不断地与
读者、观众和听众的眼、耳朵和思维遭遇。没有一种形式(规则
恰好在其中被发现)能被现存的规范或习惯预先地决定,没有一
种形式能被认为是正确的,从而被认可或学习。规则一旦被发
现或被特别制定,就根本不会对未来的阅读有约束力。创造及
其接受都是被不断发现的过程,而且一种发现根本不可能发现
有待被发现的一切。①

现代主义文本既不提供一个整体的意义,也拒绝用其中的任何部分
去循着某个理性的逻辑来论证一个在文本中居于中心地位的观念。在面
对此种文本时,受众遭遇的是作为观念晶体存在的那种"意义"的缺失,并
由此意识到:由阅读有机的艺术作品所形成的那种运用理性的对象化的
方式对现在所面对的艺术文本已不再适用。对习惯于按着某种理性逻辑
来从文本中解读世界与人生的读者而言,现代主义文本所呈现出来的意
义的暧昧模糊,无疑让他们深深体验到一种"震惊",而这正是现代先锋派
艺术家的叙事意图。"他们希望通过这种意义的退出会将读者的注意力
引向这样一种事实,即人们生活中的行为是有问题的,需要改变它。震惊
具有作为改变人的生活行为的刺激的目的;它是打破审美内在性,从而导
致(引起)接受者的生活实践变化的手段。"②

就"震惊"效应的营造而言,自然主义作家主要经由题材的残酷及"痛
感"的释放,而现代主义作家则似乎更为关注文本形式创新所带来的"震
惊"效应。这意味着在"意义"的层面之外,现代主义作家在形式上也自觉
地做出了各种更为大胆的先锋实验,由此达成他们对读者的再度"震惊"。

---

① 齐格蒙·鲍曼:《后现代性及其缺憾》,郇建立、李静韬译,学林出版社 2002 年版,第 125 页。
② 彼得·比格尔:《先锋派理论》,高建平译,商务印书馆 2002 年版,第 159 页。

C. S. 刘易斯(C. S. Lewis,1898—1963)1954 年在剑桥大学发表的就职演讲《时代的描述》中说：

> 我认为，以往任何时代都没有产生过这样的作品，这些作品在它们那个时代能像立体派艺术家、达达主义者、超现实主义者和毕加索等人的作品在我们这个时代这样新颖得令人震惊，令人困惑。我深信对诗歌来说……也是如此……我看不出有谁能怀疑这一点：比起任何其他的"新诗"来，现代诗歌不仅具有更多的新颖色彩，而且还以一种新的方式表现出它的新颖，几乎是一个新维度里的新颖。①

现代主义作家对他们的各种实验作品大都持有如下信仰："传播的程度并不构成艺术对公众的价值……一部自身具有强烈的激情、在形式上有非凡的创造，同时具有光辉思想的艺术作品，不论它的语言多么深奥难懂，最终都会给它所在的社会带来声誉。而一部俗气十足、工于心计的艺术作品，即使它清晰易懂，也没有多大价值。"②尤其是 20 世纪上半期的表现主义作家和后期的荒诞派作家，经常运用反常规的语言进行"反生活化"的叙事。在斯特林堡(Johan August Strindberg,1849—1912)的《鬼魂奏鸣曲》(1907)、卡夫卡的《审判》(1914—1918)与《城堡》(1922)、尤金·奥尼尔的《琼斯皇》(1920)等作品中，人物言行的古怪、凌乱、破碎与悖谬，意义的飘浮、模糊、含混与悬置，一方面粉碎了人们的日常经验-感受方式，让人们习以为常的理性思维因发生"短路"而失去效能，另一方面

---

① C. S. 刘易斯：《时代的描述：就职演讲》，见马·布雷德伯里、詹·麦克法兰编《现代主义》，胡家峦等译，上海外语教育出版社 1992 年版，第 4—5 页。
② 转引自大卫·贝斯特：《艺术·情感·理性》，李惠斌等译，工人出版社 1988 年版，第 247 页。

也让人们在惊愕莫名的"陌生感"中解除了心灵的惯常禁锢与束缚,使得自由的想象与奔涌的思绪在突兀达成的"顿住"中得以腾空飞翔,在突如其来的"顿悟"中撕开既定社会-文化秩序所造成的对存在真相的遮蔽。恩·费歇尔在谈论"故意的歪曲者"卡夫卡时曾称:"卡夫卡所使用的是一种幻想性的讽刺方法,是有意把事物变形、使之荒诞的方法。通过这种夸张至荒诞地步的手法,使读者在震惊之余发现他们所赖以生存的世界并非那么舒心适意,而是一个充满着畸形变态的世界。"①

　　现代主义作家大都坚守左拉等自然主义作家所创设的"实验主义"文学姿态,在强调小说体裁之开放性的同时,自觉致力于探索这种文体迄今尚未达成但存在的各种可能性。在《狭窄的艺术之桥》(1927)一文中,伍尔夫曾声言:"在 10 年或 15 年之内,散文将被用于许多目的,它在以前从来没有被用于这些目的。我们将被迫为那些聚集在(小说)这个名目之下的不同书籍创造新的名称。"②就乔伊斯的创作而论——且不说那部令所有人晕头转向的《芬尼根的守灵夜》(1939),即使那部被很多人接受而已成为 20 世纪文学经典的《尤利西斯》(1922),如果按传统的规范来看也首先存在着一个是否还能被称为"小说"的问题:没有明确的主题,没有鲜明的性格,没有一以贯之的故事情节——甚至压根就没有什么值得叙述的"事件"或"行动"。考察这一颠覆传统的现代新文本,人们将很容易确定其在风格以及语言上的复杂和多变。事实上,典型的现代主义文本,往往是多种修辞形式和文学形式的混成之物。在《尤利西斯》一书中,占全书近五分之一篇幅的第十五章采用了剧本的形式;占全书近十分之一篇幅的第十七章采用了教义问答或庭审笔录的形式,其间甚至还穿插了乐谱与表格;近 4 万字的第七章,经由在文本中不断插入报纸"标题"来模拟新

---

　　①　恩·费歇尔:《卡夫卡学术讨论会》,袁志英译,见袁可嘉等编选《现代主义文学研究》(下),中国社会科学出版社 1989 年版,第 973 页。

　　②　转引自彼得·福克纳:《现代主义》,付礼军译,昆仑出版社 1989 年版,第 58 页。

闻文体,并且里面还穿插了演说稿件……《尤利西斯》一书所表现出来的这种刺目的含混性与包容性,使得美国批评家哈里·莱文将其称为"结束一切小说的小说"①。

另外,现代主义作家令人眼花缭乱的语言实验也大大地强化了现代主义文本对一般受众的"震惊"效应。"语言以及人类话语的本质,将不可避免地成为现代主义小说家(和剧作家)的一个主要主题,其原因在于,如果我们想理解现代的心灵,我们就必须理解这颗心灵所借以存在的媒介——语言。"②在现代主义文学文本中,"诗的语言无需再模仿自然,或者以一篇论文或一个故事的方式来阐明,而是需要产生一种新的现实。词不再仅仅是一些参与事物本身的符号……词的任务不是照抄事物和模仿它们,而是相反地炸开事物的定义、它们的适用范围和惯用的意义,像撞击的火石那样从事物中得出无法预见的可能性和诺言、它们本身具有的静止的和神奇的意义,把最为平庸的现实变成一种神话创作的素材"③。尤其是现代主义中最激进的未来主义者、达达主义者、超现实主义者,"共同寻求不是语言的新语言,发明了震动策略——思想在意识到自身受禁锢之后,可能在惊愕中获得解放"④。

第三节 "实验主义":从"否定"到"创新"

受贝尔纳《实验医学研究导论》(1865)的影响,左拉将"实验"

---

① 彼得·福克纳:《现代主义》,付礼军译,昆仑出版社 1989 年版,第 93 页。

② 彼得·福克纳:《现代主义》,付礼军译,昆仑出版社 1989 年版,第 64 页。

③ 罗杰·加洛蒂:《圣琼·佩斯》,见罗杰·加洛蒂《论无边的现实主义》,吴岳添译,百花文艺出版社 1998 年版,第 98 页。

④ 理查德·谢帕德:《语言的危机》,见马·布雷德伯里、詹·麦克法兰编《现代主义》,胡家峦等译,上海外语教育出版社 1992 年版,第 305—306 页。

(Experiment)的观念高标为自然主义诗学体系的核心观念。无独有偶，在现代主义作家的诸多理论文献与创作实践中，"实验"同样也是一个出现频率极高的词语。因此，文学"现代主义"常常被称为"实验主义"，而"现代派"也常常被叫作"实验派"。"现代主义的潜力早就存在于文学发展之中；我们有可能看到它繁荣之前的起源……如果说需要明确的实验主义美学，那么埃米尔·左拉在 1880 年就发表了《实验小说》。"①

　　19 世纪中叶以降的 100 多年，科学领域中的"实验"观念频频在西方文学领域中亮相；这一事实，乃我们必须用"延续"的整体观念而非"断裂"的分裂观念去审视文学自然主义与现代主义关系的一个重要契机。"我们以形式革命来表现各种运动、潮流和艺术趋势，从 19 世纪中期以来，这些运动、潮流和艺术趋势就与西方几个世纪以来遵循的严格的惯例和规范体系走向了分离……艺术家们试验着、寻找着革新和新颖的东西，他们与陈旧的教条决裂，试图从学院主义中解放出来。"②

一

　　高标"独创性"的现代主义作家，普遍持有激烈的反传统精神姿态与思想立场。在达达主义、超现实主义、未来主义、表现主义等现代主义文学运动中，"反传统"的喧嚣从来都是最引人注目的文学景观。激进的现代主义者，甚至常常让人联想到登堂入室的"文学海盗"或"文学暴徒"。在谈到赫伯特·乔治·威尔斯(Herbert George Wells,1866—1946)等传统作家时，连素来温文尔雅的女作家伍尔夫也不无鄙夷地说："他们就发展了一套适合他们的目的的小说技巧，他们缔造了工具、建立了规范以达到自己的目的。但是他们的工具不是我们的工具，他们的目的不是我们

---

① 马尔科姆·布雷德伯里、詹姆斯·麦克法兰：《现代主义的名称和性质》，见马·布雷德伯里、詹·麦克法兰编《现代主义》，胡家峦等译，上海外语教育出版社 1992 年版，第 14—15 页。

② 马克·西门尼斯：《当代美学》，王洪一译，文化艺术出版社 2005 年版，第 30 页。

的目的。对于我们,这些规范是毁灭,这些工具是死亡。"①"现代主义可能不仅意味着艺术的新形式和独特风格,也意味着艺术的某种极大的灾难。总之,实验主义不单单表明艺术上存在着深奥、困难和新奇;它也表明凄凉、黑暗、异化、崩溃。"②

在与创新意识相辅相成的"反传统"方面,共同奉行"实验主义"的自然主义与现代主义显然息息相通。然而,历史似乎总是惯于在令人迷惑的悖谬中前行:正是这种相通,决定了身处"历史下位"的现代主义必然持有反自然主义的姿态。毫无疑问,这种"反对"只是事物在扬弃中向前展开的基本方式,丝毫不同于既往本质论思维所诞出的那种你死我活的绝对否定。无论各种不无表演性的宣言充斥着何等激进、激烈的反叛企图,我们依然需要静心分辨它们之间的传承。左拉曾明确指出:自然主义并不是一个推翻了旧体系之后自己开始执掌话语霸权的新的权威体系,自然主义反对一切体系,包括反对它自身。③由是,虽然客观上自然主义在当时因其巨大的声威而成了一个引人注目的文学运动,但左拉、莫泊桑、于斯曼(Joris-Karl Huysmans,1843—1907)等很多重要的自然主义者却反复否认自己属于某一流派或某一宗派:"不,我们不是宗派主义者。我们相信无论作家还是画家都应去表现他们自己的时代,我们是渴望现代生活的艺术家。"④"我一再说过,自然主义并不是一个流派,比如

---

① 弗吉尼亚·沃尔夫:《班奈特先生和勃朗太太》,见崔道怡、朱伟、王青风等编《"冰山"理论:对话与潜对话》(下),工人出版社 1987 年版,第 633—634 页。

② 马尔科姆·布雷德伯里、詹姆斯·麦克法兰:《现代主义的名称和性质》,见马·布雷德伯里、詹·麦克法兰编《现代主义》,胡家峦等译,上海外语教育出版社 1992 年版,第 11 页。

③ Emile Zola: "The Experimental Novel", in George J. Becker, ed.: *Documents of Modern Literary Realism*, Princeton University Press, 1963, p. 189.

④ 于斯曼:《试论自然主义的定义》,见朱雯、梅希泉、郑克鲁编选《文学中的自然主义》,上海文艺出版社 1992 年版,第 324 页。

说,它并不像浪漫主义那样体现为一个人的天才和一群人的狂热行为。"①

浪漫主义以降,西方文学的发展越来越具有一种前所未有的奇怪方式:一方面,新起的作家总在创新精神的导引下自觉地表现出颠覆传统的偏执姿态;另一方面,在新的理念或方法的探求中,他们又总有一种超越一切(当然也包括他们自身)向着无限未来生成的冲动——在这种冲动中,他们已然失却了传统作家常有的那种将自身"体系化""权威化"的追求。纵观 20 世纪西方文学,一方面是共时性空间维度上乱云飞渡般的流派林立,另一方面则是历时性时间维度上各领风骚三五年的风流云散。即便在某个流派内部——例如超现实主义,其在不断的自我否定中迅速向前展开的火爆节奏也未免让人惊讶莫名。标榜自己与传统血缘关系的作家越来越少了,表白自己与传统作家或同时代的其他作家甚至昨天的自己多么不同的人却越来越多;"现代主义作家"的标牌上,一面写着"颠覆传统",另一面上则印着"成为自己"。"颠覆传统"已然成为一种习惯性的姿态,而"成为自己"则成了永远在前方地平线上的一种可能。因为,自我的真实状态永远是一种在不断超越现在中向着未来的生成。一切都是不确定的,自我也是不确定的;唯一可以确定的便是"不确定"。在这种"不确定"中张开的永远指向未来的寻求,赋予现代主义的文学机制以一种生生不息的创新动力,现代主义也就由此被称为"实验主义"②。"天地广阔无边;没有什么东西——没有什么'方法',没有什么实验,即使最想

---

① Emile Zola:"The Experimental Novel", in George J. Becker, ed.: *Documents of Modern Literary Realism*, Princeton University Press, 1963, p. 189.

② 根据彼得·福克纳在《现代主义》一书中的说法,"现代主义"这个术语在 20 世纪 20 年代开始逐渐具有"与艺术中的试验活动相联系的具体意义"(彼得·福克纳:《现代主义》,付礼军译,昆仑出版社 1989 年版,第 1 页)。

入非非的——不可以允许,唯独不许伪造和做作。"①显然,"实验"的要义在这里不是别的,而是在"不确定"中的永恒追求和不断创新。"一切创造都是尝试性的,一切艺术也都是实验性的。"②"一个具有现代主义精神的作家,会自然而然地倾向于试验,即使只是因为他需要明显地、戏剧性地表达出同传统的决裂。"③"现代主义的实验主义具有伟大的社会意义,因为其对未来的人类意识所进行的革命性探索,使得艺术具有了先锋派的性质。"④

"反传统"乃现代主义艺术精神的外在表征;但"反传统"绝不意味着现代主义与传统的"断裂",而只能被解读为是其从自然主义承续下来的"实验主义"文学立场的内在规定。换言之,与其说现代主义是"反传统"的,倒不如说它是"实验主义"的才更为恰当。对现代主义作家来说,"上帝之死"所敞开的那个相对主义的不确定的世界,自然是一个百无禁忌也就无所谓敬畏的绝对自由的世界:一切都可以颠覆,一切都可以实验。"历史相对主义为现代艺术家在艺术风格和创作技巧方面提供了无与伦比的广阔的选择余地。"⑤作为其内在的灵魂,"实验主义"决定了现代主义总要以"反传统"的精神姿态来确定自己的当下存在,并厘定自己创新求变的合理性;但"精神姿态"和"实际情形"当然是距离甚远的两回事——在现代文化生态和文学语境中,"精神姿态"和"实际情形"往往相

---

① 弗吉尼亚·沃尔夫:《现代小说》,见崔道怡、朱伟、王青风等编《"冰山"理论:对话与潜对话》(下),工人出版社 1987 年版,第 621 页。

② 转引自蒋孔阳主编《二十世纪西方美学名著选》(上),复旦大学出版社 1987 年版,第261 页。

③ 欧·豪:《现代主义的概念》,刘长缨译,见袁可嘉等编选《现代主义文学研究》(上),中国社会科学出版社 1989 年版,第 181 页。

④ 马尔科姆·布雷德伯里、詹姆斯·麦克法兰:《现代主义的名称和性质》,见马·布雷德伯里、詹·麦克法兰编《现代主义》,胡家峦等译,上海外语教育出版社 1992 年版,第 13 页。译文有改动。

⑤ 威廉·弗莱明:《艺术与观念》,宋协立译,陕西人民美术出版社 1991 年版,第 722 页。

去甚远,表现出一种极具张力的悖谬。如果不能对此拥有清醒的意识,那么对这样一个理论爆炸的时代达成准确把握,就必定会成为一句空话。"实验",即在"不确定"中建构尝试,它所代表的是一种新的文化立场与精神姿态,它所揭示的则是"上帝死了"之后一种崭新的世界观和思维方式的确立。无论从思想信念还是从创作态度来看,现代主义文学之"实验主义"的精神品格,均直接源于自然主义所倡导的"小说实验"。此种"实验主义"的精神姿态,使得现代主义文学呈现为一种"爆炸性"的创新奇观;马尔科姆·布雷德伯里和詹姆斯·麦克法兰因此共同认定:"运动要成为现代的这种愿望何时变成了现代主义呢?……文化分析家在观察 19 世纪的各种倾向、从中寻求一个出发点时,他最好对自然主义和起自并超出自然主义的演变,即'自然主义的征服',作一番思考……整整一批新的纲领就是从那里发展出来的。"①

二

19 世纪与 20 世纪之交,渐趋佳境的西方资本主义社会之内在矛盾越发昭彰:一方面是物质的丰裕与行为上的自由或便捷,另一方面则是意义的匮乏与个性上的齐平或平庸。"体制的统一性变得日益强大",人们的"总的状况向着一种匿名性意义上的非个性发展"。②

在传媒越来越成为市场经济中最具活力、最具扩张性的文化产业之后,体育运动、情景戏剧、选美大赛、选举大战、要案审理、战争以及各种商业广告等都源源不断地"飞"进人们的眼帘,而所谓"主流的社会意识形态"也就同时伴随着种种"消费文化"产品不知不觉地潜入人们的心头。

----

① 马尔科姆·布雷德伯里、詹姆斯·麦克法兰:《运动、期刊和宣言:对自然主义的继承》,见马·布雷德伯里、詹·麦克法兰编《现代主义》,胡家峦等译,上海外语教育出版社 1992 年版,第 171 页。

② 彼得·比格尔:《先锋派理论》,高建平译,商务印书馆 2002 年版,第 14 页。

人们的精神与思维由此而越发趋向"量化"与"标准化"的"匀态",成为鲍德里亚意义上的"黑洞":一方面,由于主体意识的丧失,大众越发发不出自己的声音,越来越成为事实上被"麻痹"了的"沉默的大多数";另一方面,由于大众传媒所提供的娱乐性的"狂欢文化"场面巧妙"迎合"并同时不断"复制"着他们的口味、兴趣和生活方式,大众似乎越来越在"麻醉"中心满意足。①看到了却熟视无睹,知道了却并不明白,从而失去了应有的生命敏感:现代人的头脑越来越习惯于被动地"被推送"与机械地"做反应"。一方面是现代传播技术与现代社会组织形式所带来的"信息爆炸",另一方面却是人在喧嚣的现代生活中可悲地陷入了认识论层面的黑洞。对世界、对生命、对自我,人们的大脑似乎越来越知之甚多,但同时人们的内心却越来越因为不知道自己是谁、来自哪里、身在何处,而不由得备感虚空、迷惘与失落。技术控制对人心灵世界的粗暴践踏与蹂躏所造成的现代人的这种精神处境,使人越发丧失了情感反应的能力。在"习惯性"的现代生存中,纯正的情感也越来越成为某种可遇而不可求的奢侈品,人的某种可贵的感觉能力似乎被阻断了,抵达意义而非充填知识的"理解"也就变得越发困难,"意义"的家园由此越来越陷于荒芜。

在技术与商业越来越全面地支配人们的生活与思维的时代,在精神情感生活越来越趋向"快餐化"的时代,文学原本具有的娱乐-愉悦效应与心理补偿功能已然被剥离为大众文化的专有功能,艺术文本亦越来越失去"感动"并"愉悦"大众的"神通"。由是,读者与作家之间的关系发生了质的历史性巨变。现代主义作家构筑文本时只能放弃传统的"愉悦"功能而选择"震惊"效应,并以此作为基本策略来抵抗文学在现代社会-文化坐标系中被"边缘化"了的处境。换言之,主动地抑或被迫

---

① 乔治·拉伦:《意识形态与文化身份:现代性和第三世界的在场》,戴从容译,上海教育出版社2005年版,第4页。

地站在社会-文化的边缘地带,以一种思想游击战的方式对既定社会习俗、特定文化时尚及其语言程序不断发动攻击。西方现代主义作家选择用"震惊"这种新的艺术策略来实现自己的社会-文化担当。"先锋派看上去给人的印象,以及实际所起的作用,就像一个否定性的文化。"[1]事实上,19 世纪后期的自然主义作家便已然"表明了其本身具有一种突破文本结构规则束缚的倾向,其诗学的首要原则很可能是'不确定性':模糊、混乱或消解秩序"[2]。文学作为艺术,越来越成为与社会-文化现实构成对抗的精神元素;"艺术的社会性主要因为它站在社会的对立面。但是,这种具有对立性的艺术只有在它成为自律性的东西时才会出现……艺术的这种社会性偏离是对特定社会的特定否定"[3]。在艺术的自律王国中,存在这样一个绝对命令——"事物必须改变"[4],即审美形式给那些习以为常的内容和经验以一种异在的力量,由此导致新的意识和新的知觉诞生。[5]

"浪漫主义所推崇的个体理念,乃个人之独特性、创造性与自我实现的综合。"[6]自由开启了创新的大门;创新乃浪漫主义的外在标识。在攻击 M. H. 艾布拉姆斯《镜与灯》用"表现"置换"模仿"的经典分析时,海登辩称浪漫主义之所以是有趣的,不在于其"表现的理论"而在于其"创造的理论"。[7] 法国思想史专家海明斯更是反复断言——"浪漫主义就是现代主义的代名词,这意味着它要抛弃古典主义对诗歌的影响,选择现当代的

---

[1] 彼得·比格尔:《先锋派理论》,高建平译,商务印书馆 2002 年版,第 11 页。

[2] David Baguley: "The Nature of Naturalism", in Brian Nelson, ed.: *Naturalism in the European Novel*, Berg Publishers, 1992, p. 13.

[3] 阿多诺:《美学理论》,王柯平译,四川人民出版社 1998 年版,第 386 页。

[4] 赫伯特·马尔库塞:《审美之维》,李小兵译,广西师范大学出版社 2001 年版,第 200 页。

[5] 赫伯特·马尔库塞:《审美之维》,李小兵译,广西师范大学出版社 2001 年版,第 217 页。

[6] Steven Lukes: *Individualism*, Basil Blackwell, 1973, p. 17.

[7] See Paul H. Fry: "Classical Standards in the Period", in Marshall Brown, ed.: *The Cambridge History of Literary Criticism: Romanticism*, Cambridge University Press, 2008, p. 14.

题材,并采用一种恰当的新的写作方式"①。浪漫主义以降,所有重要的文学思潮、文学流派乃至所有具有独创性的伟大作家,都曾因其创造精神、创新追求而以古典时代难以想象的方式遭遇公众的不解、漠视与敌对,而其自身也几乎以同样的强度对公众回报以蔑视、冒犯与攻击。现代主义文学虽然名目繁多、流派纷杂,但在哲学上却有一个共同的基础——非理性主义。在很多现代主义作家看来,在人"自我"都难以确定的情况下,那么也就只有自己未定型的直觉更为可靠与可以信赖。表现主义理论家埃德施米德说:"现实一定要由我们去创造。事物的意义一定要由我们去把握。"②梅特林克(Maurice Maeterlinck,1862—1949)说:"必须看到生活的本源和种种神秘性"方能认识"真正美而伟大的悲剧所含的美和伟大并不在于动作中,而全靠那些看来好像无用、似乎多余的对话。其实,这正是灵魂可以听取奥秘的唯一对话。只有在这里,灵魂才被(上帝)呼唤着"。③ 意识流的先驱人物普鲁斯特认为,"直觉,不管它的构成多么单薄,不可捉摸,不管它的形式多么不可思议,唯独它才是真理判断的标准"④。超现实主义则认为,在现实世界之外,还有一个没有理性的"彼岸世界",其创始人安德烈·布勒东(André Breton,1896—1966)宣称:"超现实主义,名词。纯粹的精神的无意识活动……在不受理性的任何控制,又没有任何美学或道德的成见时,思想的自由活动。"⑤

---

① F. W. J. Hemmings: *Culture and Society in France : 1789-1848*, Leicester University Press, 1987, p.165.
② 埃德施米特:《创作中的表现主义》,见伍蠡甫等编《现代西方文论选》,上海译文出版社1983年版,第152页。
③ 梅特林克:《卑微者的财富》,见伍蠡甫等编《现代西方文论选》,上海译文出版社1983年版,第47页。
④ 普鲁斯特:《复得的时间》,见伍蠡甫等编《现代西方文论选》,上海译文出版社1983年版,第130页。
⑤ 布列东:《什么是超现实主义?》,见伍蠡甫等编《现代西方文论选》,上海译文出版社1983年版,第169页。

"运动的原则是现代主义的实质性要素,是它的凝聚力和演变的基本成分。"①雷纳托·波焦利在《先锋派理论》(1968)中曾对此做过精到的分析。在波焦利看来,现代艺术得以产生的社会环境和文化氛围较之往昔均发生了巨变。现代艺术对当下的社会和文化现实越来越呈现出一种抵抗、拒绝、否定的反叛姿态,而现代艺术家也越来越倾向于成为在思想和艺术上令人为之骇异的"基地成员":鄙弃规范,标新立异,呼朋唤友,啸聚都市。大致而言,以激进的反叛姿态挑衅流行的大众趣味,以运动的形式为独创性的文学变革开辟道路,乃浪漫主义以降西方现代文学展开的基本程式。19世纪这种情形虽已有过最初的预演,但20世纪现代主义却以更为激烈、决绝的"运动"形态与大众文化展开冲突与对抗。

尽管许多现代主义作家——尤其是那些博采众长的文学大家——以自己强悍的艺术个性保持着超越一切派别之上的独立姿态,但查拉、马里内蒂(Filippo Tommaso Marinetti,1876—1944)等立于潮头的"先锋"人物,却将自己的身影更多地定格于"文学运动"而非"文学文本"本身。不在书斋枯坐苦吟,他们更像策划于密室、惑乱于社会的"革命家";而文学活动之于他们而言在很大程度上也已从艺术文本的创作演变成纲领宣言的制定。对未来主义、表现主义、达达主义、超现实主义等激进"先锋派"作家来说,作为艺术的文学,现在更体现为作为艺术家的作家之一种"表演"、一种"行为"、一个"事件"、一个"行动"或一种"生活方式"。"宣言、卡巴莱、即兴表演、夸示炫耀,这样都可变成现代艺术所需要的新环境和攻击陈规旧例的行动——运动活动的常见特色之一,就在于它对有关艺术

---

① 马尔科姆·布雷德伯里、詹姆斯·麦克法兰:《运动、期刊和宣言:对自然主义的继承》,见马·布雷德伯里、詹·麦克法兰编《现代主义》,胡家峦等译,上海外语教育出版社1992年版,第168页。

和艺术家的美学和社会性格的所有或大多数现存命题或假定,都持异议。"①而其中,极具攻击性的各种花里胡哨的"宣言"尤其成为现代主义"先锋作家"最喜欢采用的自我表现的方式。《未来主义宣言》(1909)、《第一政治宣言》(1909)、《未来主义文学的技术性宣言》(1912)、《未来主义综合戏剧》(1915)、《未来主义电影》(1916)、《未来主义舞蹈宣言》(1917)……1909—1924年间,仅仅出自马里内蒂之手的未来主义的各种宣言性文献就有26篇之多。"主义"或"学派"总是会在本能地夸大某些东西的偏执中倾向于"分裂"或"宗派主义";在现代主义内部各式"主义"或"学派"的旗幡走马灯般变幻不定的历史语境中,"宣言"合乎逻辑地成了现代主义者手中最轻便、快捷、实用的艺术形式。

　　火爆的"运动性"是西方现代主义展开过程中最引人注目的标识。在炮制各种宣言、纲领等耸人听闻的文字之时,现代主义作家对艺术问题展现出一种普遍敏锐的自我意识与空前自觉的理论追求。这种不懈的艺术寻思与发达的理论意识,使得文学理论的出奇斗新与文学批评的缤纷多彩合乎逻辑地成了20世纪西方文坛中另一道风景。文学理论与文学批评的空前繁荣,不仅加速了文学的新变,而且其自身也成了西方现代文学中一个独特的组成部分。当文学之艺术自觉越来越成为西方文坛的共同追求,"文学何谓"及"文学何为"自然也就成了萦绕所有文学中人乃至非文学中人(哲学家们前所未有地关注文学理论问题乃至直接涉足文学创作可以为证)的一个新的"斯芬克司之谜"。换言之,当文学彻底摆脱依傍他者的卑微地位而获得自身的独立性之时,关于文学究竟是什么或不是什么的争讼没有因此消弭,而是突然以一种新的悬置的方式空前地释放了出来,这就使得现代主义作家在20世纪开创出了一个前所未有的"批评的世纪"。

---

　　①　马尔科姆·布雷德伯里、詹姆斯·麦克法兰:《运动、期刊和宣言:对自然主义的继承》,见马·布雷德伯里、詹·麦克法兰编《现代主义》,胡家峦等译,上海外语教育出版社1992年版,第169—170页。

第三章

现代主义的反传统叙事

"现代主义仿佛是这样一个关口,在这里,激进的和创新的艺术思想,从浪漫主义中产生出来的实验的、技巧的、美学的思想,都陷入了形式危机——在这一危机中,传统意义上的神话、结构和组织都土崩瓦解了,而且还不只是形式的原因。"①

现代英国历史学家 G. M. 特里维廉(George Macaulay Trevelyan, 1876—1962)有这样一句名言:"时期跟日期不一样,时期不是事实。时期是回顾性的概念,这些概念是环绕着往事形成的。它们对集中讨论是有用的,但却往往使历史的思考迷失方向。"②在审视并评价 20 世纪西方文学的时候,面对"现代主义""现代派""后现代派"以及与之相关的"先锋派""颓废派""实验派"还有"现实主义"等这样一些特指模糊的文学术语,我们的确随时有陷入混乱而被引入歧途的可能,并且有不少人已将这种可能变成了现实。我们能否绕开所有人造概念的间离,而直接对 20 世纪西方现代主义文学文本发问:在西方文学的历史长河中,现代主义作家在

---

① 马尔科姆·布雷德伯里、詹姆斯·麦克法兰:《现代主义的名称和性质》,见马·布雷德伯里、詹·麦克法兰编《现代主义》,胡家峦等译,上海外语教育出版社 1992 年版,第 11 页。

② 转引自袁可嘉等:《现代主义文学研究》(上),中国社会科学出版社 1989 年版,第 203 页。

他们所处的时间段上为以往的西方文学增添了什么东西？或与此前的西方文学作品相比,现代主义文本究竟拥有了哪些新的特质？

第一节 "反主题":文本主旨的隐遁

传统西方作家大都满怀改良社会的良善愿望和热情,惯于用人道主义的思想武器来批判社会中存在的不合理现实。他们揭开社会的伤疤,但同时又竭力微笑着不厌其烦地把人性向善、博爱忍让、道德感化、阶级调和乃至宗教观念作为济世度人的良方向读者灌输。狄更斯甜腻腻腆的小说的最后几页,恶人总会得到报应,美德总是战胜腐恶。在《艰难时世》(1854)中,他批判了资本家,描写了被压迫者的痛苦;但又不赞成工人起来斗争,因此不惜笔墨丑化工联领袖,而把备受折磨却主张人与人之间相互谅解的斯蒂芬写成正面人物。雨果的《悲惨世界》(1862)通过描写芳汀、柯赛特、冉阿让等人的痛苦遭遇,深刻揭露了法律的残暴和道德的虚伪;但又主张通过道德感化和彼此相爱来化解社会矛盾——圣人米里哀主教的仁爱使"暴徒"冉阿让由一个"恶人"变成了一个"善人",被彻底改造了的冉阿让——马德兰市长——又用最高的德行去兴办福利,扶危济困。在《幻灭》(1835—1843)中,巴尔扎克曾写出人性中的善是怎样为严酷的社会现实所扭曲,而他本人则仍然迷恋于往昔温情脉脉的时光,以宗教和王权作为现实的政治理想。大致来说,作为阐释社会与晓谕人生的工具,传统西方文学创作大都没有摆脱"说明生活""对生活下判断"的"人生教科书"这一套子。作家通过作品关注现实,褒贬世相,倾向性极其鲜明。既然作家提倡什么、反对什么在作品中都有着毫不含糊的体现,传统西方文学作品的主旨意向自然也就十分明白清楚了。

一

"上帝死了",真与假、美与丑、善与恶这样一些观念层面的对立命题在现代主义作家那里很大程度上已然消失。他们既无所厌恨,也无所希冀;接受一切,乃因为对一切都已束手无策。既然德行不一定胜利,也就没有必要对恶进行谴责。由是,作家在文本中褒贬事物的倾向性便在他们"是非原则"的消失中自行瓦解了。传统作家那种急切地用自己的道德、政治或宗教观念教诲读者的热情消退之后,现代主义作家也就不再在文本中表露个人的主观倾向性。在被称为现代主义宣言的《现代小说》一文中,维吉尼亚·伍尔夫称主导传统文学叙事的理性观念为"强大专横的暴君",认为它阻断了作家"内心所感受的意象":"作家似乎是被逼着——不是被他自己的自由意志,而是被某个奴役他的强大专横的暴君逼着——去提供故事情节,提供喜剧、悲剧、爱情穿插,提供一副真像那么回事的外表,像得足以保证一切都无懈可击,以致他所写的人物倘若真的活了,就会发觉自己已经穿戴整齐,连外衣的每个纽扣都符合当时的时装式样。暴君的意旨业已照办;小说烹制得恰到火候。"[1]而为了显现真正的人的生存,她强调现代主义作家的叙事必须摒弃"习惯风尚所灌输给我们的见解",从自己的"切身感受"与"内心体验"出发:"生活并不是一连串左右对称的马车车灯,生活是一圈光晕,一个始终包围着我们意识的半透明层。传达这变化万端的,这尚欠认识尚欠探讨的根本精神,不管它的表现会多么脱离常轨、错综复杂,而且如实传达,尽可能不羼入它本身之外的、非其固有的东西,难道不正是小说家的任务吗?"[2]伍尔夫的小说《到灯塔

---

① 弗吉尼亚·沃尔夫:《现代小说》,见崔道怡、朱伟、王青风等编《"冰山"理论:对话与潜对话》(下),工人出版社1987年版,第616页。

② 弗吉尼亚·沃尔夫:《现代小说》,见崔道怡、朱伟、王青风等编《"冰山"理论:对话与潜对话》(下),工人出版社1987年版,第616—617页。

去》(1927)开篇就给人一种浓重的末日氛围。读者难以搞清楚兰姆西太太到底发生了什么事,由一派神秘中透出的只是环绕着她的美丽的某种悲凉和徒然,直到最后人们也只能于满腹狐疑中做出各种猜测。

在形形色色的现代主义流派中,也有一些作家经历了两次世界大战和社会革命的震动,在一方面感到这个世界是一个莫测深渊的同时,另一方面也朦朦胧胧地感到了某种和过去截然不同的新东西。他们忙碌着,带着创作新艺术的冲动,竭力分辨未来的含义,企图干预生活。存在主义文学的首领萨特曾主张"介入文学",号召人们通过"自由选择"为恢复与维护人的价值而奋斗;表现主义诗人巴尔也曾说,新的艺术应当使社会从极端的阴谋手段和高度集中的霸凌权力中得到复兴。但到底应当怎样"复兴"呢?超现实主义主将阿拉贡的一句话或许能解答这个疑问——摧毁一切吧,然后你就会成为一切的主人!

主旨意向的隐遁乃现代主义文本的重要特征之一。现代主义是理性和无理性、理智和感情、主观和客观在相互渗透中的调和、混合、联合与融合,这让人想起意象派大师庞德早在 1918 年对意象所做的界定:"意象是瞬间的智力和感情的复合体。"[1]人们在现代主义的作品中非但再也难以找到善有善报、恶有恶报的古训,也根本无从得出任何明确的结论,而只有一种模糊暧昧、模棱两可的心理体验。欧·豪在《新之衰败》中曾指出,就现代主义文学而言,"一部作品写作的前提是:它所描写的动作并不存在可靠的意义,或者尽管一个动作能抓住我们的注意力,激发我们的情感,但我们对它的意义的可能性却不能确定,或必须保持不确定"[2]。像卡夫卡的小说《城堡》这等典型的现代主义文本,作家本来就追求某种可以做出多种解释的"不确定"的意义解构,事实上作家本人也的确很难清

---

① 埃兹拉·庞德:《一个回顾》,转引自马·布雷德伯里、詹·麦克法兰编《现代主义》,胡家峦等译,上海外语教育出版社 1992 年版,第 34 页。

② 转引自彼得·比格尔:《先锋派理论》,高建平译,商务印书馆 2002 年版,第 7 页。

晰地解释自己的作品。象征主义诗人的"纯诗"理论认为一定不能把诗歌的主旨和意境阐发得一清二楚。他们非但允许读者对同一首诗有多种不同的解释，而且认为最好的解释该是"未知"二字。

对既定的现实抱有深深的怀疑态度，对特定的文化持有强烈的否定情绪，现代主义作家往往专注于表达某种激进、愤怒到偏执的反叛意向，文本也就明显笼罩着一层迷茫沉郁、狂躁不安的精神氛围。而与这种精神氛围相契合的，乃"上帝之死"所表征着的形而上学观念系统瓦解所带来的"不确定性"。传统文学中那种由清晰的叙事意图所构成的文本主题越发变得模糊不清，而充满隐晦象征意味的特定意象在现代主义文本中则越来越成为居于中心地位、承担着整体结构功能的内在元素。"现代主义的伟大作品在现代相对论、怀疑主义这类工具当中获得生存，并希望世俗的变化。但它们在过渡性的情感上得到平衡，往往怀疑过去留存下来的力量，也怀疑从新奇的现在成长起来的力量。它们的关键在于模棱两可的意象：城市——既是一种新的可能性，又是不真实的，支离破碎的；机器——既是新奇能量的旋涡，又是破坏性的工具；富有启示性的时刻——既意味着净化，又意味着破坏的爆炸。像福斯特的马拉巴洞穴那样的意象，从潜在的意义上说，是全世界都能想象的一切可能经验的综合体，或是世界上无意义的多样性和无政府状态的综合体。这是使变化和混乱、创造和非创造含糊不清的艺术意象，它显示出现代艺术特有的集中性和敏感性。"①在现代主义文本中，虽单个的细节描绘越发趋向玲珑剔透，但细节间的逻辑间距却进一步拉大，这就直接带来了意义的飘浮暧昧或悬置不居。某种从一开始就在文本中浮动、飘荡的意象氛围，不断延展、弥漫，但最后依然处于鲜活的混沌状态，这使得现代主义的叙事文本在气质

---

① 马尔科姆·布雷德伯里、詹姆斯·麦克法兰：《现代主义的名称和性质》，见马·布雷德伯里、詹·麦克法兰编《现代主义》，胡家峦等译，上海外语教育出版社 1992 年版，第 35—36 页。

上获得了某种"音乐"的质地。

表现主义美学的代表人物埃德加·卡里特(Edgar Carritt, 1876—1964)曾称:"尽管艺术在创造美时并不单纯追求愉悦,它却如同亚里士多德所说的,包含了它特有的愉悦。这种特有的愉悦就是我们在一种认识性的胜利中所获得的满足,通过这种认识性的胜利,我们的想象创造了一种令人信服的意象。"①在象征主义者和自然主义者强调文学的意象性特征之后,20世纪西方现代主义作家和理论家进一步达成共识——艺术最根本的特征乃其意象性。英国文学史家格雷厄姆·霍夫(Graham Hough)很早就指出现代主义往往集中表现为意象主义——尤其对英语世界的现代主义来说,意象主义更是其坚实的核心。②在《意象和经验》(1960)一书中,他曾建议扩大"意象主义"这个术语的外延,以便用它来指称20世纪上半期发生在西方文坛上的那场被其他批评家与理论家命名为"现代主义"的文学革命。因为在他看来"意象主义的观念处于我们这个时代的典型的诗歌传统之中心"③。意大利美学家克罗齐(Benedetto Croce, 1866—1952)在《美学原理 美学纲要》中也称:"意象性这个特征把直觉和概念区别开来,把艺术和哲学、历史区别开来,也把艺术同对一般的肯定及对所发生的事情的知觉或叙述区别开来。意象性是艺术固有的优点:意象性中刚一产生出思考和判断,艺术就消散,就死去……艺术家只是创造意象,但对他创造的意象,则谈不上相信或不相信。"④也许,从克罗齐的这一断言中,我们可以找到对从自然主义发端的西方现代叙

---

① 埃德加·卡里特:《走向表现主义的美学》,苏晓离、曾谊、李洁修译,光明日报出版社1990年版,第230页。
② 参见马·布雷德伯里、詹·麦克法兰:《现代主义》,胡家峦等译,上海外语教育出版社1992年版,第31页。
③ 格雷厄姆·霍夫:《意象和经验》,转引自彼得·福克纳《现代主义》,付礼军译,昆仑出版社1989年版,第3页。
④ 克罗齐:《美学原理 美学纲要》,朱光潜、韩邦凯、罗芃译,外国文学出版社1983年版,第216—217页。

事之"意象化"进行阐释的最佳入口。

现代主义虽然流派纷杂,但作家的精神面貌却有着明显的共同点。如果说自然主义作家从他们时代里所感受到的信息主要是混沌和茫然,到了现代主义,呈现在作家面前的则更多了些混乱和荒诞。如果说自然主义的基本格调是超然、旁观、沉郁和灰色,现代主义则更多了些愤世嫉俗、玩世不恭以及怀疑一切的虚无主义情绪。就作品主题意义的隐遁而言,从自然主义作品的明晰单纯到现代主义作品的朦胧暧昧,自然主义作品是一个明显的过渡点。在左拉等人经常不提供结论的作品中,传统小说"表现的明晰性"开始动摇,这正是现代叙事作品主旨意向隐遁的开端。

现代主义继承了自然主义的命运主题,但对人的命运却表现出了截然不同的精神态度。这有点像自然主义从浪漫派那里接续了虚空和忧郁的主题,却同时扬弃了其作品所经常表现出来的绝对化到空洞的个人自由畅想与极端化为虚假的乐观豪情。在现代主义文学叙事中,被压抑的生命意志往往以直觉的意象投放方式"爆裂",直接呈现为生命的"苦痛"与"茫然",这使得"痛感"进一步成为现代主义文学的底色,而"寻求自我"则成为其基本母题。伍尔夫对此总结说:"答案是没有的;如果诚实地体察生活,生活会没完没了地提出问题,等到故事结束以后,问题一定还会留在耳边再三盘问,毫无解决的希望——就是这种感觉使我们充满了深深的(而最终可能变成怨恨的)绝望心情。"[①]因为这一主题直接来自生命体验的深处而非观念丛林的某一角落,因而便有了本体论母题的意义。由此,现代主义文学"寻找自我"的主人公便比浪漫派笔下的"世纪儿"形象显得更真实、更本色、更深沉。在现代主义经典作家卡夫卡的文学世界里,我们看到:到处都有体现着这一主题的人物在充满悖谬的生活世界里

---

①　弗吉尼亚·沃尔夫:《现代小说》,见崔道怡、朱伟、王青风等编《"冰山"理论:对话与潜对话》(下),工人出版社1987年版,第620页。

徒然但又不可遏止地奔波跋涉。面对"上帝死了"这一口号所隐喻的文化危机与精神危机，领受着文学固有的浪漫诗情及其与现实遭遇后必有的忧愤，现代主义作家越发释放出无法化解的忧郁。尤其在很多现代主义诗歌中，忧郁甚至成了最基本的调子。"忧郁"之情感症候膨胀成为整体的心灵状态，即有"荒诞"结晶析出，所以加缪有言："荒诞"乃一份激情，一份沉痛、深沉的激情。与此同时，卡夫卡式的"焦虑"以及萨特所说的那种"恶心"，也都成了现代主义文学文本中普遍流行的独特体验。

现代心理学理论进一步揭示了存在于人内心的永恒冲突以及存在于人类文化中的永恒冲突，并越发清楚地向人们表明：人永远是一种处于内在与外在精神危机之中的存在。意义的永恒匮乏与意义的永恒饥渴带来了精神的永恒焦虑与精神的永恒探求。所不同者，只不过是程度的不同而已。就此而言，我们固然应该正视"孤独""焦虑""虚无""荒诞"等诸精神现象在现代主义文学中被"主题化"这一独特的文学景观，但也大可不必将其理解为多么不可理喻、多么耸人听闻的文化事件。最值得去做的乃客观、准确地研究、评估这些独特的精神现象之于 20 世纪西方现代主义文学书写与文化建构的意义——尤其是正面的价值。在物质高度丰裕和社会文明化程度显而易见大幅提升的 20 世纪之现实境遇中，这些问题在文本中的显赫存在本身，也许就是 20 世纪西方文学与文化的重大成就。

<h1 style="text-align:center">二</h1>

设若将传统西方作家与 20 世纪西方现代主义作家的写作立场与姿态做一个对比，当不难发现：前者基本上是一种"代言人的写作"，即作家站在"类主体"或"复数主体"的立场进行写作，作家乃代大众发言、替大众说话，这种说话人直接面对的对象显然也是大众；而后者则是一种"作为个人的写作"，作家清醒地认识到自我并不是像上帝一样站在世界与生活

之外,而是就在其中,因此他明白自己的知识、能力的有限性而不敢替任何人代言,而且他也意识到自己所缔造的文本在价值上是有限度的,因此他越发小心翼翼但也更加千方百计地构筑文本——通过调整叙事对现实的视角和焦距,调整创作意图与文学文本的关系,从而避免自己思考和写作的僭越所带来的文本的那种凌空的造作。现代主义作家知道自己的文本不是政治通告,也不是布道文,更不是劝善书,因此不敢带有任何宣示、教诲的口吻或语气,而且他们也知道自己作为"说话人"直接面对的并不是公众,而只是一个个在各个方面与他们并无多大差别的个体,由此他们自然也就多了几分虔诚与谦卑——不再像传统作家那样悲天悯人、盛气凌人。总之,他们不再是兜售"观念"的甜腻小贩,而只希望自己对一己生活观感与生命体验的书写,让习惯性麻木的人们在活生生的存在本相面前能被"震惊"。

传统西方文学之"观念统摄"的病症来自传统西方文化中理性主义者主、客体二元对立的思维逻辑。基于这种逻辑,被判定为"思维主体"的自我,总是冲动着要用自己的主体观念去解释被判定为"客体"的世界,从而在这种解释中求得被判定为"对立"的两者的统一,而后方可心安。但由此所达成的统一,只不过是一种一己观念的独断,一种将本来复杂的世界简单化的虚妄,一种将多元、相对的观念绝对一体化的梦呓。独断、虚妄的梦呓严重地遮蔽了世界的真相,阻断了思想活力的绽放。事实上,这种"二元论"从其诞生的第一天起,内里便潜藏着一种奔向"一元论"的强大冲动——经由"绝对化"抽象从而断定出某种"统一"一切的终极"本质"。因此,二元对立的思维模式才是本质主义之绝对论—独断论的内核。现代主义作家受时代文化思潮的影响放弃了二元对立的理性主义思维模式,这不仅意味着他们不再用"对立"的思维逻辑去面对世界和自我,从而接受了世界与自我在不无矛盾与悖论的融合状态中的并存,由此彻底解除了既往总欲用主体观念统一世界的病态冲动,而且意味着他们用"多元论"的相对主义置换了"二元论"的绝对主义。"多元论"的相对主义文化立场和思维方式,决定了"非个人化"是 20 世纪现代主义作家的基本文学立场。现代主义的经典作家 T. S. 艾略特在理论上对此做出了最好的说明。

艾略特在《传统与个人才能》一文中提出:"诗不是放纵感情,而是逃避感情;不是表现个性,而是逃避个性。自然,只有有个性和感情的人才会知道要逃避这种东西是什么意义。"①他明确指出:"诗之所以有价值,并不在感情的'伟大'与强烈,也可以说是结合时所加压力的强烈。"②"诗人所以能引人注意,能令人感兴趣,并不是因为他个人的感情,因为他生活中特殊事件所激发的感情。他特有的感情尽可以是单纯的、粗疏的,或是平板的。他诗里的感情却必须是一种极复杂的东西,但并不是像生活中感情离奇古怪的一种人所有的那种感情的复杂性……诗人的职责不是寻求新的感情,只是运用寻常的感情来化炼成诗,来表现实际感情中根本就没有的感觉。"③艾略特称只有"有个性和感情的人"才会懂得文本创作要"逃避情感""逃避个性"的意义。这句话提示我们:同左拉一样,艾略特并没有否认"情感"与"个性"之于文学或文学创作的意义。

何谓"逃避"? 毫无疑问,"感情"与"个性"是文学得以存在的基本理由,更是创作须臾不可缺少的前提。这意味着一旦丧失了这两个元素,文学及文学创作便不会存在。"逃避"感情与个性,并非要取消感情与个性,而是要隐匿、掩藏感情与个性在文本中的存在。

为什么要"逃避"? "个性"在文本中的肆意张扬,往往体现为作者个

------

① 托·斯·艾略特:《传统与个人才能》,卞之琳译,见戴维·洛奇编《二十世纪文学评论》(上册),葛林等译,上海译文出版社 1987 年版,第 138 页。
② 托·斯·艾略特:《传统与个人才能》,卞之琳译,见戴维·洛奇编《二十世纪文学评论》(上册),葛林等译,上海译文出版社 1987 年版,第 135 页。
③ 托·斯·艾略特:《传统与个人才能》,卞之琳译,见戴维·洛奇编《二十世纪文学评论》(上册),葛林等译,上海译文出版社 1987 年版,第 137 页。

人一己"独断"的放纵,即难免流于虚妄的个人思想观念的铺陈。情感总是裹挟着作者的观念意向而体现为观念性情感;由是,文本中肆意裸露的情感宣泄不但会使读者的注意力专注于情感的共振,而且同时以其观念意向主导了读者的判断,两者共同构成了对读者"反思"的阻断,掩蔽了文本应有的"反思性"张力。综合起来看,"逃避个性"与"逃避感情"在本质上就是要逃避"个人观念"对文本的主导。就此而言,艾略特的观点堪称是对现代主义文学文本运作方式的精辟勘断:文本中的确包孕着情感,但不是情感的直接表现即可构成文本;文本中的确有个性的体现,但比个性的体现更重要的却是要看它所承载并创造了什么;文本肯定包含着某种观念性的东西,但这"观念性的东西"却绝不是观念本身。人们也常常将艾略特的"逃避个性"与"逃避感情"概括为"非个人化";"非个人化"之实质就是要"非观念化"。而之所以要"非观念化",则是因为"观念化"乃传统西方文学的痼疾。事实上,艾略特的"非个人化"理论正是其在反对传统西方文学之"观念主导"的斗争中提出来的。总体说来,现代主义作家对浪漫主义者及其狄更斯式的维多利亚追随者忙于在文本中"构建一个梦幻的世界"不以为然,他们否定"文学乃个人的情感表现"这一浪漫主义的文学观念,同时也反对巴尔扎克式现实主义文本中那种个人思想观念的泛滥,转而主张"非个人化"。

如何"逃避"?在"客观对应物"中实现主客体融合——这也正是波德莱尔"感应论"之后象征主义最重要的理论阐发。"用艺术形式表达感情的唯一方式,是找出一种'客观对应物';换句话说,一组物品,一种境况,一系列事件,能够作为表达这种特殊感情的程式;外在的事实必须终止于感觉经验,这样一旦给予了这种事实,这种感情就立即被唤起了。"[①]作家

---

① 艾略特:《哈姆莱特及其问题》,转引自彼得·福克纳《现代主义》,付礼军译,昆仑出版社 1989 年版,第 45 页。

并不只是简单地表露他的情感,他必须通过恰如其分的外在"物品""境况""事件"将情感细致委婉地呈现出来。由此所创作出来的作品便不是以其主张的简单,而是以其统一性的复杂来吸引我们的。

在破除二元对立思维模式所催生的本质主义绝对论—独断论之宏大思想背景上,艾略特用两个"逃避"所建构起来的"非个人化"命题便有了极为丰富的思想内涵。在传统与个人才能的关系上,他认为:传统是一个作者的连续统一体,传统与现代不是绝对对立的;现代主义作家的个人才能和独创性与无数作家和文本所构筑起来的文学传统不是绝对对立的;文学史不是断裂的。在作为"主体"的个人与作为"客体"的世界的关系上,他说:"一个艺术家的前进是不断牺牲自己,不断地消灭自己的个性。"[1]读者不应该对艺术家的心灵感兴趣,而应该对创作过程的结果感兴趣。"艺术家愈是完美,这个感受的人与创造的心灵在他的身上分离得愈是彻底,心灵愈能完善地消化和点化那些它作为材料的激情。"[2]

作为象征主义文学的基本主张,艾略特的"非个人化"理论最早可以追溯到象征主义奠基人波德莱尔的"感应论"和"非功利论"。波德莱尔之后,马拉美也曾将诗人在文本中的隐遁视为象征主义的一大发现和创举,并将之作为"言者"的诗人不露面目为其"纯诗"创作的先决条件。而马拉美的弟子瓦莱里则说:"作家的责任,他的适当作用,是使画面消褪,抹去自我的痕迹,抹去他的脸,他个人有关的一切,他的爱情纠葛……创造作品的不是那个签名的人。创造作品的是无名。"[3]叶芝则称:"一位小说家可能会描绘自己的偶然经历,即那些支离破碎的经历,但他绝不能仅仅

---

① 托·斯·艾略特:《传统与个人才能》,卞之琳译,见戴维·洛奇编《二十世纪文学评论》(上册),葛林等译,上海译文出版社 1987 年版,第 133 页。

② 托·斯·艾略特:《传统与个人才能》,卞之琳译,见戴维·洛奇编《二十世纪文学评论》(上册),葛林等译,上海译文出版社 1987 年版,第 134 页。

③ 转引自雷纳·威莱克:《西方四大批评家》,林骧华译,复旦大学出版社 1983 年版,第 45 页。

就这样。他与其说是一个人,毋宁说是一类人;与其说是一类人,毋宁说是一种激情。"① T. S. 艾略特的"非个人化"理论,在 20 世纪西方文坛声名远播,影响颇深,在很大程度上堪称 20 世纪现代主义作家的基本文学立场。

第二节　"反英雄":典型性格的消解

无论如何,叙事作品的核心最终仍要归结到人物形象上去。相比之下,20 世纪西方现代主义叙事作品中的人物形象发生了显著变化。在很大程度上,我们可以说:传统叙事作品中的人物形象已经解体。这种解体具体表现为两个方面:其一是"典型"消解之后人物形态的"发散",其二是理性灌注的"英雄"倒下之后人物气场的"收敛"。

一

"典型论"乃西方传统文学理论的重要基石。这种以"性格"为"典型化"对象的文学理论,其最初的模型是西方文学史上源远流长的"性格类型说"。古希腊的苏格拉底已经意识到并初步阐说了"类型化"的问题。为了创造出一个整体上显得优美的形体,他认为艺术家应该从许多人身上选取有代表性的成分,把所有人最优美的部分集中起来。经由对人物性格必须具有普遍性和必然性的强调,亚里士多德对"性格类型"的创造原则做了清晰的理论阐发。古罗马时代的贺拉斯(Quintus Horatius Flaccus, 前 65—前 8)与古典主义时代的布瓦洛(Nicolas Boileau-

---

① 叶芝:《创作的原则和态度》,见王宁、顾明栋编《诺贝尔文学奖获奖作家谈创作》,北京大学出版社 1987 年版,第 32 页。

Despréaux,1636—1711),均提出了按人物年龄来区分/描写性格的类型说,很大程度上触及了典型的个性特征问题。至 18 世纪,狄德罗(Denis Diderot,1713—1784)开始强调性格与环境的关系,这就为"典型论"注入了深广的社会内容并为其找到了得以形成的物质基础;而与狄德罗同时代的德国美学家莱辛(G. E. Lessing,1729—1781)第一次提出了"人物性格是创作中心"的重要主张,要求性格既具有一致性和目的性而又有内在的历史真实性,进一步丰富了典型的内容。在提出了具有经典意义的"这一个"的著名论断,并由此进一步揭示出"丰富性""明确性""坚定性"为典型性格的根本特征之后,"典型论"终于在大哲学家与美学家黑格尔(Hegel,1770—1831)这里臻于成熟。黑格尔"典型论"尽管也强调性格的丰富性和复杂性,但同时却更要求在丰富复杂中体现出一种"明确"和"整一",即要突出性格诸种矛盾着的方面中"一个主要的方面作为统治的方面",也即"让这个方面渗透到而且支持其整个的性格"。① 落实到具体的创作实践,也就是要求作家在平常的人身上发掘出某种不寻常的东西来加以强调甚至做某种程度的夸张。其结果便是人物形象虽然醒目了,但同时也因缺乏丰实与饱满而显得"扁平"。大致来看,19 世纪前半期的西方作家在叙事中大都开始自觉践行黑格尔的"典型论",并由此创造了一系列栩栩如生的"性格典型"。野心家的典型如拉斯蒂涅和蓓基·夏泼,复仇的典型如希斯克利夫和基督山伯爵,悭吝贪婪的典型如葛朗台和泼留希金,等等。

现代主义作家摒弃了传统文学理论中的"典型论",反对塑造传统文本中那种常作为某种观念化身而存在的"性格典型"。伍尔夫在《班奈特先生和勃朗太太》一文中不无鄙夷地这样谈论传统作家:"他们研究性格

---

① 黑格尔:《美学 第一卷》,朱光潜译,商务印书馆 1979 年版,第 304 页。

入了迷,不传达性格他们就活不了。"①总体来看,摒弃"典型"的现代主义作家在人物形态上明显沿着自然主义的轨迹进一步向"类型"回归。因此,人们经常可以看到现代主义文本很少提供人物的标志,极少描写人物的外表、手势、行动,甚至取消了人物的名字。安德烈·纪德(André Gide,1869—1951)常常故意采用罕见的名字,避免人物沿用父系祖先的姓氏。在表现主义作家与荒诞派作家的创作中,人物因类型化甚至失去了自己的名字。卡夫卡《审判》(1914—1918)与《城堡》(1922)中的主人公均题名为K,斯特林堡剧作中的人物常直接以"看门人的妻子""挤奶姑娘""大学生""老人"这样一些表示职业或身份的泛称命名,恩斯特·托勒(Ernst Toiler,1893—1939)《群众与人》(1921)中的人物也是直接被称为"岗哨""文书""工人""银行家""军官"等。对此,托勒本人曾给出明确的说明:"人物不是无关大局的个人,而是去掉个人的表面特征,经过综合,适应于许多人的一个类型的人物。"②更有许多小说中的人物只是"无名无姓的'我',他既没有鲜明的轮廓,又难以形容,无从捉摸,行迹隐蔽。这个'我'篡夺了小说主人公的位置,占据了重要的席位。这个人物既重要又不重要,他是一切,但又什么也不是"③。

就作品中人物的基本表现形态而言,从传统作家笔下那种栩栩如生的性格典型到现代主义文学那种零碎难成片段的心态,这是一个从"集聚"到"发散"的演变过程。随着创作主体视点取向的内转,现代主义叙事文本中的人物形态,已在很大程度上"发散"成为一种破碎的心态。总体来看,在现代主义文学文本中,人物由传统文学中的那种"性格典型"转变

① 弗吉尼亚·沃尔夫:《班奈特先生和勃朗太太》,见崔道怡、朱伟、王青风等编《"冰山"理论:对话与潜对话》(下),工人出版社1987年版,第624页。

② 恩斯特·托勒:《转变》,见中国社会科学院外国文学研究所编《外国现代剧作家论剧作》,中国社会科学出版社1982年版,第230页。

③ 娜·萨洛特:《怀疑的时代》,见吕同六主编《20世纪世界小说理论经典》(上),华夏出版社1995年版,第503页。

为"符号化"的"类型"。一方面,这是因为现代生活中浓烈的"茫然无措"与"不确定感"使得作家们失去了对人物概括的能力与兴趣,"时代的现状强烈多变,因此没有人能够成功地应付它。只有经过抽象,对合理的传统格式重新加以研究和诠释,艺术家才有可能应付这纷繁复杂的现实"①。另一方面,也是作家内心深处某种强烈激情"爆裂"的结果——内心滚烫的、莫名的情绪岩浆喷涌而出,在庞大冷漠的现实面前熔铸为无从命名的人物形态。就此而言,人们就不能说卡夫卡那种现代主义的叙事文本是冷漠的。"冷漠"只是经由高超的自我克制与精致的叙事技巧所达成的文本的外表,而在这一外表的下面,乃作家对生活的热切关注与对生命的炙热激情。这种关注,因其本身的本真与诚挚,比传统作家更为强烈、深沉;这份激情,来自承载着生理本能的"血肉"之躯,而非被灌注了太多社会意识形态观念而自我感知能力几乎完全被扼杀的大脑"脑干"。

应该指出的是,从自然主义笔下那种人物生理性特征为主的"气质"形态到现代主义之潜意识为主的"心理"形态,西方现代叙事似乎"复辟"了西方古典叙事中的"类型说"。但由于笔触始终在向人的生命深层挺进,西方现代叙事中自然主义和现代主义的"类型化"与先前西方古典文学中的"类型化"仅是表面相似,内里实是迥然有别。古典的"类型"是个体与个体在"绝对理性"架构上的相互"同一",经由概括,理性抹杀了个性的鲜活样态而抽象出了"类型";而现代叙事中的"类型"则是个体与个体在"感性生命"基础上的彼此"类似",且这种彼此"类似"又因所有个体共同融入的同一世界而得到了加强。不论是自然主义作家笔下的"气质"形态"类型",还是现代主义作家笔下的"心理"形态"类型",在本质上均是某种生命的"情态";毋庸置疑,在这种"类型"中个性依然鲜活,只是潜藏在

---

① 恩斯特·托勒:《转变》,见中国社会科学院外国文学研究所编《外国现代剧作家论剧作》,中国社会科学出版社 1982 年版,第 230 页。

了彼此"类似"的深处。换言之,古典的人物"类型"因为作家理性的概括而变得异常简单、清晰,往往体现出"晶体"的质地,而现代主义作家笔下的人物"类型"却因作家放弃了理性的依据而难以达成概括,越发变得复杂浑融、难以名状。西方现代主义叙事对"性格典型"的摒弃,在本质上所体现的正是现代主义作家对"理念"或"观念"在传统文学叙事中那种统辖一切主导地位的质疑与否定。

"类型化"与"典型化"判然不同。"典型化"的要义是在灌输"普遍性"的过程中强调人物的社会属性,从而彰显其普遍的教化作用与意义。"典型化"作为与"非个人化"对立的一种叙事策略,其"工具性"后面的"训诲"主旨是不言而喻的。"非个人化",因其对作家倾向性或文本训诲教化功能的取消,矛头直指"典型化"。所谓现实主义之"典型化"所达到的那种披着"客观"外衣的普遍性,实际上正是经由最直观的个人化观念达成的。因此,现代主义对现实主义的矫正,一定要诉诸"去典型化"的"非个人化",目的在于消解其前文学猖獗的"社会功能",从而提升其艺术品质。但悖谬的是,消解社会功能却要用"非个人化"策略达成,这在很大程度上再次揭示了文学创作的一般规律——最直观的往往便是最社会化的。所谓"个性",只不过是某种"观念化"的结果;经由"观念",最主观、最个人化的"个性",成了社会/集体之最有效的载体。当然,在个人与社会之间,那最关键的"观念"乃"文化"规训的结果。即最个人化的个性,反而成了社会/集体最好的载体,这是因为两者之间有一个不可见的"文化"场域——不断制造"观念"的场域。

二

人物之间凸显着一条好人与坏人、英雄与恶棍的界线,"英雄"在本质上大都体现为道德上的"巨人",人物塑造上的善恶两极化以及在两极中对善者的认同,是作家强烈的理念倾向所带来的传统西方文学叙事的重要特点。《双城记》(1859)中的卡尔登、《悲惨世界》(1862)中的冉阿让,均堪称至善至德、高山仰止的圣者;《战争与和平》(1863—1869)中的安德烈·包尔康斯基、《复活》(1889—1899)中的聂赫留朵夫,都是微有小恙却在探索中忏悔新生的贵族知识分子典范;《艰难时世》(1854)中的西丝、《罪与罚》(1866)中的索妮娅,均为品格高尚、充满道德力量的小人物——这些正面主人公无一不是堪被读者作为道德楷模的高大形象。

20世纪西方现代主义作家笔下的人物,无论就意志的强度、情感的厚度、精神的高度哪个方面来说,无不存在着剧烈滑坡。这种滑坡,从总体上构成了人物气场或品位的下降。如果说在自然主义作家笔下,人作为生物基本上是一种"兽"的形象,那么,在现当代西方作家笔下,人则简直就是连"兽"都不如的"虫"。换句话来说,20世纪西方作家笔下的人物,非但是一种委顿的生物,更是一种荒诞的存在。卡夫卡《变形记》(1912)中的格里高尔变成了甲虫;奥尼尔《毛猿》(1921)中的扬克临终时无可奈何地承认自己是一只关在笼子里的"野毛猿"……所有这些人物形象,无一不在揭示着人生的尴尬、无奈和荒诞。总体看来,20世纪西方现代主义文学作品中的人物越来越失去行动的能力,他们已经不再是传统叙事作品中那些色彩浓重、表情夸张的英雄,完全失去了传统典型人物身上那种非凡的奋争能力,他们只是凡夫俗子,甚至不如凡夫俗子,而更像一条放在砧板上待人解剖的将死之鱼,只能无可奈何地等待大浪的到来。所有这些人物形象,无一不在揭示人生的被动、麻木与卑贱。在这种新的文学风潮的激荡之下,卡夫卡在《地洞》(1928)中惟妙惟肖地直接描写一个无名之"虫"充满焦虑的荒诞生存也就毫不奇怪了。

第三节　"反情节"：线性结构的碎裂

　　西方文学叙事一直很看重情节。早在古希腊时期,基于荷马史诗与希腊悲剧的实践,亚里士多德就已指出——在悲剧艺术的六个成分之中,"最重要的是情节,即事件的安排","情节乃悲剧的基础,有似悲剧的灵魂;性格则占第二位,悲剧是行动的模仿,主要是为模仿行动,才去模仿在行动中的人"①。19 世纪的浪漫主义和现实主义文学中,虽然人物性格已取代情节在作品中获得了优先礼遇,但情节的地位仍非常重要。因为性格是靠情节的展开才得到揭示的,而且性格的发展有赖于情节的发展。因此,在 19 世纪的小说或戏剧中,作家往往会苦心孤诣地给读者或观众叙述引人入胜、离奇曲折的故事。

　　总体来看,巴尔扎克、狄更斯和托尔斯泰等传统西方作家,总是按照某种"整体性""必然性"的"逻辑"规则叙述某个合乎人物心理、性格、命运的事件或故事——人们有理由推定:这些作家相信人生与世界、性格与命运等总是合乎某种"必然性"的"整体性""逻辑",而且他们本人像上帝一样能够洞悉这套"必然性""整体性"的"逻辑"运行机制。设若没有创世的上帝,那当然就是作家本人创造了这套合乎"必然性"的"整体性""逻辑"。而现代主义作家则大都认定——没有在"瞬间"中释放出来的"偶然性",一切都将是死板而抽象的。设若完全舍弃了"偶然性",任何作家都断无可能描绘出富有生气的事物和塑造出活生生的人物。当然,在理论上强调"偶然性"以及其在文本中的大量涌现,并非要抹掉"必然性",而只是对"唯必然性"逻辑的一种反拨:一种在反拨中的调整与调整中的融合。"语

---

　　①　亚里士多德:《诗学》,罗念生译,人民文学出版社 1962 年版,第 21 页。

言和现实之间,词和世界之间发生的既联结又分离的关系是虚构小说的基本条件。因此小说就承认了偶然性与必然性在其材料和媒介中,即在语言中具有双重的、矛盾的和平等的权利。人必须生活于世界之中——因为没有其他地方可去——然而语言,即意识的表现,却使人处于世界之外。"①

一

文学是人学。但纵观文学史,不难发现:文学对人的认识与表现事实上有一个漫长而曲折的发展历程。一般来说,前现代的传统文学对人进行审视与表现的视点主要集中在社会学、政治学、伦理学乃至经济学的层面。人作为社会的动物,其政治属性、经济属性和道德属性得到了广泛展示,但其更为深层的另一些本质却远未得到充分发掘。受时代影响,人们对社会问题高度关注,作家们对人的审视当然主要集中在人的社会性、阶级(阶层)性上。就其文学的底蕴而言,前现代的传统文本大致上可被视作是对社会及社会的人所进行的政治学、伦理学和经济学的研究。与此种情形相适应,社会问题,也就合乎逻辑地成为传统作家为揭示当前社会关系不完善的基本主题所通用并具有决定性的题材。

正如德国著名批评家埃里希·奥尔巴赫所言:"在司汤达的作品中,所有的人物形象和人物行为都是在政治和社会变动的基础上展现的。"②因而,对《红与黑》——"假如人们对特定的历史时刻,即法国七月革命前夕的政治形势、社会阶层以及经济关系等没有详尽的了解,便几乎无法理

---

① 彼得·福克纳:《现代主义》,付礼军译,昆仑出版社 1989 年版,第 95—96 页。
② 埃里希·奥尔巴赫:《摹仿论——西方文学中所描绘的现实》,吴麟绶、周新建、高艳婷译,百花文艺出版社 2002 年版,第 515 页。

解"。①"就近代那种严肃现实主义只是再现置身于整个政治、社会和经济现实中的人而言,……司汤达是其始作俑者。"②左拉批评司汤达的创作时也说,"他并不观察,他并不以老实人身份描绘自然。他的许多小说是头脑里的产物,是用哲学方法过分纯化人性的作品";对于世界,"他并不在真实的惯常生活中追忆它,阐述它,他要它从属于他的理论,只透过他自己的社会概念来描绘它"。③ 相比之下,巴尔扎克倒是明显把更多的注意力集中在那个社会里决定着事物和人物命运的财产关系上面。在那部名为《人间喜剧》的系列小说中,巴尔扎克敏锐地抓住了金钱决定一切这个资本主义新阶段的历史"枢纽",透过一幕幕有声有色的生活图景,展现了时代的社会风貌。精确和翔实的经济数据,是《人间喜剧》情节展开的重要契机或动力;正因为如此,习惯于从经济学、政治学和社会学角度谈论文学的恩格斯才赞扬《人间喜剧》"给我们提供了一部法国'社会'特别是巴黎'上流社会'的卓越的现实主义历史","甚至在经济细节方面","也要比从当时所有职业的历史学家、经济学家和统计学家那里学到的全部东西还要多"。④ 而大约在同一个时期,英国的萨克雷(William Makepeace Thackeray,1811—1863)把自己所描写的世界称为《名利场》(1848),狄更斯则把自己的一部小说题名为《艰难时世》(1854)。以他们两人为代表的"现代英国的一批杰出小说家",或揭发统治阶级思想道德的虚伪、冷酷,或批判资产阶级理论学说的反动和荒谬,使得同样习惯于从社会学、经济学与政治学角度看待问题的马克思有如下高度评价:"他

---

① 埃里希·奥尔巴赫:《摹仿论——西方文学中所描绘的现实》,吴麟绶、周新建、高艳婷译,百花文艺出版社 2002 年版,第 506 页。

② 埃里希·奥尔巴赫:《摹仿论——西方文学中所描绘的现实》,吴麟绶、周新建、高艳婷译,百花文艺出版社 2002 年版,第 516 页。

③ 左拉:《论司汤达》,毕修勺译,见智量选编《外国文学名家论名家》,华东师范大学出版社 1985 年版,第 55—56 页。

④ 恩格斯:《恩格斯致玛·哈克奈斯》,见中共中央马克思恩格斯列宁斯大林著作编译局编《马克思恩格斯选集(第四卷)》,人民出版社 1972 年版,第 462—463 页。

们在自己的卓越的、描写生活的书籍中向世界揭示的政治和社会真理,比一切职业政客、政论家和道德家加在一起所揭示的还要多。他们对资产阶级的各个阶层……都进行了剖析。"①

20世纪初,随着心理学家与哲学家对"身体—主体"及深层意识探索的展开——尤其是其中的弗洛伊德精神分析学说的流行,西方文学的发展获得了一个新的转折的契机。"现代人对于世界的理解以及世界上人与人的关系已经不同于以往;这种变化所采取的形式之一就是对人类心理领域的兴趣远较以往为甚;这种变化必定会记录在文学表现的层次上,文学表现需要一套新的形式来体现这种变化。"②文学史已经表明:体现"这种变化"的"文学表现"的"一套新形式"的达成,首先基于现代主义作家视点取向的"内转"。小说《城堡》(卡夫卡)、《追忆似水年华》(普鲁斯特)、《尤利西斯》(乔伊斯)和戏剧《毛猿》(奥尼尔)的面世,标志着现代主义作家视点"内转"的基本完成。此后,这种"心理文学"的潮流越发汹涌,汇集了从英、法、德、美等主要国家奔涌而来的支流,向整个世界蔓延开去一发而不可收。惊讶莫名的文学受众在"突然"之间几乎难以面对一种神秘莫测的新异文学景观——那动荡的、多层次的、复杂的内心世界的一幅幅图景。之后,20世纪的现代主义文学便一直在"自我"的内心版图上耕耘不止。法国曾获龚古尔奖的小说家彼埃尔·加斯卡称:"如果今天的长篇小说作家愿意把他的想象创造物写得尽可能接近于真实,那么他就不能无视比如把人视为无限复杂的整体的人体心理的概念……因为他不能对现代心理学的发现装聋作哑……"③萨特也说:"小说家的领域,如果

① 马克思:《英国资产阶级》,见中共中央马克思恩格斯列宁斯大林著作编译局编《马克思恩格斯全集(第十卷)》,人民出版社1962年版,第686页。

② 彼得·福克纳:《现代主义》,付礼军译,昆仑出版社1989年版,第61页。

③ 彼埃尔·加斯卡:《论长篇小说》,见《法国作家论文学》,王忠琪等译,生活·读书·新知三联书店1984年版,第538页。

不是在一个超越世界的运动中展示出来,那就会显得十分浅薄了。"①

概而言之,基于个人与社会的矛盾,通过种种社会关系来表现自我的感情和思想,这是前现代传统文学中的"自我"的展开过程。在这种过程中,"自我"和社会几乎是鱼水不可分离,两者在既对立又统一的互动中演绎出荡气回肠的"故事"。而在现代主义作家的笔下,"自我"的背景却大大地淡化或者寓意化了,它仅仅体现为一种"情调"或"气氛";而且"自我""在做什么"和"怎么做"好像也已无关宏旨,重要的只是他在体验什么。在现代主义这里,所谓客观世界的本来面目并不重要,重要的是作者对世界的主观感受或体验。在以意识流小说为代表的一大批现代主义叙事性作品中,作家所描写的对象显然已不再是一个系列动作的过程,而是一个以潜意识为主的心理学过程;小说和戏剧所表现的已不再是社会或历史,而是骚动不安几近于永恒的人的情绪或精神。简言之,现代主义作家的视线越发集中到了人的内心,人之心理世界成了他们最关注甚至唯一关注的对象。随着视点取向的内转,文学叙事越来越深入人之"心理学的黑暗领域"——主要是不再叙述作为外部事件的社会生活,转而叙述内在的个体生存体验,不再探索人物行为的政治、伦理或经济动机,转而审视并揭示更为深层的本能冲动与直觉中的"生命本相"。设若说自然主义文学的底蕴是"生理学的解剖",那现代主义的底蕴则明显可以被概括为"心理学的透视"。

相对于前现代传统文学所刻意描写的人物"做什么"和"怎么做",现代主义文本已经把叙事展开的重点集中到人物"想什么"和"怎么想"。在现代主义作家的视点转移到人的内心世界中之后,人物形象的基本表现形态也就不再是什么"典型性格",而在很大程度上仅仅体现为人物的一

---

①　萨特:《为何写作?》,见伍蠡甫等编《现代西方文论选》,上海译文出版社 1983 年版,第210 页。

种"心态"。"想"作为作品的主线取代了"做",传统文本中的故事情节自然也就趋于崩溃。苏联学者勒·格·安德列耶夫曾经指出,在追求故事情节的完整性方面,现代小说家普鲁斯特与传统小说家巴尔扎克之间"是互不相容的"①,事实上,人们完全有理由把普鲁斯特与巴尔扎克在对待故事情节上的这种"互不相容"推延到所有的现代主义作家与传统作家之间。由于强调对以性本能为核心的人之潜意识的发掘,现代主义作家笔下往往充斥着很多强奸、乱伦、凶杀等恐怖场面,但现代主义文本中却极少有什么引人入胜的故事情节。对《追忆似水年华》(1909—1922)、《城堡》(1922)、《尤利西斯》(1922)、《喧哗与骚动》(1929)等现代主义的经典作品来说,要从中提取出一个完整的故事那肯定是徒劳的。

在分析左拉最重要的自然主义小说之一《金钱》(1891)时,著名马克思主义文学批评家拉法格曾依据当时自然主义小说的特点及其内在逻辑对小说的发展趋势做过大胆的预言:"对于新的流派(指自然主义——笔者注)来说,艺术上的最后一句话是放弃行动……"②这里,所谓艺术上的"放弃行动",不仅表明传统文学文本中社会学意义上处于"行动"中的人被心理学意义上处于"体验"状态的人所代替,更意味着由"系列行动"所构成的情节的崩塌。《追忆似水年华》《城堡》《尤利西斯》《喧哗与骚动》等经典现代主义小说的出现,证明了这一预断的正确。就作家视点的内转而言,从传统西方作家注重现实社会生活的外部描写到现代主义强调内心体验或内在现实的自我表现,后者恰好走到了前者的反面。在两者之间,19世纪后期西方自然主义提出从人存在的本源去认识人,用遗传学、生理学的科学法则去揭示人的生理秘密和本质,从而使文学对人的审视

---

① 转引自弗·恩·鲍戈斯洛夫斯基、兹·特·格拉日日丹斯卡娅等:《二十世纪外国文学史(第一卷)》,傅仲选等译,四川人民出版社1984年版,第46页。

② 拉法格:《左拉的〈金钱〉》,见朱雯、梅希泉、郑克鲁编选《文学中的自然主义》,上海文艺出版社1992年版,第341页。

和刻画由抽象到具体、由外在向内里大大地深化了一步。而自然主义的这一转变,不仅弥补了传统文学在人物刻画上的不足,更为20世纪以弗洛伊德心理学为武器专事揭示"自我"内心世界的现代主义文学做了开创性的探索和实验。在描写人的"理性世界"之外,自然主义文学开辟了自觉刻画人之"非理性世界"的新领域;现代主义作家之刻画人物的"心理-精神现实"——尤其是人的潜意识或无意识世界,则直接构成了对自然主义文学突入人之非理性的"生理-本能现实"的一种呼应和发展。当自然主义作家开始把视点从社会的人转向生理的人时,现代主义作家视点内转的历史进程实际上已经开始了。

人们往往将达尔文(Charles Robert Darwin,1809—1882)与弗洛伊德看成是现代西方文化发展过程中两个紧密相连的里程碑,但常常有意无意地无视两者间在现代科学-文化进展中所自然达成的诸多细部连接。因此,本来紧紧相连的两个历史时期,在很多表述中却被人为地割裂开来了。事实上,从1859年进化论的发表到1900年标志着精神分析理论诞生的《释梦》面世,其间不仅有"人学"观念逻辑框架上的相袭相因,更有生理学、心理学、神经病理学、人类学、社会学等相关学科的大量具体成果作为连接两者的幽途。设若承认达尔文已经预示着弗洛伊德的出现,且现代心理学的基础是生理学,那么,人们当然也就只能承认:没有自然主义,就不会有现代主义——至少在叙事文学领域,尤其如此。

二

在叙事作品中,同情节紧紧联系在一起的作品结构,主要体现为作者对时间关系和空间关系的处理方式,而作者对时间关系和空间关系的处理方式则往往直接取决于其所持守的时间观念与空间观念。

现代主义力图超越历史连续性,而把自身同艺术启示的无时间性结合在一起。D. H. 劳伦斯告诉我们:"为了欣赏异教的思想方式,我们必须放弃我们自始至终向前——向前——向前的方式,必须让思想做循环运动或不时地掠过一连串意象。我们把时间看作是沿着一条永恒的直线连续发展的观点无情地伤害了我们的意识。"①马尔科姆·布雷德伯里与詹姆斯·麦克法兰在《现代主义的名称和性质》中对此做了深入阐发——

　　也许十分特别的是,现代主义作者一方面隐匿现代感情的某些特质——对历史、科学、演变和进步理性所抱的乐观主义态度——另一方面又显露出其他特质。我们已经说过,纷繁多样的现代主义系列贯穿于各种不同的破坏现实主义的冲动过程中:印象主义、后印象主义、立体派、旋涡派、未来主义、表现主义、达达主义和超现实主义。它们并不都是同一种类的运动,有些不过是小集团的名称;作家们常常在这些集团内外活动。但是,有一个特点却把各个运动联系在我们可以看得见的情感中心;这个特点就是它们都不把历史或人类生活看作是具有连续性的,或不把历史看作是逻辑上必然的发展;艺术和紧迫的现在交织在一起。现代主义作品往往与现实主义和自然主义作品不同:它们不是根据历史或故事中历史时间的连续性或性格发展的连续性来进行安排的;它们倾向于在空间或通过各个意识层次工作,力求得到隐喻或形式的力量。象征或意象本身,无论是浪漫主义的或是古典主义的,无论是半透明的象征及其在死后世界的显现,或是从多样性中提炼出来的,不带个人色彩地从语言上将其结为整体的那种坚硬的、客观的力量中心——都迫使人们接受作为现代主义风格主要因素之一的共时性。按照这个

---

　　① D. H. 劳伦斯:《启示录》,见马·布雷德伯里、詹·麦克法兰编《现代主义》,胡家峦等译,上海外语教育出版社 1992 年版,第 37—38 页。

方法可以产生一种紧凑性，一种具有原动力的提炼的意识，这种意识——用艾略特对《尤利西斯》中把古今紧密结合在一起的手法所讲的一句话来说——能"使现代世界可能产生艺术"。因此，现代主义中有一个起维护作用的因素，以及一种认识论上的困难感；艺术的任务是在根本上或存在上重新赎回无形的、偶然的宇宙。现实不是天赐的素材，也不是实证主义的历史的连续。因此，虚构的行为成了想象的重要行为；现代主义与启示性时间和现代时间的交叉有关，与纯语言力量的无时间的、超验的象征或中心点有关。①

在时间观念上，现代西方文化与传统西方文化的区别在于——时间不再是体现着"因果逻辑"的"线性序列"，而是在"当下情境"中绽放的"瞬间一刻"。进而言之，在"因果逻辑"驱动的"线性序列"底下始终隐藏着那个据说永远不会露面的"逻各斯本体"，而在"当下情境"中绽放的"瞬间一刻"则要有一个体现为"身体-主体"的"我"的"在场"。这个"我"，虽然只有从"过去"中才能感知"未来"，却又永远处在"现在"——"当下情境"的行动之中；所谓体察过去或感知未来，只是在"行动"中的"我"的一种"侧身"的"静观"。"静观"中的"静"字揭示出了"思"的空间性质——在"静观"中，"过去"和"未来"以某种"空间""情境"的方式绽放于当下之"我"的"情境"之中，在交混、叠加中显现为"思"之花朵。这就是说，是"我"的"静观"之"思"通过空间赋予时间以意义——时间相对于空间的优先性被颠覆了，作为时间形式的空间获得了新的意义——成为时间的直接表征；是"我"在"当下"的"静观"之"思"将"过去"和"现在"召唤出来的——相对于

---

① 马尔科姆·布雷德伯里、詹姆斯·麦克法兰：《现代主义的名称和性质》，见马·布雷德伯里、詹·麦克法兰编《现代主义》，胡家峦等译，上海外语教育出版社1992年版，第36页。

"过去"和"未来","现在"由此被赋予了独特的"优先性"和"重要性",即"现在"并不是与"过去"和"未来"等值的、将"过去"和"未来"连接起来的"线性序列"中普通的一个"点",而是将三者融合起来使"意义"的释出成为可能的一个"平台"。作为一个"平台","我"的"当下"在本质上乃"我"的一个意识的空间,一个呈现为"情境"的"空间"。质言之,作为"身体-主体","我"的隆重出场使那个神秘的"逻各斯本体"遁于无形;作为在人的生命体验中释出的非同寻常的空间,"我"在"当下情境"中的"瞬间一刻"的隆重出场,造成了"线性时间"观念的瓦解。

就空间观念而言,从古希腊欧几里得的"几何空间"概念到启蒙时代牛顿等人所表述的"物理空间"概念,传统西方文化所赋予"空间"的理解和定义大都呈现出将"空间"抽象化、模型化的倾向。在这种解读中,作为可以用几何学描述处理的物理事实,空间乃一种稳定、统一、不受人之感知方式和视角影响的客观存在。与此相比,现代西方文化对空间给出的理解和阐释则更关注其间所涵纳着的文化-心理意蕴与社会-政治含义,空间之属人的建构本性得到了越来越充分的揭示。例如,针对以牛顿为代表的那种绝对空间理论,柏格森(Henri Bergson,1859—1941)在《时间与自由意志》(1889)中对空间做了进一步的探讨。在他看来,空间在本质上乃在生命的"绵延"中人的心理活动基于某种需要的创设物,因而,空间是相对的、间断的、可分割的、不稳定的。

约瑟夫·弗兰克(Joseph Frank)在《现代小说中的空间形式》(1945)一文中谈到:那种循线性逻辑次第展开的编年体式的"时间性结构"叙事在现代主义文学中已经衰落,代之而起的是体现着"内省关联的完整图式"或"内省关联的原则"的"空间性结构"叙事。在弗兰克所谓叙事的"空间性结构"中,线性物理时间已经碎裂成为无数随意的偶然性"瞬间"。与"逻各斯本体"理念所衍生出来的"时间性结构"模式相比较,由"我"的情绪与情感所填满的"空间性结构"之最突出的特点,便是它摒弃了既往的

"观念-理性"逻辑而顺应"生命-情感"逻辑。因此,相对于传统叙事文本在时间中展开的"情节",在空间中开敞的"情境"在现代叙事文本中当然就成为现代作家更为重视的叙事元素。不同于表征着线性时间逻辑的"情节",带有非连续性空间属性的"情境"显现的更多是由偶然性与不确定性所释放出来的多元意义建构取向。"通过艺术,人们不仅理解了一种情境,而且借助自身的类似经验,感受到了该情境的意味。"①而相比之下,"情节"则似乎更适合传输某种观念性的主题。

　　传统的西方叙事作品,由于总是有一个首尾相顾的完整的故事情节,叙事结构也就呈现出一种次第展开的"直线型"格局。人物自开始至终了或由生到死,性格一步步向前发展,而情节也由开始、展开而进入高潮直至结局,随着矛盾冲突的解决而收尾。在这一过程中,空间的联系,时间的顺序,均是作家为使自己的故事显得圆满可信而恪守的一种理性逻辑法则。作为一种辅助性技法,传统作家偶尔也会使用插叙或倒叙,但这必须得以不影响作品的整体结构为限度。作为一种"贯穿","直线型"结构因其不可间断性和封闭性而显得极其严整,充满刚性。在一部鸿篇巨制中,每一章每一节都是整体结构中不可或缺的有机部分。如果将其中的任何部分删削或挪动,则不仅作品的情节会遭到重创,更重要的是结构会脱节破碎。毫无疑问,传统的"直线型"结构模式实际上乃作家对情节苦心孤诣、巧妙安排的结果。

　　拿中国读者非常熟悉的《红与黑》(1830)来说,司汤达从主人公于连的少年着笔,然后写了他做家庭教师 → 神学院学生 → 侯爵秘书 → 枪击市长夫人 → 受审被处决这样一系列人生遭遇。在对于连这一充满戏剧性的个人奋斗悲剧故事的叙述中,时间上司汤达完全遵从了开始—发展—结局这一顺序,有限的空间转换也都做了非常清楚的交代:是赏识他

---

① 大卫·贝斯特:《艺术·情感·理性》,李惠斌等译,工人出版社1988年版,第244页。

的西朗神父把这位维立叶尔市郊的农家青年介绍到了市长的家中,并再由维立叶尔小城推荐到省城贝尚松的修道院,后来又是他在修道院里的恩师彼拉把他引荐到了巴黎的木尔侯爵府。出场时的于连已经 18 岁;对他童年和少年的描写是通过倒叙实现的,但这一部分作者写得很简约,在篇幅上所占的比例几乎可以忽略不计。于连个人奋斗的几个阶段是密切联系在一起的,情节线上的任何部分都不可或缺,也不可错位。

"荒诞感"使现代主义作家对自己意识中的社会和人生有一种强烈的"无序"感。由于现代主义作家竭力要最大限度地摹写他们那所谓的"心造现实",由于在他们那里传统概念上的人物性格刻画与故事情节营造已几乎不复存在,现代主义作家的叙事文本在结构安排上创造性地发明了一种全新的"立体格局"。"立体格局"是对现代主义叙事作品的形象化比喻。以"自我"为中心,让"自我"的各种思绪、遐想、感觉、回忆、梦魇、幻觉、自言自语、胡思乱想从这个中心向四处辐射出去,此乃现代主义叙事文本的一般程式;而将此种几乎毫无理性可言的"自我"意识随时向四处辐射的原始状态自然地记录下来,这就形成了某种结构上的"立体格局"。在这种结构形态之中,空间、时间、因果等逻辑关系的观念已被彻底打破,传统叙事作品中的那种有序的"直线型"格局已然崩塌。现代主义叙事作品这种"混成""浑融"的"立体结构"看上去有很大的随意性,但事实上那只是作品中人物意识活动的随意性,作家在创作时是毫无随意性可言的。叙述的混乱仅仅是意识流方法所带来的表面现象,实际上作品的结构却是更严密、更复杂、更能够在新的水平上真实展现出现实中人的意识活动的自然图景。人物貌似毫无逻辑的意识流动其实还是有章可循的,它总有一个中心线索,总有一些决定意识往这而不是往那流的兴奋点;循着不再体现为线性时间的某个具有特殊意义的"中心"不断向外蔓延,又不断地回到中心再重新蔓延出去,这是意识流方法的一般格局。

三

受柏格森直觉主义生命哲学以及弗洛伊德心理学的影响,西方现代主义作家在创作中纷纷凭借各自的想象力挑战物理法则,赋予空间以超常的意蕴和维度。

在《追忆似水年华》中,我们看到普鲁斯特的小说叙事完全打破了传统意义上的时间统治:他并不贯穿整部小说去描述人物,即他并不关注时间的流动,而只是在对人物快照式的图像呈现中展示他们不同生活阶段的诸多"静止"的"瞬间",在渐进中描述人物不断跃动的内心状态。对于读者而言,普鲁斯特这种在断断续续中呈现出来的人物心灵场景中的诸多"静止"的"瞬间",同样很容易在自己的心灵空间中发生"并置",因为这与他们在实际生活中所感受到的时间的展开形式完全一致。显然,与左拉的那种文本叙事常常让人们想到的一样,普鲁斯特的这种手法与印象派绘画手法也颇为相似。

现代主义作家"空间性结构"模式中的细节与场景的措置手法多多,这里不可能一一枚举。应该指出的是,较之于自然主义的那种"生活情境性"空间结构,现代主义作家开创的"梦幻情境性"空间结构的"主观"色彩更为浓厚,"空间性结构"之"生命感性"品质得到了进一步强化,"情感"在很多时候往往直接投放为更加贴近自然生命的"情绪",空间的"可感受性"也常常从由"感觉"来赋予而转化为由"直觉"来投放。按照"时间性结构"模式的惯性思维考量,人们常常会说:在现代主义作家叙事中的"自由"膨胀成为"放任"之后,传统叙事结构上的"连贯"已由自然主义的"松散"变成"零乱",即传统"时间性结构"之"直线型"格局终于彻底瓦解。

法兰克福学派的一些批评家曾将传统文学作品的结构特征描述为一个"统一体",而现代主义文学作品的结构则被界定为是"非统一的"。他们认为,在合乎"统一体"要求的文学作品中,结构原理支配着部分,并将它们结合成一个单一的整体;而在"非统一的"文学作品中,部分对于整体来说具有更大的自律性,它们作为一个意义整体构成因素的重要性在降低,同时它们作为相对自律的符号的重要性在上升。即合乎"统一体"要求的作品总是谋求整体的印象,其中的个别成分只有在与整体相关时才具有意义;而在"非统一的"文学作品中,单个的成分可以在脱开对作品整体把握的情况下得到阅读和阐释。

在传统作品中,作者想要表达的政治或道德的内容必然从属于作品之整体的统一性,虽然在某些时候它充当了这一整体的灵魂。这样,在传统的文本中,便总是存在着外在于"形式-内容整体"的观念介入并对其起破坏作用的危险。更严重的后果则如阿多诺(T. W. Adorno,1903—1969)所反复表述的那样——具有整体统一性的文本不是在揭示现实社会的矛盾,而是在以其形式本身增强世界是一个整体的幻觉。德里达(Jacques Derrida,1930—2004)在《残酷戏剧与再现的封闭性》一文中则更为严厉地将受"一种原初的逻各斯格局"统辖的传统文学作品轻蔑地称为"神创论的":"只要戏剧的结构追随传统的完整性而表现出下述因素,该种戏剧就是神创论的:一个作者-创造者不在场而离得很远,以文本为武装,关注、组合、制约再现的时间或意义,让后者再现他的那被称为戏剧内容的思想、意图和观念。"①布莱希特在《工作日记》中也坚持认为,在传统文本中,细节服从于作品的整体观,其效果的释出必须通过作品整体的中介。他说:"在亚里士多德式的戏剧构造及其与之相应的戏剧动作……舞台给观众所制造的、在真实生活中所发生并在那里出现的事件的幻觉,由于在表现中使虚构的东西形成一个绝对的整体而得到了加强。细节并不能单独与真实生活的相应的细节进行比较。没有什么东西可被'从该语境中取出'而放到现实的语境中。这由于一种产生陌生化的表演

---

① 彼得·比格尔:《先锋派理论》,高建平译,商务印书馆 2002 年版,第 18 页。

而得到改变。在这里,虚构的东西以一种不连贯的方式发展,统一的整体由独立的部分组成,其中任何一个部分都能够,并且必须直接面对现实中的相应的事件成分。"①在《现代小说中的空间形式》中,弗兰克将现代叙事中的这种变化概括为一种"分离性小说样式"在世纪之交越来越取得了令人瞩目的重要地位。"分离性的"显然就是取消了"统一体";弗兰克所说的"分离性小说样式"实际上就是采用"空间性结构"模式叙事的现代小说形态。他对"现代小说"之"空间形式"的分析,从另一个角度再次认证了法兰克福学派批评家的观点。

事实上,传统文学文本结构这种对完整"统一体"的追求,在刚形成西方文学叙事传统的古代希腊便已经出现。亚里士多德在《诗学》第七章中说:"按照我们的定义,悲剧是对于一个完整而具有一定长度的行动的模仿(一件事物可能完整而缺乏长度)。所谓'完整',指事之有头,有身,有尾。所谓'头',指事之不必然上承他事,但自然引起他事发生者;所谓'尾',恰与此相反,指事之按照必然律或常规自然地上承某事者,但无他事继其后;所谓'身',指事之承前启后者。所以结构完美的布局不能随便起讫,而必须遵照此处所说的方式。"②在第八章中,他进一步明确说:"在诗里,正如在别的模仿艺术中一样,一件作品只模仿一个对象;情节既然是行动的模仿,它所模仿的就只限于一个完整的行动,里面的时间要有紧密的组织,任何部分一经挪动或删削,就会使整体松动或脱节。要是某一部分可有可无,并无引起显著的差异,那就不是整体中的有机部分。"③亚里士多德对叙事结构必须是一个具有"整一性"的"统一体"的要求,成为后来"三整一律"或"三一律"的根据。由于着力表达一种极其复杂的现代体验,现代主义文学文本在"空间性结构"中所展开的叙事注定不可能获

---

① 彼得·比格尔:《先锋派理论》,高建平译,商务印书馆 2002 年版,第 172 页。
② 亚里士多德:《诗学》,罗念生译,人民文学出版社 1962 年版,第 25 页。
③ 亚里士多德:《诗学》,罗念生译,人民文学出版社 1962 年版,第 28 页。

得一种整体、和谐的统一。"我不相信任何一个系统化者,我避开他们,追求系统就是缺乏整体性。"①现代主义作家普遍认同尼采的这一信念,敌视封闭的系统,站在"不确定"的思想立场上追求文本的"开放性"。为此,现代主义作家常常突兀怪异地将主人公置入某一悬浮状态的当下时间点上,意识流小说《追忆似水年华》和《尤利西斯》如此,表现主义的《审判》和《变形记》亦如此。一旦传统文本中那种"线性时间链条"凝缩为"瞬间性"的"点",则充斥文本的便只能是由诸多"细节"膨胀张开所构成的错综复杂的"空间场景",即这个"点"本身是由一个特定的"空间"来表征的。而这些由"细节"编织而成的"空间场景"在文本中则成为一个个独立的"审美片段","这种审美片断与浪漫主义艺术品的有机整体所起的作用完全不同,它向接受者挑战,使它成为接受者自身现实的一个组成部分,与感性的-物质的经验相关联"②。

在现代主义那种叙事文本结构中,反讽(Irony)越来越成为一种被广泛运用的叙事技法,大部分现代主义文学作品因此都具有反讽的喜剧情调。讽喻者将整体生活情境中的一个因素抽出,使之孤立,剥离掉它的功能。就此而言,讽喻在本质上是一个碎片,与机械"统一体"的概念相对立。生产机械"统一体"作品的传统的艺术家,将所有材料视为整体中一个必需的部分,并重视其从具体生活情境中生长出来的意义。而对现代主义作家来说,材料就是材料,是物质,是空符号;作家先是将其从给予它意义的功能语境中移开,使之变成与生活总体性割裂开来的孤立的碎片,而后再由自己赋予其意义。同样,在现代主义叙事文本结构中,"蒙太奇"(Montage)手法也受到了高度的重视。在某些现代主义作家那里,它甚至可被看成现代主义的基本结构原则。"蒙太奇"是以现实的碎片化为前

---

① 彼得·福克纳:《现代主义》,付礼军译,昆仑出版社 1989 年版,第 57 页。
② 彼得·比格尔:《先锋派理论》,高建平译,商务印书馆 2002 年版,第 43 页。

提所实施的组装。在这里,构成作品的经验现实中的碎片,不再是指向现实的符号,其本身就是现实。传统作家总是努力使被制作出来的事实变得无法辨识,为此他们往往反复宣称作品中的一切都是真实的。现代主义作品则正好相反:它坦率地宣称自己是人造的,是人工制品。蒙太奇的结构原则,意味着部分可以从一个超常的整体中"解放"出来;这些部分不再是整体不可缺少的因素,即既有的片段可以删去,而新的同样类型的事件亦可以加进来,而且片段之间的顺序变化也是可能的。

就现代主义文学而言,"一部作品写作的前提是:它所描写的动作并不存在着可靠的意义,或者尽管一个动作能抓住我们的注意力,激发我们的情感,但我们对它的意义的可能性却不能确定,或必须保持不确定"①。然而,传统作家在构思其作品时却往往不言自明地认定——人的心理活动与外在行动莫不具有一个理性的结构,且他们能探明这个结构。正是基于这样的假定,传统叙事文本在结构上便合乎逻辑地获得了一个合乎理性的"有机整体"。现代主义作家普遍对这种假定持激烈的质疑态度;这种质疑所带来的后果之一便是——传统文学叙事结构那种机械论"整体观"的崩塌。布勃纳(R. Bubner)在《论当前美学的一些状况》一文中称:"传统的作品统一体的解体在形式上构成了现代主义的基本特征。作品的连贯和自律被有意识地质疑,甚至在方法上被摧毁。"②

如果不是一个"统一体",那其还能被称为艺术作品吗? 回答当然是否定的。事实上,现代主义并非真的要取消艺术作品的统一,而只是要取消传统作品的那种不合理的统一。现代主义作品——即使激进如达达主义,也并不追求其自身的统一,只不过追求的是不同于传统作品的那种统一。正如阿多诺在《审美理论》一书中所分析的那样,现代主义作品并不

---

① 转引自彼得·比格尔:《先锋派理论》,高建平译,商务印书馆 2002 年版,第 7 页。
② 彼得·比格尔:《先锋派理论》,高建平译,商务印书馆 2002 年版,第 127 页。

否定统一本身,他们所反对的乃一种特殊的统一,即艺术作品之部分与整体间那种缺乏生命气息的机械关系。现代主义作品追求一种怎样的统一?"一部文学作品是一个细节综合体,一个人类价值错综复杂的组成物。"①美国新批评派理论家威廉·K.维姆萨特(William K. Wimsatt,1907—1975)在《具体普遍性》一文中的这一表述,也许可以看作是对这个复杂问题的简单回答。

---

① 威廉·K.维姆萨特:《具体普遍性》,转引自蒋孔阳、朱立元主编《西方美学通史》(第六卷),上海文艺出版社 1999 年版,第 553 页。

第四章

后期象征主义

后期象征主义特指 20 世纪上半期在欧美各国盛行的文学潮流。因其直接来自 19 世纪下半期法国的象征主义诗歌运动,后期象征主义当称 20 世纪西方现代主义文学中产生最早的文学流派。

从 1857 年法国诗人波德莱尔的第一部象征主义诗集《恶之花》开始,象征主义延续了近一个世纪,对整个世界文学都产生了巨大影响。

第一节　象征主义源流考

一

被称为"忧郁诗人"的夏尔·波德莱尔,尽管一生穷愁潦倒,但他对世界始终保持着高贵的骄傲、愤怒和鄙夷,并向往光明与美,也许还有善。苦闷与忧郁是其在著名诗集《恶之花》(1857)及其他诗作中不断反复吟唱的主题,这不仅有着深刻的社会根源,更是其作为艺术家的某种宿命。在远离了这个让他愤怒但从来不曾失去热爱的世界之后,他的影响力与日俱增——波德莱尔别开生面的美学理论与诗歌创作引发了西方文学观念体系与创作方法的划时代变革,19世纪最具天才的象征主义诗人兰波称其是真正的神、诗人之王,而20世纪最具代表性的象征主义诗人T. S. 艾略特更是将其称为现代诗人的最高典范。作为西方现代主义最重要的奠基性人物,波德莱尔美学理念的先锋性、创作方法的开拓性以及对后世文学影响之深远,在19世纪西方作家中罕有其匹。

波德莱尔于1821年出生在法国巴黎。他的父亲约瑟夫-弗朗索瓦·波德莱尔出身富裕农家,受过良好的教育,在政府部门供职。作为老夫少妻的结晶,波德莱尔6岁时父亲去世,次年母亲改嫁。继父欧皮克上校后来被擢升为将军,并在第二帝国时期被拿破仑三世任命为法国驻西班牙大使。波德莱尔随家庭四处迁移,先后在里昂、巴黎接受基础教育,拉丁文、希腊文和法文的成绩优异,很早就表现出卓越的文学天赋。在学校,波德莱尔敏感聪慧,易激动,富想象,常常异想天开,有时又有些神秘莫测,玩世不恭,才华出众却很少遵守纪律。继父不理解他的诗人气质和复杂心情,一心想把聪颖的波德莱尔培养成一个循规蹈矩的官场人物。波德莱尔难以忍受欧皮克的高压手段和专制作风,于是欧皮克便成为他最憎恨的人,为此他甚至迁怒于自己的母亲。这种奇特的家庭关系,强化了波德莱尔的敏感,并使其很早就体会到了深重的孤独。这样的童年记忆与少年体验,对其日后反叛的精神姿态与诗歌创作中反复出现"忧郁"的主题有直接影响。

1839年,波德莱尔因屡屡违反学校纪律而被巴黎路易大帝中学开除。同年,他通过了中学毕业会考。家庭希望他进入政界,但他却向往着"自由的生活",声称要以写作为生。拒绝返回学校也拒绝父母工作安排的波德莱尔,浪迹在一群狂放不羁的文学青年之中,一边沉湎于声色犬马,一边专注于诗画文艺。是时,他大量涉猎古罗马末期作家的作品,着迷于他们颓废沮丧的情调;结识了巴尔扎克、雨果、戈蒂埃等作家,并开始给文艺报刊撰稿。1841 年,继父为使他脱离放荡的生活将他送到印度。但船到中途他便登岸,在毛里求斯及留尼汪岛稍事停留后,于 1842 年又回到法国。这次另类的旅行让他领略了异域风光,丰富了想象力,并由此产生了一种神秘的渴望——这种神秘的渴望形成了他日后诗作中独有的情调。

　　他带着生父留给他的约 10 万法郎逃离家庭,过起挥金如土的浪荡生活,很快就将遗产挥霍净尽。此后,他常常举债度日,堪称穷愁潦倒。19世纪 40 年代中期,他创作出《恶之花》中最早的一些诗篇,如《地狱里的唐璜》《首饰》等,这些诗篇既是他浪荡生活的一幅幅缩影,又表现了诗人内心的矛盾、苦闷和忧郁。1845 年,波德莱尔发表了画评《1845 年的沙龙》,以其观点的激进与新颖震惊文坛。翌年发表的《1846 年的沙龙》,更是以系统完整的文艺观,奠定了其艺术评论家的地位。1847 年,波德莱尔一生中唯一的一部长篇小说《拉·芳法罗》出版了。1848 年 2 月和 6 月,巴黎两次爆发工人起义,波德莱尔不仅与朋友合办一份支持起义的报纸,还直接拿起武器加入革命队伍,在人群中怒吼"打倒欧皮克"。革命被镇压后,波德莱尔越发沮丧潦倒。这以后的 10 余年间,他孜孜不倦地翻译及评论美国作家埃德加·爱伦·坡的著作。他觉得爱伦·坡的创作思想及文学才华和自己有不少契合之处,这就更增强了他对自己从事文艺理论研究的信心。

　　翻译家和评论家的声誉使波德莱尔终于能在巴黎杂志上连续发表诗作。从 1855 年开始,他以《恶之花》为总题,先后发表了 20 多首诗。1857年诗集《恶之花》出版。《恶之花》的问世使他博得了文坛地位,但也使他声名狼藉——他本人及出版商均因"语涉淫秽"、有悖道德被法院处以罚款。19 世纪 60 年代,波德莱尔还发表了散文诗集《人造天堂》(1860)。《巴黎的忧郁》(1869)是波德莱尔去世后才结集出版的,收散文诗 50 首,因意象和主题与《恶之花》一脉相承,历来被视为《恶之花》的散文体翻版。

《巴黎的忧郁》主要描绘巴黎的风光;尽管诗中有许多对梦想、幻觉的描写,但其抒写的个人体验却深深扎根于现实之中。在欢乐与痛苦、富裕与贫困尖锐对立的巴黎,诗人的目光总是关注着底层的人民,显示出鲜明的人道主义思想。散文诗虽非波德莱尔首创,但他无疑是第一个自觉地将散文诗视为一种重要的艺术形式并加以打磨使之臻于成熟的人。后来的魏尔伦、兰波、马拉美等象征派诗人,都从事过散文诗的创作。

波德莱尔在西方文学史上的崇高地位,不仅是因为他以《恶之花》为代表的诸多诗歌创作为后来的象征主义诗歌创作提供了典范,而且是因为他有诸多大大超越了自己时代的美学创见。波德莱尔的美学-批评文章主要收录在《浪漫派的艺术》(1868)和《美学管窥》(1868)中。纵观其各个时期的表述,大致可以将其文学思想区分为三个大的方面来把握。其一,上承浪漫派诗人济慈与戈蒂埃等人,下启王尔德与于斯曼等唯美主义颓废作家,波德莱尔反对功利主义的传统文学观念,"为艺术而艺术"的理念在其精彩的阐发中进一步发扬光大,臻于成熟。波德莱尔坚称:道德并不作为目的而进入艺术,它只是自然地介入其中,并与之混合,如同融进生活之中,诗人因其丰富而饱满的天性而成为不自觉的道德家;艺术越是想在观念上清晰就越是倒退,越是远离教诲,就越是朝着纯粹的美上升。波德莱尔强调,文学作为艺术,乃一种独立自足的存在,它的意义和价值不应仅仅体现为做宗教、政治、道德或其他任何东西的工具。"诗除了自身之外没有其他目的;它不可能有其他目的。"①其二,"恶中掘美"的美学理念。波德莱尔认为自然和现实是丑恶的,而美则深藏于自然和现实的丑恶之中,而诗就是要把美与善区分开来,发掘恶中之美。他写道:"灵魂通过诗歌瞥见了坟墓后面的光辉。"②一方面要看到"坟墓",正视现实的

---

① 夏尔·波德莱尔:《浪漫派的艺术》,郭宏安译,译林出版社 2014 年版,第 104 页。
② 夏尔·波德莱尔:《浪漫派的艺术》,郭宏安译,译林出版社 2014 年版,第 105 页。译文略有改动。

丑,一方面又要看到"光辉",发现美,这就是诗歌的双重任务。他声称,可怕的东西经由艺术的表现就变成了美的东西;艺术的陶醉掩蔽了恐怖的深渊,一旦痛苦被赋予韵律和节奏,人的心中便有泰然自若的感觉。[①] 他高叫:透过粉饰,我可以掘出地狱;给我粪土,我可以变它为黄金。其三,"感应论"思想。波德莱尔称,世界是象形文字的字典或象征的森林,大自然是一座神殿,而宇宙不过是形象和符号的仓库——事物与事物之间,一直经由一种相互间的类似而彼此表达着。[②] 显然,波德莱尔的"感应论"与其非理性主义或神秘主义的世界观息息相关。既然世界呈现出浩瀚而又晦暗的一派神秘,则自亚里士多德始主导西方文坛 2000 多年的"模仿说"或"再现论"就是不成立的;既然世界乃"一个象征的森林",则诗人就不应满足于事物的表面现象和意义,不应只是对某种东西进行简单的描摹或再现,而应深入世界内部,达到外在与内在的契合贯通,做世界这部"象形文字字典"的翻译者。这不仅能彻底颠覆在西方影响深远的现实主义文学观念,而且连锁反应式地导出了文学创作方法论的革命。

　　"恶中掘美"的理论将善与美区分开来,对美进行了一种全新的思考与界定,波德莱尔提出了很多令人耳目一新的命题,并由此为现代生命美学奠定了基础。如,"美是热忱和愁思的融合""忧郁是美最光辉的伴侣"。[③] 因其对美与忧郁关系的思考,且其很多诗歌的核心意象是"忧郁",文学史上的波德莱尔历来以"忧郁诗人"著称。再如,"最完美的雄伟是撒旦"——"最完美的雄伟"即是"崇高",而"撒旦"众所周知乃"反叛"的代名词,这意味着崇高之美源于反叛。其代表作《恶之花》这部诗集的第五部分,就被命名为"反叛"。"恶中掘美"以对丑恶事物的冷峻审视和表

---

　　① 参见夏尔·波德莱尔:《浪漫派的艺术》,郭宏安译,译林出版社 2014 年版,第 115 页。

　　② 参见夏尔·波德莱尔:《浪漫派的艺术》,郭宏安译,译林出版社 2014 年版,第 50 页。

　　③ 夏尔·波德莱尔:《赤裸的心》,胡小跃译,见《波德莱尔诗全集》,浙江文艺出版社 1996 年版,第 380—381 页。译文略有改动。

现，与自然主义强调从生理学的角度剖析人的本能世界相呼应，两者共同开启了现代主义审丑的先河。而"恶中掘美"对艺术与道德关系的重新思考与界定，非但提升了文学的艺术品质，而且增强了文学的艺术张力，明显与唯美主义强调"为艺术而艺术"的主张相呼应。经由波德莱尔，诗歌在爱情浅唱和田园牧歌之外，拓进了对工业文明和城市生活的表现。"恶中掘美"从理论上为扩大诗歌的表现范围开辟了道路，现代城市中的种种丑陋与黑暗、哀伤与苦痛均经由"恶中掘美"的提炼，凝铸为西方现代诗歌的核心意象。

事物之间基于"彼此的类似"达成相互表达，即波德莱尔所谓"应和"或"感应"；具体而言，他宣称人的各种官能感觉之间、人与自然之间、人与上帝之间均存在着基于"类似性"的相互感应。而对这种"感应"的文学表达，则直接构成"象征"。只要诗人沉浸于大自然之中与万事万物融为一体，就可以从色彩中嗅出香味，从味道中听到声音，从声音中看到颜色，从一事物感受到另一事物的存在。因为"神秘""感应"的存在，诗人也就只能诉诸"象征"而不能经由"模仿"达成对世界的表达。因此，诗人的创作便不再是去苦心孤诣地创造象征，而只是去体验和发现象征。显然，无论是内涵还是外延，波德莱尔经由"感应论"所导出的此"象征"已不再是传统修辞手法意义上的彼"象征"。首先，象征不再是个别事物之间所达成的"类似性"表达，而是基于非理性主义世界观对某种神秘本质的普遍表达，象征遂由此从一般的修辞手法上升成为文学创作的基本方法。稍后法国象征主义文学思潮得以形成的理论依据正在于此。而且，与"恶中掘美"的美学创见相联系，波德莱尔的象征已不再是两种普通外在事物之简单的相互暗示，而主要是指用有声有色的具体物象去揭示人之不可见的黑黝黝的潜意识世界。这不但有效地矫正了此前浪漫主义诗歌直抒胸臆、平直浅陋的弊端，而且在很大程度上决定了象征主义诗歌的现代主义走向。

作为如上诗学理念在创作上的实验，其代表作《恶之花》昭示着一个新的文学时代的到来。《恶之花》的描写对象是以往文学史上从未有过的,蛆虫、瘟疫、脓血烂疮、弯腰曲背的怪物、无唇的面庞、无齿的牙龈等不堪入目的丑恶之物在诗歌中反复出现。在《腐尸》中,诗人这样描写横陈街头的女尸:苍蝇嗡嗡地聚在腐败的肚子上/黑压压的一大群蛆虫/从肚子里钻出来,沿着臭皮囊,/像黏稠的脓一样流动。"现代艺术从本质上说有魔鬼的倾向。"①以往诗歌的传统题材,诸如神话传说、宗教故事、甜蜜爱情、田园景色、异国风光等在这部堪称奇葩的诗集中都不翼而飞,取而代之的是新的形象体系——阴森凄凉的街道、洒了香料的妓院、霉气熏天的下等旅馆、打着哈欠的兵营,这些病态、丑陋、下贱、邪恶的形象构成了《恶之花》的基本元素。在"恶中掘美"这种全新的美学理念指引下,诗人化丑为美,找到了丑恶的现代都市这一全新的表现对象。

作为"感应论"的第一次艺术实践,《恶之花》乃象征主义诗歌的开山之作,象征手法全面而出色的运用使其成为象征主义诗歌的典范。在诗作中,象征手法的运用有多种表现形态。首先,用暗示透出奥秘,这在《恶之花》中是最为常见的。如《信天翁》中的信天翁与海员、天空的关系和诗人与现实、超现实的关系对应,由此构成象征。犹如信天翁之属于天空,诗人也属于超现实的领域。"碧空之王"信天翁在天空中才有自由,才得以显现美的风姿与华彩;一旦落到现实的大地,也就因身被物役而失去了自由,美也就变成了丑,成为被人嘲笑的悲剧性的喜剧角色。作者以信天翁这个象征形象揭示出其对诗人艺术家命运的思考。其次,经由具象描绘显现抽象情思。如在《忧郁之四》一诗中,生存犹如囚居,愿望好似蝙蝠,反抗类于大钟,结果则是棺材。诗人选用了一系列令人作呕、极度压抑的意象来外化自己的内心感受,整个大自然或现实世界无一不是牢笼的象征。将抽象概念物象化,使难以捉摸的情感获得了具象的形态,诗人

---

① 夏尔·波德莱尔:《浪漫派的艺术》,郭宏安译,译林出版社 2014 年版,第 163 页。

用有形写无形,以实写虚,从而使作品的含义更加丰富、深邃,更富哲理性。再次,从联想之中产生形象。在实际创作过程中,联想往往是象征的出发点或基础,象征只不过是联想的一种方式。《恶之花》中由清新奇崛的联想所建构出的诗句比比皆是。如,《黄昏》中,夜幕降临,诗人旋即联想到这是劳动者得以安慰的时刻,继而又联想到这是罪恶蠕动的时刻,甚至联想到这也是死亡之神出没的时刻。这些联想均指向黄昏的象征意义,而其与不同的人所构成的迥然不同的关系便成了这首诗别具一格的内在结构;这些联想自然地形成对照性的几个意象,诗人在塑造这几个既独立又有所关联的意象的时候,其对哲学的沉思与对生存意义的探究都在不知觉间被镂刻在上面了。

波德莱尔是一个典型的苦吟诗人。他十分讲究遣词造句,追求生动的形象、幽深的意境、深远的寓意。在《恶之花》中,他虽然开创了一种全新的诗歌创作方法,但同时也继承了古典诗歌明晰稳健、格律谨严、音韵优美的特点。由于贫病交加,波德莱尔于 1867 年 8 月 31 日在巴黎去世。

二

作为一股反传统的文学潮流,象征主义奠基于 19 世纪 50 年代的波德莱尔。60 年代中期以后,"象征主义三剑客"魏尔伦、兰波和马拉美相继登上诗坛,从不同方面发展了波德莱尔的美学思想和创作倾向,至 70—80 年代,象征主义以一种松散的运动形态在法国诗歌领域渐成气候。

保罗·魏尔伦私生活颓废,但内心充满求索的彷徨和痛苦。他一生发表过 16 部诗集,第一部《感伤集》(1866),写敏感的心灵预感到的不幸和忧伤,艺术上富于音乐的暗示性,诗集中的很多诗作明显带有波德莱尔的印痕。从第二部诗集《华宴集》(1869)开始,魏尔伦初步形成了自己的创作风格,其中第一首《月光》已然是象征主义诗歌的典范之作。19 世纪

70 年代印行的诗集《无题浪漫曲》(1874)标志着其创作高峰的到来,是时他个人生活陷入低谷,所以诗中回旋着感伤、倦怠、凄切的调子。而 1881年出版的《智慧集》(1881),则充满忏悔情绪和宗教神秘色彩。魏尔伦声称象征主义是诗走向纯艺术即音乐的必然指归,只有音乐才体现诗歌的本质。在象征主义诗人中,他的诗作旋律流畅婉转,体现出明朗与朦胧相结合的诗风。

阿尔图尔·兰波是罕见的诗坛怪杰。他 15 岁开始创作,20 岁左右便告别了诗坛。作为其处女作与代表作,长诗《醉舟》(1871)以一条醉船象征人的精神状态,诗中创设了许多神异怪诞的意象。另外,他还写有不少散文诗,散文诗集《地狱一季》(1873)甚为有名。兰波的诗歌将真实、幻觉、错觉融为一体,画面迷离朦胧。

斯特凡·马拉美是个苦吟诗人,作品最为艰涩。他毕生追求艺术的完美,但又痛感完美之难寻,这种苦闷心情在早期的《窗子》(1866)、《蔚蓝的天》(1866)等诗中就有所表现。著名长诗有《希罗多德之歌》(1869)和《牧神的午后》(1876)。后者写牧神午睡醒来,辨不清楚梦中见到的山林水泽女神是真是幻,意境迷蒙,含义晦涩。诗人最后一首诗《骰子一掷绝不会破坏偶然性》(未完,1897),干脆打破诗歌的传统排列形式,将词组零乱摆放,留出大片空白,字体大小不一,完全取消标点,意义更加晦暗不明。马拉美是重要的象征主义理论家,提倡不能让大众读者读懂的所谓"纯诗"。晚年,他在家设坛讲诗;20 世纪法国后期象征主义诗歌的代表人物保尔·瓦莱里便是其众多入门弟子之一。

象征主义作为文学概念,出现在 19 世纪 80 年代中期。1886 年,原籍希腊的青年诗人让·莫雷亚斯(Jean Moréas,1856—1910)在其诗集《短歌集》(1886)的序言中首次提到"象征主义"一词。同年 9 月 18 日,他在《费加罗报》上发表《文学宣言》(1886),主张用象征主义称呼当时在文坛引领时尚的先锋诗人,象征主义作为流派的名称,即从莫雷亚斯的这篇宣言开始。进入 90 年代后,先是 1891 年莫雷亚斯宣布脱离象征派,紧接着又有兰波、魏尔伦、马拉美相继去世,前期象征主义作为一个松散的流派或风潮趋于解体。但与此同时,象征主义的美学思想、创作方法和艺术风格的影响,却迅速溢出法国国界,波及世界各地,并最终在世纪之交衍生出了规模更大、影响更深、波及整个文学领域的后期象征主义。严格地说,只有后期象征主义才可被看作真正的现代主义文学流派。

后期象征主义诗歌因与不同国家、民族文学传统的结合而更加丰富多彩。主要代表诗人有法国的保尔·瓦莱里,奥地利的莱纳·马利亚·里尔克,爱尔兰的威廉·巴特勒·叶芝,美国的艾兹拉·庞德,英国的 T. S. 艾略特,俄国的德·谢·梅列日科夫斯基(Дмитрий Сергеевич Мережковский,1866—1941)、康德·巴尔蒙特(Константин Дмитриевич Бальмонт, 1867—1942)、瓦·雅·勃留索夫(Валерий Яковлевич Брюсов,1873—1924)、亚历山大·勃洛克(Александр Александрович Блок,1880—1921)。后期象征主义不仅在地域上越出法国国界,弥漫整个世界,而且在文类上也溢出诗歌一隅而波及整个文学领域——尤其在戏剧领域结出了累累硕果,比利时剧作家莫里斯·梅特林克(Maurice Maeterlinck,1862—1949)的《青鸟》(1908)、德国剧作家盖尔哈特·霍普特曼(Gerhart Hauptmann,1862—1946)的《沉钟》(1896)、英国剧作家约翰·辛格(John Millington Synge,1871—1909)的《骑马下海的人》(1908),均是经典之作。

瓦莱里被称为 20 世纪法国最杰出的诗人,作为马拉美的亲炙弟子,他合乎逻辑地成了联结前后期象征主义诗歌运动的桥梁。受兰波、马拉美的影响,他也宣扬"纯诗"理论,但在创作上却高度重视诗歌的音乐性,并主张诗的极致是思想而不是物象。他的诗歌往往以象征的意境表达生与死、灵与肉、永恒与变幻等哲理性主题。《年轻的命运女神》(1917)以及诗集《幻美集》(1922)是其代表性作品,而收录在《幻美集》中的《海滨墓园》则因富有哲理、充满抒情性而成为其最重要的作品。诗中写诗人在海滨墓园思考有关生与死、存在与幻灭的问题,得出了生命的意义其实只在于把握现在、面对未来的结论。长诗巧妙地运用涯岸、铁栅、太阳、大海、白帆、风等象征体,表达神秘与静穆、绝对与永恒、圣灵与信徒、生与死等多种哲理性概念。诗中采用古典形式,格律严整,音乐性强,显得含蓄隽永。《海滨墓园》作为象征主义诗歌发展史上的不朽经典,奠定了瓦莱里在文学史上的重要地位。

里尔克是奥地利诗人,是象征主义在德语文学中的代表。受雕塑家罗丹的影响,里尔克的诗歌抒写对象由内心世界转向自然,由抒写主观的"我"转向对客观事物的精确描绘;在注重诗歌的哲理性、音乐性的同时,重视对客观事物的精确观察,创造了刻画精细的雕塑风格。里尔克主要作品有散文诗《军旗手的爱与死亡之歌》(1899)、《祈祷书》(1905)、《图像集》(1906)、《新诗》(1907—1908)、《杜伊诺哀歌》(1922)和《致奥尔弗斯的十四行诗》(1922)。其中以后两者最为著名:在许多隐晦、新奇的客观物象中,交织着诗人的失望、恐惧、忏悔等内心感受,非但哲理性强,且颇有雕塑、音乐之美。

作为爱尔兰诗人与剧作家,叶芝同时是神秘主义者与爱尔兰凯尔特复兴运动的精神领袖。1923年,他"以其高度艺术化且洋溢着灵感的诗作表达了整个民族的灵魂"而获诺贝尔文学奖。受唯美主义的影响,在诗剧《心愿之乡》(1894)和诗集《十字路口》(1889)、《茵纳斯弗利岛》(1890)、《白鸟》(1890)等早年诗作中,叶芝追求语言的朦胧、含蓄和超俗,表现了逃避现实的倾向。进入19世纪90年代后,他开始接受象征主义诗歌的理念与方法,且在1898年访问巴黎期间广泛接触了法国的象征主义诗人,叶芝创作的第二阶段具有鲜明的象征主义风貌。与其他象征主义诗人相比,叶芝的象征主义更接近生活,特别是他积极参加爱尔兰民族解放运动,进一步使其诗歌从早期的虚幻朦胧走向坚定明朗。在前期象征主义的基础上,叶芝将现实性与民族性融进了象征主义,这使其成熟时期的诗歌明显具有象征主义、现实主义和哲理性3种元素。叶芝后期的代表性诗作有《基督重临》(1921)、《丽达与天鹅》(1923)、《驶向拜占庭》(1928)和《盘旋的楼梯》(1929)等。堪称其代表作的《驶向拜占庭》一诗,用拜占庭游历来象征精神探索,表达了对工业文明的厌恶与对精神意义与理性价值复归的企盼之情;诗作意象坚实而明朗,物质和观念和谐统一、相得益彰,极富哲理性。

后期象征主义诗歌运动在俄国的代表人物勃洛克,生于彼得堡一个贵族家庭,歌颂纯洁美丽"永恒女性"的《美妇人诗集》(1904)等早期诗作因受唯美主义与象征主义影响,有浓重的神秘主义倾向——把现实世界看作幻影、苦海,醉心于追求"彼岸世界"。1905年俄国革命爆发,促使勃洛克面对现实生活,其诗歌创作的主题也由虚无与醇酒转向现实和革命,他写下了《集会》(1905)、《白雪假面》(1907)、《抒情短集》(1908)等诗作。十月革命后,勃洛克成为一个坚定的布尔什维克主义者,并从事文化宣传工作。在《知识分子与革命》(1918)一文中,他号召知识分子以全副身心"谛听革命"的律动与召唤;长诗《十二个》(1918)根据《圣经》中十二使徒寻找耶稣基督的故事,写12个赤卫军战士在革命风暴席卷一切的晚上,"踏着威武的步伐走向远方";诗人将基督作为新世界的预言者,以宗教的形式歌颂革命,在赤卫军战士勇敢坚定的身姿与路边象征旧世界的"饿狗"之鲜明对比中,歌颂了无产阶级革命摧枯拉朽的力量。

三

象征主义运动与不同时期、国别、民族的文化以及文学传统的碰撞,不但产生了一批杰出的诗人,还在内部衍生出几个影响较大的文学流派,最主要的是意象派和隐逸派。

隐逸派产生于两次世界大战之间的意大利,极盛于20世纪30年代。

在理论和创作手法上,隐逸派是法国象征主义和意大利未来主义结合的产物。墨索里尼法西斯强权统治的现实环境,使得隐逸派诗人远离现实生活,寻找个性真实,注重自我表现,在瞬间感受的抒发中表现人生的孤独和忧郁。隐逸派的创始人是意大利著名诗人 G. 翁加雷蒂(Giuseppe Ungaretti,1888—1970),但成就最突出的是他的两位弟子——萨·夸齐莫多(Salvatore Quasimodo, 1901—1968)和埃·蒙塔莱(Eugenio Montale,1896—1981)。

夸齐莫多善于捕捉内心世界的刹那感受,其诗作情感丰沛浓郁,极富感染力。重要诗作有《水与土》(1930)、《消逝的笛音》(1932)、《瞬息间是夜晚》(1942)。1959 年,夸齐莫多因其"抒情诗以高贵的热情表现了我们时代生活的悲剧经历"获诺贝尔文学奖。蒙塔莱是隐逸派的理论家。深感人既无法探测历史的奥秘又无力改变世界的现状,他称诗人的使命只能是表现人的生存状况,而非谋求反映普遍的真实。其第一部也是最重要的抒情诗集《乌贼骨》(1929),着意抒发忧伤和孤独的情绪,刻意渲染"生活的邪恶与黑暗"以及"不可捉摸的痛苦"。蒙塔莱的其他重要诗作还有《境遇》(1839)、《暴风雨和其他》(1956)等。1975 年,蒙塔莱也获得了诺贝尔文学奖——隐逸派三位主要诗人有两位获得了诺贝尔文学奖,这极大地提高了隐逸派的诗坛声誉与文学史地位。

意象派是 1909—1920 年间兴盛于英美诗坛的诗歌流派。1908 年英国诗人、批评家托马斯·休姆(Thomas Ernest Hulme,1883—1917)在伦敦成立"诗人俱乐部",意在跟当时流行的维多利亚晦涩、古板的诗风相对抗,并探求诗歌创作的新方法。1909 年,年轻诗人弗兰克·弗林特(Frank Stuart Flint,1885—1960)和艾兹拉·庞德加入了这个诗人团体,意象派得以正式形成。1913 年,庞德发表意象派诗歌理论著作《一位意象派者所提出的几条禁例》(1913),意象派诗人由此公开打出"意象主义"的旗帜,并不断深化意象派诗歌理论;1914—1918 年 5 年间,意象派 5 辑

《意象派诗集》连续出版,这大大扩大了意象派的影响,并使意象派运动迅速达到高潮。但不久,以庞德的退出为标志,意象派内部开始分化,意象派诗歌运动渐渐衰落。1918 年,这场轰轰烈烈的诗歌运动实际上已经走到终点。

除了休姆、弗林特和庞德,意象派的重要诗人还有英国的理查·奥尔丁顿(Richard Aldington,1892—1962),美国的艾米·洛威尔(Amy Lowell,1874—1925)、希尔达·杜丽特尔(Hilda Doolittle,1886—1961)和威廉·卡洛斯·威廉斯(William Carlos Williams,1883—1963),俄国的谢尔盖·叶赛宁(Сергей Александрович Есенин,1895—1925)。意象派主张把诗人的感触和情绪完全隐藏在具体的意象后面,用鲜明的意象——"瞬间感情和理性的综合体"——来表达诗意。这意味着诗人创作时要通过对事物实质和感情特征的准确把握将感情与理性结合起来,从而达到内在主观情绪与外在客观物象的高度统一。意象派诗歌因而形象坚实鲜明,格调明朗清新,比其他象征主义者的作品更接近现实,且在形式上短小、自由、精练、节奏感强。

常年旅居欧洲的美国诗人庞德是意象派诗歌运动的组织者和推动者,他既是作家,也是评论家,同时还是慷慨的青年艺术家的守护神。脑中激荡着多种多样新异的思想,心中洋溢着奔腾不息的激情,庞德永远是一个生气勃勃、不拘一格的偶像破坏者。自 1906 年在伦敦结识了休姆、弗林特起,他就开始创作意象主义诗歌。他发表宣言、创办杂志、探索意象派诗歌理论,逐渐成为这一运动的领袖。在理论上,他注重吸收中国古典诗和罗马古典诗的特点,反对一般象征主义诗歌的朦胧模糊,追求明朗和秩序。他提出诗要具体,避免抽象;要精练,不要有废字;强调意象是感情和理性的统一,主张一个被描写的意象应该成为任何冲动的最充分的表现和解释。他主张以客观准确的意象代替主观的情绪表达,认定诗人的使命就是为"准确的意象"找到其"对等物"。作为这种理论的最好例证,《在一个地铁车站》(1913)是其最著名的短诗,而组诗《休·赛尔温·莫伯利》(1917)则是其一生最重要的作品。另外,长诗《诗章》(1917—1959),创作耗时漫长,在庞德的作品中也拥有重要地位。庞德善于旁征博引,因而其诗作大都意涵丰富,意象新奇。庞德的诗歌理论和诗歌创作大大推动了英美现代主义诗歌的发展。

第二节　后期象征主义的特质

从社会文化层面考察,不难发现象征主义的形成与发展有着特定的时代背景。19世纪中叶以降,以达尔文进化论为标志的科学上的一系列重大进展,带来了传统理性主义文化观念的"地震";而孔德(Isidore Marie Auguste François Xavier Comte,1798—1857)等人的实证主义哲学与以亚瑟·叔本华(Arthur Schopenhauer,1788—1860)、尼采为代表的生命意志学说,更是直接给人们一种非理性主义的文化启蒙。以此为契机,新时代的作家突然获得了一种新的面对现实的心灵目光,开始从传统"历史主义""本质主义"的各种形而上学与意识形态蒙蔽中猛醒过来,并由此产生了撕破各种使生命凝固僵化的理性主义观念体系的强烈冲动与还原历史本性、生存本相的强烈愿望。一般而言,象征主义的哲学基础是19世纪中后期在欧洲迅速发展的非理性主义文化思潮。具体而言,18世纪瑞典哲学家史威登堡(Emanuel Swedenborg,1688—1772)的神秘主义学说、德国哲学家叔本华关于意志和表象的学说,对象征主义的形成均有直接的影响。

就文学自身的历史逻辑来看,法国浪漫主义在19世纪中叶衰落之后,帕纳斯诗派乘势而起。帕纳斯派以反浪漫主义为旗帜,追求诗歌的客观化或科学化,形成了某种诗歌领域的自然主义倾向。象征主义反其道而行之,以个人化与抒情性为诗歌创作的最高准则,致力于追求内心的最高真实;很明显,象征主义作为诗歌运动崛起于法国文坛之时就具有双重身份:既是对浪漫主义的扬弃,更是对帕纳斯派的反拨。在这个过程中,象征主义者将浪漫主义诗歌对感情的张扬与帕纳斯派部分创作技巧融会结合,建造了自身的诗歌殿堂。

作为文学方法,象征就是经由简单的感性物象达成对深奥或抽象意蕴的暗示。在象征主义者看来,世界或存在的真相或本质隐藏于其深处,唯有通过外部物象对内心状态所构成的象征才有可能得到揭示。象征主义的代表人物马拉美认为象征主义诗歌就是要用魔法揭示客观物体的纯粹本质[1],而象征就是"一点一点地把对象暗示出来,用以表现一种心灵状态。反之也是一样,先选定某一对象,通过一系列的猜测探索,从而把某种心灵状态展示出来"[2]。象征主义的基本特征表现如下。第一,反对传统的美丑观念。象征主义文本的表层艺术形象时常出现丑陋、病态的事物,并化丑为美、丑中见美。第二,艺术感知视角的内向性。象征主义诗人注重开掘心灵隐秘,捕捉直觉、幻觉或神秘感受;表达上反对抽象解说或单纯抒发,而是设法赋予主体观念、内在情思以具体的感性形式,并且这种感性形式不是原始的客观物象,而是经由主体精神投射的变形形象;同时通过联觉、通感、暗示等手法使作品获得象征情韵,最终指向某种精神内涵。第三,诗人要发掘"恶中之美",必须经由体验捕捉到隐藏在表象后面的事物内部的应和关系才有可能。象征不仅仅是表现手法,更是作品整体的形式特征。诗中出现的一系列事物、事件或情境经由暗示、通感转换为某一思想、观念或情绪的象征,整个过程呈现出某种神秘性。第

---

① 斯·马拉美:《诗歌危机》,史亮、兰峰译,见袁可嘉等编选《现代主义文学研究》(上),中国社会科学出版社 1989 年版,第 349 页。

② 马拉梅:《关于文学的发展》,见伍蠡甫等编《西方文论选》(下卷),上海译文出版社 1988 年版,第 258 页。

四,重视语言的革新。象征主义诗人往往对日常字词加以出人意料的特殊安排和组合,使之生发出新的含义。这种语言不是直陈而是暗示,不是通过叙述而是经由隐语,不是和盘托出而是神秘莫测——这造成了象征主义诗歌的艰涩怪异,但也为诗歌尤其是诗歌意象开辟了一条新途径。第五,追求诗歌的音乐效果。象征主义诗歌往往一方面追求音乐的内在流动感和旋律美,另一方面追求音乐式的朦胧感和模糊性,从而像音乐一样具有更大的包孕力。

象征一般是直接呈现于感性观照的一种现成的外在事物,对这种外在事物并不直接就它本身来看,而是就它所暗示的一种较广泛、较普遍的意义来看。因此,应该从象征里分出两种因素,首先是意义,其次是这意义的表现。意义就是一种观念或对象,不管它的内容是什么,表现是一种感性存在或一种形象,而象征则是物和观念、在场和不在场的混合建构。作为能够形成一种"主义"并产生了持久、重大影响的一种文学方法,"象征"在"象征主义者"这里,显然已经不能再与古已有之的那种古老的、一般意义上的"象征"相提并论。对"象征主义者"而言,"象征"现在已经不再是一种简单的文学手法,而更是一种哲学世界观。简单来说,这种哲学世界观的基本哲学立场是:摒弃二元对立的思维方式,坚持主体和客体、情感与理智、感性与理性的融合。著名象征主义诗人叶芝有言:"只有理性能决定读者应在哪儿对一系列象征进行琢磨。如果象征纯粹是感情上的,他便从世界上偶然和必然的事件中来观察;如果象征也是理智的,他自己就成为纯理性的一部分,同这一连串的象征融合在一起。"

两个世纪之交,法国诗坛一隅的 19 世纪末叶的前期象征主义,越出法国国界在欧美各国广泛流播,继而在 20 世纪 30 年代前后形成了具有世界性影响的后期象征主义大潮。后期象征主义发扬光大了前期象征主义的诗学观念与创作方法,使象征主义在新的世纪显现出内涵更深广、手法更多变的现代主义征象。它尊重法国前期象征主义的传统,坚持以暗示的方法表现内心"最高的真实",反对过多强调主观精神的自由流溢而使诗歌走向抽象化,也反对过分"白描"客观事物的具体物象而走向平淡无奇、了无意蕴。后期象征主义既反对隐晦艰深这一前期象征主义已经显露出来的弊端,更反对浪漫主义主观抒情的简陋直白,而主张主观与客观、情与理、有限与无限的统一,从而形成了自己的特征。后期象征主义者自觉地跳出个人情感的小圈子,努力表现社会与时代的总体精神。后期象征主义重视揭示普遍的真理,因而在方法论层面已从个别象征发展到普遍象征,从简单象征发展到意象象征,从情感象征发展到情感与理智并举,具有思辨性与哲理性。具体而言,后期象征主义有如下特点——

其一,反对现实主义的再现现实,坚持表现主观真实。后期象征主义进一步鼓吹"人的世界是神的象征""世界是我的表象"等神秘主义、唯心主义思想,反对现实主义对客观事物进行精确描绘,而注重挖掘人的微妙的内心世界。认为最高的真实存在于人的主观世界,艺术不是对现实的模仿,而是对现实的创造;诗人应该通过想象独自创造出能充分表达主观感情的客体。梅特林克把上帝启示的神秘世界作为唯一的真实,认为"人生真正的意义,不是在我所感知的世界里,而存在于那个目所不见、耳所不闻、超乎感觉之外的神秘之国中"[1],而且只有凭直觉才能感知到这个世界。瓦莱里的诗歌则充满着对生与死、感性与理性、变化与永恒、肉体与灵魂等哲理问题的抽象探索,尤其忽视外在的现实。而俄国诗人勃留索夫则宣称,人们生活着的世界不过是造物主兼诗人制造出来的表象,"在真正的文艺作品中,在表面的、具体的客观后面应当隐藏着另外的、更为深刻的东西"[2]。

其二,反对浪漫主义的直抒胸臆,主张象征暗示。象征主义者特别重

---

① 转引自廖星桥:《外国现代派文学导论》,北京出版社 1988 年版,第 149 页。
② 转引自廖星桥:《外国现代派文学导论》,北京出版社 1988 年版,第 146 页。

视主体的体验与发现,强调艺术形象创造的价值。要探索并揭示世界的奥秘,描绘难以言表的内心真实,只有借助于象征、暗示才能达到这个目的。象征主义诗歌的创作,就是要经由物象赋予抽象观念以具体形态,即瓦莱里所谓的"抽象的肉感"或"思想知觉化"。艾略特更进一步从理论上将这种主观外化过程称作寻找"客观对应物"——客观世界的事物、事件、现象等都是人之某种特定情绪的表现,当诗人获得了与内心体验相对应的外界对应物时,情绪即可被唤醒。象征主义旨在"打碎世界与其表现之间的传统的二元论。它无法容忍生活经验的缺陷同艺术的联系,无法容忍存在于主体同表现行为之间为人所公认的距离。它要破坏的正是表现的纲领,不管它是客观的模仿还是主观的表达。它同现实主义和表现主义同样相去甚远,前者忠实于外部世界的三维空间,后者忠实于视觉中的变形。象征主义不仅要使诗歌独立自治,还要使它玄妙奥秘,有时还要深不可测。这样,诗歌就可以远离物质与时间的杂质,重新获得神秘的气氛。象征主义热衷于一元论学说,希望象征最终将不再是象征性的,而变成行为或客体,不涉及任何'事物',独立自足"①。

其三,后期象征主义的象征可分为"私人象征"和"理性象征"两类。所谓"私人象征",即谓象征主义诗人往往以自身感受为基点,随意选取象征物来表达自己的感情,这使得象征只对他们自己才有意义,而且常常只有借助于诗人的说明才可被理解。如叶芝诗中反复出现的"旋体"象征。"在向外扩张的旋体上旋转呀旋转"(《基督重临》),"请走出圣火来参加那旋体的运行"(《驶向拜占庭》)。"旋体"到底是什么? 仅根据诗歌本身是无法理解的。原来,叶芝是将"旋体"解释为人的历史,他把人类历史看作是由正旋体(道德、空间、客观)和反旋体(美感、时间、主观)两个圆锥体渗

---

① 欧·豪:《现代主义的概念》,刘长缨译,见袁可嘉等编选《现代主义文学研究》(上),中国社会科学出版社 1989 年版,第 187 页。

透构成的,"旋体"的循环往复就构成了人类历史。所谓"理性象征",即谓不同于前期象征主义诗歌中的象征偏重表达诗人的某种心灵状态和感情世界,后期象征主义诗歌的象征往往禀有更多理智的成分,诗人开始用理智对感情加以控制。叶芝明确提出"除了感情的象征""还有理性的象征";"只有理智决定读者该在什么地方对一系列象征进行深思。如果这些象征只是感情上的,那么他只能从世事的巧合和必然性之中来观察。但如果这些象征同时也是理智的,那么他自己也就成为纯理智的一部分,从而与这一系列的象征融合在一起"①。瓦莱里也强调真正的诗人应该有较强的抽象思维能力。后期象征主义诗歌常常表现一种超感觉、超现象的普遍真理和绝对意志,以诗说理,用理成诗。诗中的神秘因素不是为了感知,而是代表一种人的理解力难以达到的绝对存在,贯穿瓦莱里《海滨墓园》一诗的主题就是用"绝对的静止"和"人生变易"的对立,证明人生并无纯粹的理性,从而肯定现实的意义。而里尔克的《杜伊诺哀歌》以对人与世界、生与死、幸福与痛苦等问题的思索,证明了"死亡才是欢乐的源泉"这一哲理命题。

第三节 个案研究:T. S. 艾略特及其《荒原》

T. S. 艾略特,20 世纪西方最负盛名的诗人,杰出的文学批评家和剧作家,1948 年度诺贝尔文学奖得主。艾略特是英美现代诗歌发展史上具有划时代意义的作家,是后期象征主义诗歌的集大成者,其诗歌创作乃西方现代主义文学趋于成熟的重要标志。

---

① 转引自黄晋凯、张秉真、杨恒达主编:《象征主义·意象派》,中国人民大学出版社 1989年版,第 92 页。

一

艾略特出生于美国密苏里州的圣路易斯城,门第高贵。他的祖先系英国移民,其祖父是华盛顿大学的创办者,曾任该校校长,父亲是从事砖瓦业的商人,母亲博学多才,酷爱文学,很早即对爱子进行文学启蒙。艾略特 10 岁时即广泛涉猎世界文学名著,11 岁时即模仿古典诗人的创作进行写作;身体瘦弱、沉静内向、聪慧善思的艾略特很早就表现出了高超的文学天赋,被认为"将有伟大成就"。

1906—1910 年,艾略特在哈佛大学攻读哲学期间,对英国文学和印度哲学产生了浓厚的兴趣;1907 年,他接触到波德莱尔等人的象征主义诗歌创作及理论,由此,他的诗歌创作开始步入轨道。1910 年 10 月,艾略特离美赴法,入巴黎大学研习法国文学,一年后复回哈佛大学攻读哲学硕士学位,次年任该校哲学系助教。1914 年,他获哈佛大学留学奖学金赴英入牛津大学攻读哲学博士学位,此后长时间滞留英伦,终在 1927 年入英国籍。艾略特曾从事教师、银行职员、报刊编辑等工作,经由庞德的引荐和帮助,得以进入伦敦这个文化中心的文艺圈,与英、美和欧洲大陆的思想运动、文学运动有着密切联系。1965 年,艾略特在伦敦的家中去世。

艾略特从 1909 年开始发表诗歌,先后于 1925、1935、1962 年出版题名为《诗集》的三个诗歌集子。其著名长诗有《普鲁弗洛克的情歌》(1915)、《荒原》(1922)和《四个四重奏》(1943)。《普鲁弗洛克的情歌》,1915 年经由庞德力荐在芝加哥的《诗刊》杂志发表,1917 年又由庞德夫人出资印成单行本出版,乃艾略特的成名之作。全诗共 130 行,通篇都是用第一人称叙述的戏剧性独白。诗中主人公普鲁弗洛克是个怯懦、敏感的中年男子,长诗的主要内容就是写这个在上流社会庸碌无为的中年人在求爱途中的矛盾心理。他虽在和情人约会,但其脑子里却全是怯懦、怀疑、病态的念头,幻灭中夹杂着自我嘲讽。《四个四重奏》是艾略特后期最重要的作品,诗人于 1935 年着手创作并陆续在刊物上发表,1943 年 10 月在美国以单行本的形式正式出版。长诗仿照贝多芬晚期四重奏乐曲的结构形式写成,每部各有五个乐章,标题分别是《燃烧的诺顿》《东科克》《干燥的赛尔维奇斯》和《小吉丁》。这是一部哲学、宗教冥想诗,其中心主题是通过个人经历以及人类的过往,探索生与死、兴与衰、始与终的关系。有人说,《四个四重奏》是诗人终生探索的一个诗式总结。1948 年,艾略特因此诗获得诺贝尔文学奖。

20 世纪 20 年代,艾略特的诗名即遍播欧美。从 30 年代起,在从事诗歌创作之余,他用相当精力从事戏剧创作。艾略特的剧本大都采用诗体,内容几乎都与基督教教义有关。其代表性作品有《岩石》(1934)、《大教堂里的谋杀》(1935)、《合家团聚》(1938)、《鸡尾酒会》(1949)、《机要秘书》(1953)和《老政治家》(1959)等。艾略特的不少剧作在美国百老汇演出时获得很大成功,其诗剧形式打破了百余年来英国剧坛以散文剧为主的局面。1934 年,艾略特还与叶芝、奥登等人组建过一个名为"诗剧中心"的艺术家小团体。

在文学批评方面,其主要理论文献有:《传统与个人才能》(1917)、《玄学派诗人》(1921)、《批评的功能》(1923)、《诗歌的用途和批评的用途》(1933)、《古代与现代文集》(1938)等。艾略特曾主编《自我》杂志和《准则》季刊,后者产生了较大影响。

精通哲学的诗人艾略特的文学批评,见解独到,才华横溢。在其众多精彩的文学观点中,"非个人化"的主张影响尤为深远。所谓"非个人化"(又称"非个性化""非人格化"),即反对诗歌的主观自我表现,主张现代诗人作为艺术家要对诗人的艺术(技巧)做最大的要求,而对诗人的个性(情感)的要求则力求降到最低。"诗不是放纵感情,而是逃避感情,不是表现个性,而是逃避个性。自然,只有有个性和感情的人才会知道要逃避这种东西是什么意义。"①诗人应促使其个人的私自的痛苦转化为丰富的、奇异的、具有个性的、泯灭个性的东西。艾略特在其《传统与个人才能》《诗歌的用途和批评的用途》等文章中系统地阐述了这一理论,要点是:(1)诗人的个人生活、个人情绪不应与诗歌创作以及文本有太多关系,生活与艺术之间一定要建构起绝对的、不可逾越的界线。诗人不应该经由创作表白自己,创作不能太依赖诗人日常生活中的情绪。作家的情感经验必须首先经过一个"非个人化"的过程,一己的现实情绪、观感转变为宇宙性、艺术性的意象后才能进入作品。设若诗人非要经由诗作抒发感情、表现自我,他很可能抒发一些并无诗意的琐碎的东西,而陷入滥情主义。因此,"一个艺术家的前进是不断牺牲自己,不断地消灭自己的个性"②,艺术只有在这种非个人化的过程中才能达到科学的境地。(2)思想感性化,即"把思想还原为知觉"——像你闻到玫瑰香味那样感知思想,而后用"知觉来表现思想"。反对像某些浅薄的浪漫主义诗人那样直接地抒发自己的感受,尤其反对诗人公开地在诗作中进行道德说教,要求诗人寓思想于形象之中——不要抽象的概念,只要形象的思想。(3)诗歌创作要靠诗人好的"诗艺",具有高超的技巧正是诗人的使命之所在。具体而言,"客观对应物"的主张便是与其"非个人化"理论相配套的基本技巧。经由"客观对应物"的方法,诗人能通过一种生活情景或某种事件唤起情感。诗人要用理性把"客观对应物"落到实处,用各种意象、情景、事件、典故、引语等搭配成一幅幅图案来表达某种情绪,做到文情一致。(4)读者不要企图从诗人的生平中寻找诗人人格的线索。真切的批评与敏锐的品位是指向诗的,而不是指向诗人的,某些情绪只有在诗中而不是在诗人的生平中才具

---

① 托·斯·艾略特:《传统与个人才能》,卞之琳译,见戴维·洛奇编《二十世纪文学评论》(上册),葛林等译,上海译文出版社 1987 年版,第 138 页。

② 托·斯·艾略特:《传统与个人才能》,卞之琳译,见戴维·洛奇编《二十世纪文学评论》(上册),葛林等译,上海译文出版社 1987 年版,第 133 页。

有生命力。批评家的主要工具或方法是比较和分析。

艾略特以"非个人化"为核心的诗歌理论,构成了对前期象征主义"强调暗示和联想"的发展,同时又纠正了前期象征主义诗歌艰涩朦胧的弊端,大大加强了现代主义诗歌艺术技巧的创新。他的这些主张也为后来英美新批评派的理论奠定了基础,而他当之无愧地成了新批评派的先驱人物。

艾略特是在英美诗歌发展的一个关键性的时刻步入诗坛的。他根据自成系统的理论进行创作实践,使英美诗歌的面貌发生了根本性变化。集各种高超技艺于一体的传世之作《荒原》是艾略特最重要的诗作,也是迄今为止20世纪西方诗坛上最重要的作品。诗人用"荒原"这个意象,准确而逼真地刻画了20世纪初叶西方的精神危机,一时间形成了一个波澜壮阔的"荒原文学"现象,而艾略特无形中成为"荒原作家"的精神领袖。

二

《荒原》(1922)乃艾略特的代表作,也是西方现代主义诗歌的里程碑。

全诗共434行,由5部分组成:第一章"死者葬仪",主要写干旱无雨的荒原和阴冷的现代都市,展示现代荒原的败落景象。第二章"对弈",主要写男女两性间的欺诈、对抗和厮杀,诗人以荒淫无度的情欲和奸情象征社会的腐败、道德伦理的崩溃。第三章"火诫",作者借取佛典的说法,暗示人类缺乏真诚的宗教信仰,正在欲火中自我毁灭,只有借助于佛陀净火的冶炼,戒绝情欲,进入涅槃,人类才能得到拯救。第四章"水里的死亡",弗莱巴斯沉溺于情欲大海,终于进入旋涡,落入死亡深渊。"水"既是置人于死地的欲海,又代表时间与永恒,表现人生的虚无。第五章"雷霆的话",大地缺水,岩石崩裂,世界成了"岩石堆成的"一片沙漠荒原。战争给人类带来灾难,恐惧与绝望中的乌云闪电、湿风细雨,表示耶稣的降临,以雷霆代表上帝宣言,指明拯救人类的唯一出路:奉献、同情和克制。

《荒原》的主旨是"死亡与再生",作者用象征暗示手法,展示西方文明的崩溃和精神的荒芜,指出了处于"荒原"中的人类,只有皈依宗教,信仰上帝,才能获救。诗的第一章"死者葬仪"显示的是弥漫于荒原中的死亡意识:

> 四月是最残忍的一个月,荒地上
> 长着丁香,把回忆和欲望
> 参合在一起,又让春雨
> 催促那些迟钝的根芽。
> 冬天使我们温暖,大地
> 给助人遗忘的雪覆盖着,又叫
> 枯干的球根提供少许生命。①

诗人用对比的手法,通过"荒原人"对春天和冬天的反常心态写出了他们灵魂深处的死亡感。艾略特创作此诗深受神话人类学家弗雷泽(James George Frazer,1854—1941)的著作《金枝》(1890)的影响。弗雷泽在《金枝》中指出,初民庆贺丰收的仪式图腾是生殖之神,因为大自然四季的更替直接与生殖神的生死相联系。当生殖神性能力遭损伤或死亡时,大地就一片干涸荒芜,万物丧失了生机,这就是萧条的冬季;当生殖神复活时,大地复苏,万物生机勃发,这就是春季。4月是春回大地的时节,这本该是为生殖神的复活而欢舞的庆典之际,如《坎特伯雷故事集》的序诗第一句"四月里的阵雨最为甜蜜",乔叟所要表达的是朝圣者在春天洗涤了灵魂的罪恶之后获得新生的欢乐。然而,"荒原人"则觉得这是一个

---

① T. S. 艾略特:《荒原》,见姜桂栩编《世界诗苑英华·艾略特卷》,赵萝蕤等译,山东大学出版社1997年版,第63页。

"死者的葬礼"。所以,这是"最残忍的一个月",是生命难以存活的时节。"荒地""枯干的球根""乱石块""破碎的偶像"等,都构成了死亡对生命的无情的压制。虽然丁香在荒地的乱石间艰难又顽强地长出,但死亡已成为诗的基调。然后,诗人用现代城市伦敦来从另外的角度加重"荒原"的颓败与荒芜,加重死亡景象的沉重。这是一座虚幻之城,"在冬日破晓时的黄雾下",被"死亡毁坏了的""荒原人",如行尸走肉,冷漠地飘行在街上,不见动情的欢喜与痛苦,只有永恒而莫名的叹息。那给人希望与安慰的教堂也只传来"阴沉的一声"——而且总是这样,这让人想到世界末日的钟声。在这样死寂的氛围中,末日到来后,相继而来的是死亡与荒芜。"去年你种在花园里的尸首"又能开出什么样的花朵呢? 况且还有"忽来严霜捣坏了它的花床"。虽然荒地也会孕育生命,但在这贫瘠而缺水的土地上,生命的存活是一种残酷。

在借助种种意象强化了死亡的浓重与生命的残酷的同时,为了使"死亡"与人的心灵枯竭更好地相吻合,诗人反复借用神话隐喻与象征呈示"荒原人"的生存状态与精神状态。诗人引用《特利斯坦和绮索尔德》中忠贞的爱情故事,对比地写出"荒原人"情感的匮乏。风信子传递了爱的信息,然而,"等我们来时"一切都已过晚,"你的臂膊抱满,你的头发湿漉","荒原人"刚从波涛汹涌的情欲之河归来。那"荒凉而空虚"的"大海"呈示的是"荒原人"情感世界的枯竭。诸如此类的还有古时候狄多女王的恣意寻欢作乐,女打字员与男青年"总算完事了,完事了就好"的有欲无情的动物式交配,埃及女王的放纵无度。情感枯竭导致道德精神衰颓,更有甚者,情欲泛滥带来灭顶之灾。"水里的死亡"写出了人欲横流带来的毁灭性灾难。水为生命之源,正如欲望为人的生命之本一样,然而欲望泛为横流之水,则是死亡之水,一如自由的极致是毁灭。诗人认为精神枯竭的"荒原人"需要宗教的净火去冶炼。也许,像未来主义者那样把传统从灵魂中挤去了的"荒原人",其可望获救的方法是从被抛弃的传统中找回生命之水。在这种意义上，那"根在抓紧"，"荒地"上长出了"丁香"；那"芽"会发出，"花园里的尸首""今年会开花"！

　　艾略特的诗歌创作展示了第一次世界大战后西方人苦闷、空虚、幻灭的精神状态。尼采在19世纪末宣布"上帝死了"，这对大多数生活于现实中的人来说仅是一种预言，虽感震撼，却似乎无从确证。第一次世界大战不仅在物质上摧毁了欧洲，而且从精神上摧毁了人们心中的上帝。战争带来的空前的毁灭性破坏，既证明了上帝的不存在，也证明了科学的非人道。对科学与理性的怀疑，对传统道德文化的失望，对大规模现代战争的恐惧，对经济危机的担忧，对现代社会中人的异化的焦虑，等等，使西方人的精神世界陷于危机与混乱之中。艾略特在自己的诗歌中一方面象征性地表现了西方人的精神危机，指出了战争与物欲是造成世界荒原的主要根源，另一方面又努力寻找脱离荒原，使人类精神获救的途径。因此，他的《荒原》描写人的精神的死亡，同时又在寻找着精神的复活。生紧随着死之后，在死中孕育着生，在"荒地上长着丁香"。不过，他给人们找回的生命之水是古老的传统文化，特别是宗教。在他看来，世界之所以变为荒原，恰恰是因为上帝在人们心灵中的缺席，是因为人的精神与心灵之水的枯竭，是现代人与传统文化的隔绝。那些未来主义者，以科技文明代替上帝，把传统尽皆轰毁，这便招致了世界的荒芜与心之水的枯竭。所以，回归传统，找回上帝，是使荒原复苏的必由之路。在《荒原》中，作者运用"死而复生""寻找圣杯""耶稣复活"3个神话故事，做了回归传统的文化实验。在《圣灰星期三》中，诗人宣扬的是基督教教义和人的原罪、悔罪思想，认为人类只有皈依宗教才能获救。而他的长篇组诗《四个四重奏》则主张只有在宁静中与上帝沟通，放弃自我，才能得到上帝的拯救，表现出虔诚的天主教思想。艾略特从反传统开始，最后回归了传统。当然，这是一种更高意义上的回归。我们无法要求面对荒原的他不对传统有所留恋，只是，传统果真能给现代人以生命之水吗？"尸首"里果真能开出花儿来吗？

在艺术上，《荒原》摒弃了传统的创作手法，诗人自己隐没在各种"客观对应物"的意象群之中，表现出典型的"非个人化"倾向。

为了达成"非个人化"，艾略特提出了"客观对应物"的理论主张。在"客观对应物"中实现主客体融合——这也正是波德莱尔"感应论"之后象征主义的基本理论依据。"用艺术形式表达感情的唯一方式，是找出一种'客观对应物'；换句话说，一组物品，一种境况，一系列事件，能够作为表达这种特殊感情的程式；外在的事实必须终止于感觉经验，这样一旦给予了这种事实，这种感情就立即被唤起了。"①作家并不是仅仅简单地表露他的情感，他必须通过恰如其分的外在"物品""境况""事件"将情感细致委婉地呈现出来。由此所创作出来的作品便不是以其主张的简单，而是以其统一性的复杂来吸引读者的。

全诗大量引用神话传说、民间歌谣、古今诗文以及现实中的诸种场景，形成了一整套结构复杂的象征语言，成为长诗的一系列"对应物"。比如，从整体角度来看，《荒原》的主调是通过写凋敝和死亡，寻求灵魂的拯救，那么，这个主调则渗透于渔王的故事框架：前三章大量铺陈荒原景象，第五章则暗示在骑士不断战胜诱惑和艰难困苦去寻找圣杯时，渔王正坐在岸边，等待他的到来。这是一个非常大的贯通古今的潜结构，里边又装满了形形色色的次意象群，以各种寓意撑起这一框架。这种以神话传说、历史典故、文学场景等为对应物的写法，给长诗一种历史文化的深邃感和艺术上的宏阔性，再加入现代都市的种种风貌，使长诗贯通古今，既可被视作人类文明的隐喻，亦可被理解为对现代世界的描绘。长诗内蕴含蓄，丰富深奥而重叠交错，极富审美张力。例如："枯死的树"是精神枯竭的象征，"破碎的偶像"是信仰丧失的象征，"风信子"则是春天与爱情的象征；

---

①　转引自彼得·福克纳：《现代主义》，付礼军译，昆仑出版社 1989 年版，第 45 页。

"岩石而没有水而有一条沙路""维也纳、伦敦并无实体",是文明社会荒芜的象征;而"雷霆的话"则象征着上帝拯救人类的宣告。对艾略特《荒原》中的复杂象征意义的理解,需要深入诗人内心世界,找出诸表象与思想之间的"亲缘关系"。

《荒原》运用了与"对应物"相关的"拼贴法":诗人不断地在历史与现实中拣取碎片,然后按一定的内在规则将它们拼接到一起。有的剪自现实生活,如打字员凌乱的宿舍、酒吧间的闲聊、泰晤士河夏秋之交的荒凉风景、伦敦桥上的人流;有的剪自神话传说,如风信子女郎、翡绿眉拉、希伯来人渴望回乡的情景;等等。拼贴的中间没有连接点,时间上颠倒交错,没有时序;空间上古今同在,没有界限。这些碎片的原生态本来互不相干,但由于诗人将各自体现的意义凸显出来进行连缀,凌乱的片段在整体上获得综合,具有了内在结构的一致性。而且,在"拼贴"这些"对应物"时,诗人还根据各种场景的不同,使用复杂多变的语言,如在引用莎士比亚的戏剧情景时,用深奥艰涩的古英语,在描写现代酒吧的场景时,使用大段大段的口语和白话,诗中还掺杂着多种外国语和土语,这些语言表达方式承担了某种特定的"对应物"效应,使诗歌富于节奏。

在表现广博与深邃意蕴的同时,艾略特也使得其诗作虚幻神秘、晦涩玄奥。《荒原》的神秘与晦涩,给一般读者的阅读带来了困难。诗人把自己对社会人生、自然世界的感受提升到宗教玄学的神秘境界去体验,加上复杂隐喻与大量用典,这使得《荒原》成为西方文学中最难读懂的作品之一。长诗的注释篇幅甚至远超诗歌的正文,不读注释也就无法畅读原诗。设若说一般象征主义诗人的作品是谜的话,那么《荒原》堪称一座诗之迷宫。

第五章

表现主义

第一节　表现主义源流考

　　20世纪伊始,表现主义先是产生于德国,而后蔓延到欧美各国。透过事物的外层表象展现其内在本质,从人的外部行为揭示其内在的灵魂,注重直接表现人物的心灵体验,展现其内在的生命冲动,这是表现主义的基本特征。作为对注重外在客观真实描写的西方现实主义文学传统的反拨,表现主义以其反叛精神对其他西方现代主义文学流派产生了直接而深远的影响。

　　表现主义形成于第一次世界大战前,最先产生于绘画界,后来影响到文学、音乐、电影、建筑等所有艺术领域。它创生并繁盛于德国、奥地利,体现着20世纪日耳曼现代主义区别于英美现代主义的不同追求。在表现主义后来蔓延至整个欧美文坛的过程中,其许多理论观念与表现方法被很多流派与作家所接受,它也因此成为西方现代主义文学最重要的流派之一。站在日耳曼现代主义的角度来观察,很容易得出现代主义乃一种广义的表现主义这个结论。本身即为表现主义作家和理论家的哥特弗里德·贝恩(Gottfried Benn,1886—1956)曾称——

> 这个流派——它在其他国家被称为未来派,立体派,后来又被称为超现实主义,在德国保留着表现主义的名称,它在经验性的变化方面具有多样性,在其以粉碎现实、不顾一切地寻根究底为其内在的基本态度方面具有统一性;它要寻根究底,直到事物不再能够带着个性和感觉论的色彩虚假地,可用性十分微弱地被移入心理学的方法之中,而是以绝对"自我"的莫名的持久性沉默面对创造精神所赋予的天职,这个流派在整个十九世纪就已经有了预兆。①

事实上,认为各种现代主义之间的共同因素是表现主义这个观点由文学史家 R. P. 布莱克默在 20 世纪中叶再次提出来,并成了一个广为人知的观点。"人们常常设想,英美现代主义和日耳曼现代主义是两个颇为不同的东西,它们发生在不同的时期,碰巧得到同源的名称。因此,如果要寻找重大的相同点,就可以把 20 世纪初英美现代主义和德国传统中的当代运动即表现主义并列起来考虑。"②

"表现主义"这个术语是从拉丁文 expressus(挤压出来、抛掷出来)引申出来的,最早出现于美术界。1901 年,在巴黎举办的野兽派画家马蒂斯(Henri Matisse,1869—1954)的画展上,法国画家茹·埃尔维(Julien-Auguste Hervé,1854—1932)的一组油画就叫"表现主义",马蒂斯也宣称

---

① 哥·贝恩:《〈表现主义十年抒情诗选〉序》,张荣昌译,见袁可嘉等编选《现代主义文学研究》(上),中国社会科学出版社 1989 年版,第 454 页。

② 马尔科姆·布雷德伯里、詹姆斯·麦克法兰:《现代主义的名称和性质》,见马·布雷德伯里、詹·麦克法兰编《现代主义》,胡家峦等译,上海外语教育出版社 1992 年版,第 31 页。

自己所追求的、最重要的就是表现。1911 年德国画家和美术评论家沃林格(Wilhelm Worringer,1881—1965)在德国的《狂飙》杂志上,第一次借用这个词来指称当时的很多反传统画家。沃林格和俄国的康定斯基(Василий Кандинский,1866—1944)为表现主义文学艺术奠定了理论基础。沃林格的理论著作《抽象和移情》(1908)、《哥特艺术的形式问题》(1912)试图从心理学的角度说明表现主义运动:在一个危机重重、混乱严酷的时代,人们处在敌对、不人道的社会环境中,深感压抑、不安、困惑和恐惧,这些情绪在内心的持续蓄积使其强度达到了非同寻常的程度。为使内心几乎要爆裂的情绪得到净化,艺术家只能经由变形扭曲把现实转化为神奇、怪异和梦幻的意象。因此,他们才反对现实主义地描绘客观事物的外在表象而注重主观真实的表现。而按康定斯基基于心理学分析提出的观点——创作受"内在需要"驱动的艺术家,经由对外部现实进行夸张、变形的处理为心灵现实赋形,从而使内心的激情得到释放。他们的理论主张直接推动了表现主义运动的发展。

表现主义绘画以两个团体为根据地,形成了两个活动中心。一是以德国德累斯顿为中心的"桥社"(1905—1913),主要成员是凯尔奈尔(Ernst Ludwig Kirchner,1880—1938)和赫克尔(Erich Heckel,1883—1970),他们反对模仿自然,强调表现自己的内心感受、直觉和下意识;一是 1911 年成立的慕尼黑画家集团"青铜士",代表人物有俄国艺术家康定斯基、德国的马尔克(Franz Marc,1880—1916),他们侧重于对作品形式的探讨。

1910—1911 年间,德国的作家率先接受了"表现主义"这个概念及其所表征的理论观念,在本国掀起一个声势浩大的表现主义文学运动。表现主义文学运动以两个杂志为中心形成了左右两翼:以《狂飙》(1910—1932)为中心,形成了表现主义文学的右翼,他们关心的是上帝的启示和灵魂的自由,充满神秘主义气息,政治观点也较保守;以《行动》(1911—

1933)为中心形成的左翼成就较大,代表人物是约翰尼斯·贝希尔(Johannes R. Becher, 1891—1958)、恩斯特·托勒、盖欧尔格·凯泽(Georg Kaiser, 1878—1945),他们的社会政治立场激进,有强烈的反社会倾向,主张文艺干预生活,作家要成为"宣告者"和"鼓动者"。"一战"后,表现主义文学运动内部出现分歧,右翼渐趋法西斯主义,左翼作家有的持续左转成为社会主义者,有的则在艺术上回归传统转向现实主义。

表现主义文学在诗歌、小说、戏剧方面都取得了很大成就,而尤以戏剧成就最为突出。

诗歌是表现主义文学的重要形式,内容多是表现诗人在喧嚣、混乱、充满罪恶的城市生活压抑下的悲哀、忧郁及对健全人性与爱的渴望。奥地利的代表性诗人有格奥尔格·特拉克尔(Georg Trakl, 1887—1914)与弗朗茨·韦尔弗(Franz Werfel, 1890—1945),前者的主要作品是《寂寞者的秋天》(1911)、《童年》(1911)等,后者的代表作是诗集《世界之友》(1911)和《彼此》(1915)。在德国,表现主义最重要的诗人是格奥尔格·海姆(Georg Heym, 1887—1912),其重要作品有《永恒的一天》(1911)、《生活的阴影》(1912)等。1919年是德语表现主义诗歌的巅峰期,其标志是两部表现主义诗歌选集的出版,即库尔特·品图斯的《人类朦胧时代——最新诗歌交响曲》和路德维希·鲁比纳的《人类之友——世界革命的诗歌》。品图斯在选集的序言中对表现主义诗歌的思想、艺术特征做了理论概括:因其感到人类正堕入死亡的黑夜,表现主义诗人"在一片诅咒声中"发出了呐喊,并吁请人们起来反抗,"诗人们用狂热的激情,用令人心碎的悲伤,用支离破碎的混乱语言,用对于人的非人生活的最可怕的讽刺,用对于上帝和善者、爱和兄弟情谊的热烈追求和病态呼唤,丑化和鞭笞他们生活于其中的这个世界"①。大致来说,表现主义诗歌是现实压迫

---

① 转引自龚翰熊:《现代西方文学思潮》,四川大学出版社1987年版,第128页。

下的诗人之困惑和渴望的呐喊,强烈地表达了时代的精神境遇,具有鲜明的时代特征;而为了表达内心狂热的激情,表现主义诗人往往不重视诗歌的细节,诗歌形式也灵活多变。表现主义诗歌是表现主义文学运动的重要组成部分,在整个欧美现代主义诗歌运动中占有一席之地。

表现主义戏剧的先驱是瑞典的剧作家和小说家奥古斯特·斯特林堡。他早期创作的多是自然主义戏剧,后来才转向表现主义。他的《到大马士革去》(一、二,1898;三,1904)被认为是第一部表现主义戏剧。剧本用独白、幻觉、梦境和现实的穿插混合,表现主人公对现实人生的困惑。《一出梦的戏剧》(1902)写天神的女儿艾格尼斯为拯救人类痛苦下凡,但人间的现实令其大失所望,最终她无法忍受人间窒息的生活而重返天上。剧本反复强调"人真可怜""生存是最大的痛苦",透露出作者力求摆脱痛苦又找不到出路的绝望心情。斯特林堡后期创作的《鬼魂奏鸣曲》(1907)堪称其最有影响力的表现主义戏剧。

德国表现主义戏剧以弗兰克·韦德金德(Frank Wedekind,1864—1918)为始祖,至盖欧尔格·凯泽和恩斯特·托勒时形成高潮。托勒生于一个犹太家庭,参加过第一次世界大战,后成为一个激进的反战主义者,并领导了 1918 年"德国十一月革命"。革命失败后他被判入狱 5 年,在狱中开始了其表现主义戏剧的创作。托勒作为表现主义左翼的代表人物,其思想框架基本上是空想社会主义和人道主义的混合体。主要剧作有《转变》(1919)、《群众与人》(1921)、《机器破坏者》(1922)。《转变》的副标题是"一个人的搏斗",描写一个艺术家经过战争走向革命的道路。在剧中,作者否定了传统的价值标准,把矛头直指上帝——剧中"绑着的女人"理直气壮地宣布"上帝有罪",并直呼要"战胜上帝"。《群众与人》揭露了统治者发动战争的罪恶目的及所造成的灾难,全剧贯穿着革命暴力和人道主义原则的矛盾冲突,而作者似乎更倾向于人道主义。凯泽出身于商人家庭,一生创作了 60 多部剧本,"探求人的'复兴'的道路,如何使人再变成人,寻找'新人'是他作品的中心主题"①。主要作品有《犹太寡妇》(1911)、《加来的市民》(1914)、《从清晨到午夜》(1916)、《珊瑚》(1917)、《煤气》(一、二,1918、1920)等。代表作《从清晨到午夜》揭露了金钱的罪恶和人的堕落。一个小市民出身的出纳员因追求一位阔太太而卷款潜逃,开始在社会上流浪。他经历了诸般象征性的人生阶段,看到的全是社会上的丑恶,绝望中的他幡然醒悟后在救世军的布道厅里当众忏悔了自己的罪行,并称"金钱把真理蒙蔽了,金钱是这个世界上所有卑鄙龌龊的诈骗中最卑鄙的骗局",但他刚把钞票扔出去,一同忏悔的信众便一拥而上。大致来说,凯泽对社会的揭露有着与托勒一样的人道主义立场。

捷克斯洛伐克作家卡莱尔·恰佩克(Karel Čapek,1890—1938)把表现主义技法应用到科幻文学领域,对表现主义戏剧的发展做出了独到贡献。其科幻剧代表作《万能机器人》(1920)写人创造了机器人后反被其控制,最后蜕化成没有感情、不会生育的机器,从而面临毁灭的危险。将科幻与怪诞相结合,剧本写出了人在畸形膨胀的物质主义压力下的荒诞境遇。

20 世纪 20 年代初,德国的表现主义戏剧传到美国,催生了以尤金·奥尼尔为代表的美国表现主义戏剧作家。奥尼尔的《琼斯皇》(1920)、《毛猿》(1921)都是表现主义戏剧的经典之作。其他重要的美国表现主义剧作家还有爱尔默·赖斯(Elmer Rice,1892—1967),其代表作为《加法机》(1923)。另外值得注意的是,约翰·霍华德·劳逊(John Howard Lawson,1894—1977)的《戏剧创作的理论和技巧》(1936)一书,则进一步发展了表现主义的戏剧理论。

相对于诗歌与戏剧的火爆局面,表现主义的小说创作则较为平淡。越来越多的证据表明 D. H. 劳伦斯和早期表现主义有联系,这个联系是

---

① 《中国大百科全书·外国文学》(第 1 卷),中国大百科全书出版社 2004 年版,第 522 页。

通过其德国妻子弗丽达建立起来的;也有越来越多的证据表明美国小说家约翰·多斯·帕索斯(John Dos Passos,1896—1970)的作品中也有明显的表现主义成分。但总体来看,英美文学界表现主义小说创作甚为寂寥。

正宗的表现主义小说主要有恰佩克的幻想小说《鲵鱼之乱》(1936),德国的阿尔弗雷德·德布林(Alfred Döblin,1878—1957)创作的长篇小说《王伦三跳》(1915)、《华伦斯坦》(1920)、《山、海与巨人》(1924)等。另外,值得一提的是德国表现主义运动的重要理论家与活动家埃德施米德,他不仅在创办杂志、理论阐发等方面对表现主义文学运动产生了重大影响,而且积极投入表现主义小说的创作实践,主要作品有长篇小说《玛瑙》(1920)、《脾气古怪的天使》(1923)、《南美的光华与贫困》(1931)、《是玫瑰就会盛开》(1950)以及中篇小说《狂怒的生活》(1916)等。埃德施米德被认为是表现主义文学运动理论纲领的制订者,其《论文学创作中的表现主义》(1918)一文影响深远。在表现主义文学运动结束多年之后,埃德施米德在晚年还发表了弘扬表现主义的文章《富有活力的表现主义》(1961),这意味着他始终没有放弃这一运动的艺术精神。

奇怪的是,在看上去甚为平淡的表现主义小说领域,却出现了一个代表着表现主义最高艺术成就的作家弗朗茨·卡夫卡。

第二节　表现主义的特质

表现主义的产生有其深刻的社会、思想基础和文学渊源。20世纪初,欧洲资本主义进入帝国主义时期,为了瓜分世界而进行着战争的准备,德皇威廉也积极扩军备战,从而导致各种社会矛盾的激化。具有自由思想、强烈要求自我肯定的德国小资产阶级知识分子在这种环境的压迫下日益感到绝望,对传统的价值观、道德观以及周围的一切都产生了深刻怀疑。在心灵深处被压抑的悲愤激情急欲找到表达的途径之时,以尼采、柏格森、弗洛伊德为代表的现代非理性主义哲学文化思潮则为他们创造新的文艺形式提供了思想基础。其中,尤以尼采的影响为大。宣称"上帝死了""重新估价一切"的尼采,重申叔本华"人生即悲苦"的观念,但他一反前者的消极,推崇经由放纵情感以使这悲剧的人生充满快乐,这对精力充沛但苦闷彷徨的年轻的表现主义艺术家来说无疑是一种巨大的鼓舞。"他们从大街小巷,从咖啡馆,从城郊,从夜生活的放荡中出来,呼喊着,嘲笑着,热切地祈祷着,自我折磨着,无目的地乱打一阵,吐着唾沫,吵嚷着,呻吟着,踏上了通往精神的苦难之路。"①"那种所谓现实主义诗歌的斗争是社会心理学的努力,而近期诗歌的意愿首先是一场反对被虚构的现实的精神上的斗争……但是由于认识到全部溶化到精神之中就会产生旁观主义和虚无主义,因此通过开动脑筋和惊险活动,通过炽烈的感情,通过敏捷的精神把世界征服之后,就以多种渠道将这些诗歌引向伦理的王国,看来在任何情况下都是这样。诗歌中长期被忽视的感情突然大爆发,那种激昂慷慨的情绪开始重新觉醒了,又响起了极度失望的呼号,孤独者的忧郁的悲歌,特别是响起了热切的期望和对人的共同道德和感情的预言式的宣告:善良、欢乐、友谊、人性、过失和责任。"②

就文学自身而言,曾经在欧洲繁荣一时的自然主义和印象主义文艺思潮都已成强弩之末,时代也的确需要一种新的文学形式来表现变化了的现实。当然,"把这个运动视为在它之前出现的那个自然主义流派的对立面,这种见识未免太浅陋了。这个自然主义流派对它来说完全是无所谓的,但是这'现实',这个所谓的现实,它却对这个运动产生了恶果。其

---

① 库·品图斯:《论近期诗歌》,韩耀成译,见袁可嘉等编选《现代主义文学研究》(上),中国社会科学出版社 1989 年版,第 417 页。

② 库·品图斯:《论近期诗歌》,韩耀成译,见袁可嘉等编选《现代主义文学研究》(上),中国社会科学出版社 1989 年版,第 423 页。

实这个现实根本就不存在了,留下的不过是它的丑脸而已。现实,这是一个资本主义的概念。现实,这就是地皮,工业产品,抵押品注册簿,一切可以标出价格的货物。现实,这就是达尔文主义,国际障碍赛马以及一切其他特许的事物。精神没有现实。精神转向它的内在的现实,转向它的存在,转向它的生物学,转向它的结构,转向它的生理和心理上的交错,转向它的创造,转向它的光明"①。很明显,表现主义在德国的生成与展开乃多种因素综合作用的结果。

现实主义重视现实再现的客观性与真实性,自然主义与印象主义都强调描写,往往体现为当下瞬间的真实感。作为对现实主义、自然主义、印象主义的反拨,表现主义强调对主观现实的表现,而且将此种主观现实命名为秉有意义的"本质"。"在感官和神经对于新旧现象的具体事件变得极为敏感、极为尖锐之后,在发现和研究了人的心灵及其追求的复杂性之后,人们才开始感觉到,追求细节并不是、而追求总体才是更为深刻的艺术本质,于是便开始把活跃的、涡旋式地以飞快的速度发展成种种新形式的周围世界的总体纳入一泻千里的诗行。"②"本质的东西才属于重要的东西。整体取得经过锤炼的轮廓,取得线条和简洁的形式。不再有便便的肚腹,不再有下垂的乳房。艺术品的未完成的雕像是从结实的大腿上生长出来的,经过优美的臀部,又自那里升至富有弹性和匀称的躯干。"③对此,表现主义的理论家埃德施米德有一段经典表述——

一座房子不再只是物体,不再只是石头,不再只是外部形

① 哥·贝恩:《〈表现主义十年抒情诗选〉序》,张荣昌译,见袁可嘉等编选《现代主义文学研究》(上),中国社会科学出版社1989年版,第456页。
② 库·品图斯:《论近期诗歌》,韩耀成译,见袁可嘉等编选《现代主义文学研究》(上),中国社会科学出版社1989年版,第411页。
③ 卡·埃德施密特:《论文学创作中的表现主义》,袁志英译,见袁可嘉等编选《现代主义文学研究》(上),中国社会科学出版社1989年版,第438页。

态,不再只是有着许多美的或丑的附加物的四角形。它凌驾于这一切之上。我们要一直探寻它真正的本质,直至它以更深刻的形式出现,直至这座房子站立起来,房子从虚假现实的麻木不仁的强制中解脱了出来。我们对每个角落都要加以剔除,筛去房子的外表,舍弃外表的相似性而使其最后的本质显露出来,直至房子飘浮于空,或倾圮于地,或伸展,或凝结,直至最后可能躺卧于内的一切人将它塞满为止。一个妓女不再是以她这行业的道具来装饰自己的物件,她要在没有香水、没有色彩、没有手提包、没有摇晃大腿的情况下出现,而她的真实本质必定从她自身中显露出来。在形式的单纯中,一切都要从罪恶、爱情、卑鄙以及构成她的心情和行业的悲剧中挣脱出来,因为以上这些,对于她的人的存在这一现实来说都是无关紧要的。她的帽子,她的脚步,她的嘴唇都是道具,因而她的真实的本质并没有完全显露出来。世界存在着,再去重复它是毫无意义的。在最近一次的震颤中,在最真实的核心中去探寻世界并重新创造世界,乃是艺术的最伟大的任务。①

在具体创作中,由于表现主义作家把作品看作作者内在精神的外化,体现着作者的思想观念和情绪,因而他们往往不注重环境的写实和性格的刻画,人物去掉了个人的特征后成了类型化的人物,人物背景也是抽象的。这样,他们笔下出现的就只能是抽象类型,而非具体典型。为了赋予抽象观念以一定的形式,象征与怪诞的手法被广泛使用。在表现主义作品中,主题是象征的,如奥尼尔的《毛猿》对人类命运的哲理探索;环境是

---

① 卡·埃德施密特:《论文学创作中的表现主义》,袁志英译,见袁可嘉等编选《现代主义文学研究》(上),中国社会科学出版社 1989 年版,第 434—435 页。

象征的,如卡夫卡笔下的"城堡"所代表的强大的敌对力量;人物是象征的,没有了具体的、有血有肉的人物,甚至连真名实姓都没有,而代之以符号。卡夫卡笔下的 K,斯特林堡《鬼魂奏鸣曲》中的老人、上校、木乃伊、大学生等都是如此。而托勒的《群众与人》以"女人"代表暴力革命,以"群众"代表自发的力量,以"银行家们"代表垄断资产阶级。灾难、痛苦、罪恶、荒诞,经由表现主义作家主观意识的浓缩、加工后,都表现为某种抽象观念,他们的作品往往因此获得了某种哲理性。

过于抽象化、哲理化一定会削弱作品的艺术品质;也许是为了弥补这一缺憾,表现主义作家强调感情与激情在文本中的重要作用。在他们看来,主观体验所达成的对"本质"的把握,必须有感情相伴随、由激情所熔铸。艺术就是"感情的火焰和事物的核心直接汇流在一起,攫取直接的东西,并将其纳入自身,除此之外,别无他物"[①]。诗人艺术家"所表达的不再是轻微的激动,不再是赤裸裸的事实,对他们来说,印象主义创造的契机与瞬间仅是时代之磨中的一粒秕谷……他们不去创造瞬间即逝的火箭,而是要表现经久不衰的激情"[②]。"使现实从其现象的轮廓中解放出来,使我们自己从现实中解放出来,战胜现实,不是用现实本身的办法,不是通过逃避现实的办法,而是更加热切地把握住现实,用精神的钻透力,灵活性,解释的渴望,用感情的强烈性和爆炸力去战胜和控制现实……这些就是近期诗歌的最共同的意愿。"[③]表现主义作家往往将在现实中积蓄起来的汹涌奔突的感情烈焰猛然投掷到一个疯狂的世界,"在神魂颠倒中紧张地张大嘴巴"。他们把自己的戏剧称为"叫喊剧",将自己的诗叫作

---

① 卡·埃德施密特:《论文学创作中的表现主义》,袁志英译,见袁可嘉等编选《现代主义文学研究》(上),中国社会科学出版社 1989 年版,第 438 页。

② 卡·埃德施密特:《论文学创作中的表现主义》,袁志英译,见袁可嘉等编选《现代主义文学研究》(上),中国社会科学出版社 1989 年版,第 433 页。

③ 库·品图斯:《论近期诗歌》,韩耀成译,见袁可嘉等编选《现代主义文学研究》(上),中国社会科学出版社 1989 年版,第 413 页。

"叫喊诗",他们的作品充满了主人公的喃喃呓语或滔滔不绝的自白。他们叫喊、呻吟、狂呼怒号、捶胸顿足、手舞足蹈,发泄内心狂热的激情,充分表现出作者在喧嚣、荒诞生活压抑下的苦闷与痛楚。

精力旺盛、牢骚满腹的表现主义作家反复强调艺术要表现的不是现实而是人的内在精神;作为外在现实而出现的东西不可能是真实的,作为本质的真实一定要由他们自己去创造——几乎没有边界的创造精神与创新冲动构成了表现主义文学另一道独特的风景。"凡是在精神的光焰熊熊爆燃的地方,在软体动物化为灰尸而形成无限的地方,似乎都应回到创造主之手。所有玄秘而伟大的精神革命都引发出创造的同一个图像。"[①]"真的现实一定要由我们去创造,事物的意义一定要加以挖掘。不要满足于人们所信奉的、臆断的、标示出来的事实。一定要纯粹地、不加歪曲地反映世界的形象,而这一形象只存在于我们自身。"[②]创造的激情使得表现主义作家常常走火入魔,成为看家本领的各种梦幻手法让人眼花缭乱。"首先要反对印象主义者那种原子分析式的琐细的手法,而代之以巨大的、包容一切的世界感情。地球立足于这种感情之中,存在是一种巨大的幻象,幻象之中既有感情,也有人。情感和人应被归于核心与始原之中。诗人的伟大乐章就是他所表现的人。"[③]"幻觉成为表现主义艺术家的整个用武之地。他不看,他观察;他不描写,他经历;他不再现,他塑造;他不拾取,他探寻。于是不再有工厂、房舍、疾病、妓女、呻唤和饥饿这一连串的事实,有的只是它们的幻象。"[④]

---

① 卡·埃德施密特:《论文学创作中的表现主义》,袁志英译,见袁可嘉等编选《现代主义文学研究》(上),中国社会科学出版社1989年版,第440页。

② 卡·埃德施密特:《论文学创作中的表现主义》,袁志英译,见袁可嘉等编选《现代主义文学研究》(上),中国社会科学出版社1989年版,第434页。

③ 卡·埃德施密特:《论文学创作中的表现主义》,袁志英译,见袁可嘉等编选《现代主义文学研究》(上),中国社会科学出版社1989年版,第433页。

④ 卡·埃德施密特:《论文学创作中的表现主义》,袁志英译,见袁可嘉等编选《现代主义文学研究》(上),中国社会科学出版社1989年版,第434页。

为了强化主观感情,表现主义作家刻意追求奇异的梦幻效果,往往致力于将现实扭曲、打碎,然后重新组合、焊接,作品中的人物、场景、情节、语言因此显得混乱无序、夸张变形、荒诞诡谲。卡夫卡《变形记》中的格里高尔不堪生活重负,竟变成了一只触目惊心的大甲虫;斯特林堡《一出梦的戏剧》中天神之女化身为玻璃工的女儿、女看门人、律师的妻子,代表人生痛苦的各个方面;尤金·奥尼尔《琼斯皇》中同名主人公的内心恐惧幻化为森林、大蠕虫似的怪物、犯人、巫师、鳄鱼等。表现主义作品常常将梦幻与现实、过去与将来杂糅在一起,着力渲染一种怪诞、夸张的场景气氛。斯特林堡《鬼魂奏鸣曲》中人鬼不分、死活不明,人物行为毫无逻辑,人物犹如生活在梦的世界;托勒的《转变》写一群半腐烂的死人进行荒诞的军事演习,死去的士兵抖着身上破烂的皮肉在跳舞,忽然出现一个年轻人向他们演说,要他们想一想自己是人,人群就高呼革命口号,从战争转变到革命。

第三节　个案研究:卡夫卡及其《城堡》

弗朗茨·卡夫卡是 20 世纪初叶德语文学最杰出的作家,西方现代主义叙事领域最经典的代表人物。

一

卡夫卡出生并成长于奥匈帝国统治下的布拉格。作为波西尼亚首府,这个位于欧洲十字路口上的小城乃当时诸种形态的政治、经济、宗教的聚集地,彼此不同的各种文化在此交融碰撞。此种多元文化背景,很大程度上决定了卡夫卡思想的矛盾与复杂。卡夫卡出身于一个典型的西方犹太人家庭,父母双方均是传统意义上正统的犹太教徒,日常生活中遵守着犹太教规定的各种习俗和戒律。作为家中的长子,他自幼充分领受了其商人父亲达到暴戾与暴虐程度的严厉。父亲性情暴躁,"专制犹如暴君",对子女动辄训斥怒骂,在生来体弱敏感、性情温和的卡夫卡心灵深处留下了难以愈合的创痕。

卡夫卡小学、中学阶段都在德语学校学习。他天资聪慧,学业成绩优异。中学阶段开始大量涉猎文学作品,特别喜爱歌德(Johann Wolfgang von Goethe,1749—1832)、狄更斯、易卜生(Henrik Johan Ibsen,1828—1906)等人的作品。1901年,他进入布拉格大学德语分部学习,读了两星期化学后转到法律系。其实,读法律亦非其所愿,他的志趣在文学和哲学。大学阶段,除了大量涉猎文学作品,他还潜心研读斯宾诺莎(Baruch Spinoza,1632—1677)、帕斯卡(Blaise Pascal,1623—1662)、达尔文、尼采等人的著作,经常参加学生组织的"读书与演讲之家"的活动,并在这里结识了终生挚友马克斯·布洛德。作为表现主义者,布洛德对卡夫卡的创作有重要影响。

1906年,卡夫卡获得法学博士学位。自1908年始,他在布拉格的一家工伤保险公司任职,直到1922年因病退休。因为"厌恶一切与文学无关的东西",公司里的工作同他热烈而执着的文学创作志趣之间存在尖锐的矛盾。15年保险公司的工作经历,使卡夫卡对社会的黑暗和人生的荒谬有了深切的体验:穷人的胆怯、无奈和惶恐,官员的冷漠、推诿和怒吼,公务旅行令人感到悲哀、绝望和恐怖。所有这一切无不使其心灵受到震撼并在创作中留下印记。

卡夫卡虽然生性内向,不善与女性接触,但他先后经历过很多次恋爱。作为一个极度孤独的男人,他向往婚姻而又惧怕结婚,因此他曾先后与两位女性订过3次婚,但均在"洞房花烛夜"前夕逃之夭夭,结果直到41岁辞世时仍是孑然一身。卡夫卡的婚恋悲剧,从根本上说源于他那种天才艺术家不食人间烟火、不与世俗为伍的天性。卡夫卡向往爱情,也曾谋求婚姻;但在他那里,爱情、婚姻都有着非同寻常的意义。婚姻与家庭的世俗性跟他的爱情理想格格不入,导致他最终把婚姻视为一生中最恐怖的东西。

卡夫卡从小酷爱读书,常常彻夜不眠,后来又长时间坚持夜间写作,晨昏颠倒地玩命。这使得卡夫卡一生都伴随着疼痛、失眠和神经衰弱,使他在1917年患肺结核并开始咯血,导致他于1924年41岁时过早地离开了人世。

因只是把写作视为自己的一种生活方式或赖以寄托思想感情、寻求生命意义的工具,卡夫卡对成名成家似乎了无兴趣,所以生前发表的作品极少。作为内心极度敏感的完美主义者,卡夫卡很少满意于自己所写的东西,其生前发表的作品数量仅占他全部创作的十分之一。这些作品大多是其经由朋友的催迫,怀着惋惜与希望的战栗心情交出去的。临终他给好友布洛德留下遗嘱——凡他遗物里的所有稿件——日记、手稿、信件、草稿等,均请毫无保留地通通予以焚毁。当然布洛德并没有遵从或实施这份遗嘱,而是分两次编辑出版了卡夫卡所有的小说、日记和书信,凡9卷。卡夫卡的小说数量并不算多,一共有3部未完成的长篇小说《美国》(1912—1914)、《审判》(1914—1918)、《城堡》(1922)以及78部短篇小说。卡夫卡的3部长篇小说,因主人公均是在充满敌意的世界中苦苦挣扎、处境孤独的小人物,且结局无一不是失败,故有"孤独三部曲"之称。其短篇小说晶莹剔透,无一不是名篇佳作,其中《乡村婚事》(1907)、《一次战斗的纪实》(1909)、《判决》(1912)、《变形记》(1912)、《在流放地》(1914)、《乡村医生》(1917)、《一份为某科学院写的报告》(1917)、《饥饿艺术家》(1922)、《地洞》(1923—1924)等堪称绝品。

把最令人难以置信、荒谬乖张的事件安置在最平淡无奇的日常生活之中,让虚幻与现实、荒谬悖理与合情合理这两种对立的因素融为一个整体,化奇异为平凡,展现出一幅既神秘、梦魇般的非现实的却又好像是现实中处处可以见到的超现实图画,这是卡夫卡小说最鲜明的艺术标识。在卡夫卡所创造的艺术大厦中,他先是用白描、写实或象征、怪诞的手法分别处理现实与非现实这两种不同的材料,而最终黏合这些材料的水泥则是他那看上去永远四平八稳的客观单调的叙述。无论是现实中人们看到的街头现象,还是人物所做的噩梦或胡说八道,一切的一切在他的作品中似乎都是真实并存、没有任何隔阂的。"在卡夫卡的作品中,他所描写的细节的真实性和直接感受性是不同一般的。卡夫卡的艺术独创性实际上趋向用他所想象的充满忧虑的世界代替客观的现实。现实主义的细节描写是用来表现幽幻的非现实和梦魇的世界,而它的作用则是引起忧虑。"[①]在叙述故事的过程中,他的语言是冷峻、客观的,谁也休想从中找到任何花里胡哨的修辞或带感情色彩的东西。形容词只是定语,名词只代表事物的名称,动词就只单纯表明行动,卡夫卡始终只叙不议,即使内容十分惊骇,他也不动声色,保持冷静,叙述语言往往看上去平淡、清冷、单调而又一本正经。

卡夫卡在创作中所表达的是人类的普遍意识,飘忽的作品形象只是其进行形而上思辨的寓体,这造成其小说内涵的深邃隐晦和存在多种解读的可能。另外,文本的多义性还与其运用的非传统的艺术形式和表现手法直接相关。神话模式构成的象征、寓言式的隐喻、暗示以及反讽、佯谬等,均是卡夫卡小说的常用手法。此外,他还喜欢在故意模糊的时间与空间里展开叙事,淡化情节乃至反情节。卡夫卡的许多小说看上去像是梦境的记录,奇幻莫测,荒诞手法的运用达到了出神入化的地步。怪诞作为超过了限度的夸张与变形,既造成阅读的陌生化效果,又使作品提供的场景形成象征性图像,最终使读者在阅读中获得真实的人生体验。质言

---

① 盖·卢卡契:《现代主义的意识形态》,李广成译,见袁可嘉等编选《现代主义文学研究》(上),中国社会科学出版社 1989 年版,第 145 页。

之,荒诞是其所有小说的哲理意旨,怪诞乃其小说的基本叙事手段,善于通过奇妙的构思和多种艺术方法把现实与非现实、常人与非人、合理与悖理并列在一起,把虚妄的荒诞离奇与现实的平朴自然、本质与现象有机地结合起来,加上其永远不带任何感情色彩的纯客观的叙述方式,这便构成了别人无法模仿、永难重复的独特的"卡夫卡式"的艺术风格。

卡夫卡的小说具有鲜明的独特性和开创性,已非传统理论所能涵纳。他描绘的艺术图像,既有耐人咀嚼的美学意蕴,又有唤起读者某种人生体验和感悟的魅力,以至于"卡夫卡式"成了一个特定的美学概念。"卡夫卡对表现主义挖掘得更深,他将奇迹带到了人间,他以朴实无华的笔触,隽永细腻而自然地再现了外部事物,就像再现某种非尘世的东西。"[①]从总体上看,其小说因高度的抽象性而获得了鲜明的表现主义属性,然而事实上他却从未举起过任何流派的旗帜。也许正是因为这个原因,超现实主义、存在主义、荒诞派、黑色幽默、魔幻现实主义等现代主义与后现代主义的诸多流派才纷纷将其视为同道或前驱。就此而言,卡夫卡无疑是 20 世纪西方现代主义文学最重要的代表人物。

卡夫卡短暂的一生中充满了太多的孤独和忧郁,这是多种因素造成的。就社会层面而言,作为说德语的人,他不完全属于奥地利人;作为不入帮会的犹太人,他在犹太人中不是自己人;作为犹太人,他在基督徒中不是自己人;作为资产者的儿子,他不完全属于劳动者;作为工伤保险公司的职员,他又不完全属于资产者;当然,他从来不是一般的职员或公务员,因为他觉得自己是作家;但就作家来说,他却又不想自己的文字公开发表,也从未谋求过什么文坛名声或地位。而在自己的家庭中,他深感比陌生人还要陌生:他的母亲阴郁、耽于幻想,父亲严厉偏执,一心想把卡夫

---

① 卡·埃德施密特:《论文学创作中的表现主义》,袁志英译,见袁可嘉等编选《现代主义文学研究》(上),中国社会科学出版社 1989 年版,第 444 页。

卡培养成赚大钱的人——但卡夫卡却醉心于文学,父子之间长期不能沟通。卡夫卡对父亲既敬畏又不满,但他生性软弱,只能消极地、毫无希望地抵抗着父亲的压力。在他生前未敢发出的《致父亲的信》(1919)中,他把自己所有的恐惧感、负疚感都归咎于父亲的影响,认为自己一生都生活在父亲的阴影下。

卡夫卡曾把自己与巴尔扎克相比:"在巴尔扎克的手杖上刻着:'我可以摧毁一切障碍。'在我的手杖上则刻着:'一切障碍都能摧毁我。'"①身陷孤独和忧郁之中的卡夫卡是痛苦的;痛苦构成了艺术家卡夫卡的创作源泉。他在痛苦中创作,从创作中获得欣慰。

二

卡夫卡的小说有很强的自传色彩,但这种自传性不表现为外部经历的艺术编织,而是关于世界的内在体验、内心图景的强烈外化。其小说旨在描述人类的现代生存境遇,揭示世界的荒诞。在表现现代主义的"荒诞"母题方面,卡夫卡的小说创作堪称典范。

(一)"原罪与恐惧"。父亲巨大威权的阴影,不仅使卡夫卡形成了怯懦、内向、敏感、缺乏自信的性格,还使其形成了逃避现实、专注于内心生活的倾向,而且这在其创作中留下了深刻的印痕——"原罪与恐惧"始终是卡夫卡小说中的一个重要主题。卡夫卡为其所有作品中出现的所有人物,设定了一个最基本的共同色调——无论行为如何乖戾、思维何等不可思议或莫名其妙,他们都具有一个大致相同的"原罪"属性。换言之,由于同一个深刻而遥远的"原罪"根源,他们都始终处于"被放逐"的旅途之中。而与"罪"密不可分的"惩罚"直接衍生出"恐惧"。卡夫卡笔下始终背负着

① 转引自德·弗·扎东斯基:《卡夫卡和现代主义》,洪天富译,外国文学出版社1991年版,第128页。

"原罪"的众多人物普遍怀有一种"原罪性恐惧意识",在现实生活中"恐惧"地生存——恰如《地洞》里的那只鼹鼠,始终在惶惶不可终日中期待最终审判的到来。他们都是弱小者,生活在梦魇世界中,其孤苦无告、凄惶惊恐及人性畸变都源自强大威权的重压。

在 1912—1914 年间,卡夫卡陆续创作了《判决》、《司炉》(1913,后成为长篇小说《美国》中的第一章)、《变形记》、《在流放地》等短篇小说。这几篇小说的共同之处在于:父与子两代人的紧张与对立,儿子们被父亲判决,且最后都在不同程度上担当了替罪羊的角色。在《判决》中,外在威权更是直接以父亲的形象出现——格奥尔格只因顶撞了父亲一句,便被判去投河淹死。

《变形记》大约创作于 1912 年 11—12 月,但直到 1915 年才公开发表。这篇小说揭示了家庭伦理关系的冷漠本相,同时也在很大程度上重复了父子冲突的主题。"一天早晨,格里高尔·萨姆沙从不安的睡梦中醒来,发现自己躺在床上变成了一只巨大的甲虫。"在德语中,甲虫指的是那些懒惰邋遢或微不足道的人。格里高尔"不安"的原因也许是忧虑哪天出差会晚点,也许是他准备了一个试图摆脱责任、反抗父亲的计划。他无法起身下床,父母和妹妹焦虑不安地在门外呼唤他,他自己也因念着要赶早车出差而着急。公司的秘书主任登门问罪来了,格里高尔只得拼命从床上滚下来,但当他出现在人们面前时,所有的人却都被他吓坏了。格里高尔变形后,在生理结构与习性上完全变成了甲虫——喜欢躺在沙发下或倒挂在天花板上,厌恶人类的食物而喜欢吃腐烂的东西;但在心理结构与思维运行上,他却始终保持着人的特点与习惯,能体察到自己的变形给家庭带来的巨大灾难。为了维持生计,家里辞退了女仆,全家人更加辛苦地劳作,母亲和妹妹的首饰被拿出来变卖了,为腾出房子出租全家不得不挤住在一起……家人似乎已认可格里高尔像虫一般的生活了,对他最有同情心的人是妹妹葛蕾特,她尽量照顾他,给他送食物、清扫房间。但久而久之,妹妹也不再同情他了。有一天,房客偶然发现这怪物爬出自己的房间,便愤而退租离去。妹妹终于对父亲说:"一定得把他弄走。"其实,他这时消灭自己的决心比妹妹还强烈。在接连吓跑公司同事、吓昏母亲、吓走3个房客后,格里高尔最终被家庭抛弃。父亲的苹果攻击、妹妹的言语中伤、母亲的暗自神伤,在心理层面共同宣判了格里高尔的死刑。由是,他不再进食。做粗活的妇人最早发现了他那已然干瘪的尸体;全家人都因他的最终离去而感到轻松愉快。在小说的结尾,读者可以看到:为了向过去告别,他们带着新生的梦想和美好的打算迁往新居。新生活在等待着他们,他们个个生气勃勃——而妹妹尤其展现了其丰满成熟的魅力。

《变形记》讲述了一个辛酸而又荒诞的故事。人变甲虫,这听上去固然荒诞,但人在世界上像甲虫那样活着,有着类似甲虫一样的遭遇与命运,这却绝对是可能的。因变成甲虫而失去了语言能力,格里高尔处于失语的状态;身披一层甲壳,表面是为了保护自己,实则是逃避到了甲壳中。似人非人、似虫非虫、虫形人性使其彻底陷入了孤独的境地。在作品中,"甲虫"这一物质形态被赋予了双重的精神意蕴:人自身价值的丧失——显示了人在这个荒诞世界上的无能为力,完全不能掌握自己的命运;人在社会中的孤立与悲凉悲哀和人与人之间的隔膜与无法沟通——"甲虫"只不过是一个具有象征意义的道具,作者用它使主人公与其同类群体相隔离。

《在流放地》写于1914年8月,也就是其第一次婚约解除后不久。卡夫卡生前曾想将它与《判决》《变形记》3篇小说一起出一本以"惩罚"为名的合集,但无果而终;"惩罚"是卡夫卡在小说创作中非常关注、反复使用的一个基本主题。小说叙述了一个旅行者在流放地旁观一个军官用一种不可思议的行刑装置处决一个犯人,但结果却始料未及——军官成了行刑机器的殉难品,犯人得以重获自由,行刑机器也因失灵而彻底粉碎。小说的主体部分乃此前军官与旅行者的对话。军官的穿着及其对行刑装置非常崇拜的言行姿态,使作为程序或仪式的行刑被赋予了满满的庄重感;他对行刑的介绍颇有布道的意味,对老司令官及他遗留下来的这架行刑装置自始至终抱持着令人印象深刻的虔敬。对待犯人,他笃信不疑的原则是:"罪责总是用不着怀疑的。"——因为它是命中注定、无法逃避的,这就具有了原罪的性质。军官对"原则"的敬畏与捍卫、对"罪行"的深信不疑以及对老司令官的顶礼膜拜,这一切都让人联想到犹太教、基督教中正统虔信的教徒对上帝的态度。军官在向旅行者展示老司令官遗留下的装置图纸时,其准备工作让人联想到一个虔诚的教徒在读《圣经》:先要将双手洗干净,而后毕恭毕敬地拿出图纸,且始终让图纸与他人保持一定距离,免得图纸被碰触污损。每当该装置处决了一个犯人时,他都深感正义得到了伸张,且在看到"犯人那备受折磨的脸上焕发出的幸福的表情时,是多么高兴啊",军官俨然将死刑犯当作了殉难的教徒。

(二)"自由的悖论"。"上帝之死"使现代人获得了空前的自由,也使其丢失了人生价值和意义的坐标。人在"自由的虚无"中既渴望自由又逃避自由,从而使自由越发成为人无论如何都走不出的悖论,最终沦为一种困境与徒劳。卡夫卡的很多作品所表达的正是人类走向"自由困境"的奇异景观。《中国长城建造时》(1917)提供了人类无法走出困境的象征图景:皇帝临终下达最后一道圣旨,信使接了圣旨飞速往外跑,但无论如何都穿不过密集的人群,而重重叠叠的宫墙他更是"几千年也走不出去"。这类总在奔走而永远找不到结果和意义的人物,几乎成为卡夫卡笔下人物的一个独特的标记。短篇小说《一份为某科学院写的报告》(1917)与长篇小说《审判》对"自由"的探讨因其深刻而尤为引人瞩目。

《一份为某科学院写的报告》于 1917 年 10 月发表在《犹太人》杂志上,后又被收入短篇小说集《乡村医生》。这篇小说具有寓言的性质,它通过一个由猴子变成的人所写的一篇关于其变化过程及其前因后果的报告,以猴子的视角来解读人类世界,探讨自由问题。猴子模仿人类吐唾沫、握手、喝酒等行为，终于在一次醉酒之后吐出了人言"哈啰"，由此便踏入了人类社会。它放弃了固执的秉性，以肚皮思考，并凭借灵性接受了人类附加的种种束缚，自我意识越来越强。如猴所述，他不逃离人类社会是因为他会得到宁静。"我之所以模仿人类，唯一的原因只在于寻求一条出路。""我故意不说自由。我指的并不是这种在各方面都自由自在的伟大的感觉。作为猴子的我也许知道这一点，我也结识了一些渴望这种自由的人。可是就我来说，不论过去或是现在，我都不要求达到自由。"他在被捕之后选择的是留下，而非重返大自然；当他要在动物园和戏园子之间选一处去处时，他选择的是戏园子——在这里虽然会受种种约束，但毕竟还可以发挥自己的主体性，还可以体会到些许自由的感觉，而在动物园里却只有彻底的不自由。最后这只猴子溜出了戏园子，他意识到："我没有别的出路，其前提始终是：自由是无法选择的。"这句话的潜台词是："我有别的出路，其前提始终是：自由是体现为选择的。"卡夫卡在这里借这只猴子表达了对自由的认识：自由的必然性存在于每一个人身上，人类天然拥有自由选择的权利；人类是最不自由的一个群体，然而却只有人类发现了自由的本质；动物的自由往往是身体的自由，而精神自由才是人类独有的体验和秉性。

《审判》（又译《诉讼》）描写主人公无端遭到逮捕和处决，主题和风格完全是卡夫卡式的。主人公约瑟夫·K是一家银行的襄理，事业蒸蒸日上——副经理的职位正向他招手。但在 30 岁生日那天，他却莫名其妙地遭到抓捕。"准是有人诬告了约瑟夫·K，因为，他没干什么坏事，一天早晨却突然被捕了。"突如其来的被捕使其陷入了与法庭纠缠不休的旋涡之中，"他只得仔细地回忆他的一生，就连最微不足道的行为和事件也得从各个角度详细解释清楚"。在感觉到其足以证明自己无罪的情况下，K 进行了一系列自救活动：他与房东太太格鲁巴赫、毕斯特纳小姐等人一再表白自己的无辜，初审时的自我陈述可谓雄辩滔滔，在空荡荡的审讯室里他体验了法庭的可怖与荒唐……然而他的每一次努力却都使自己陷得更深、更无法自拔。看上去,法庭赋予了 K 充分的自由,不仅给予他充分的申辩权,而且使他在法的范围内感受不到被监视——仿佛他的生活什么都没有发生改变;可事实上,法庭使 K 享受到的只不过是作为被告徒有其名的虚假自由,因为这时的他已经整体地融入了法庭的诉讼程序之中——在精神与行动上他均被"诉讼化"了。当第一次被审讯时,K 自我辩护的初衷与动作,实际上存在的唯一的效应只是确证了其被告的身份。从表面上看,法似乎并未强制 K——"法院是不会向你提要求的。你来,它就接待你,你去,它也不留你"。同时,也正是 K 本人主动向法律靠近,并接受了与此相关的一切。换言之,K 的罪感是由自审引出的,法律所要求的正是 K 自觉地审判自身。K 从最初自认纯洁无辜,到警觉到自己罪孽深重而逐渐陷入绝望,既可理解为他把自己当罪人来审问的生活态度,也可理解为宗教上基于原罪的自审。K 在挣扎的努力中沿着被告的道路走到了终点——被判决。延迟的审判逐渐现身;"判决并不是突然作出的,审判过程本身会逐渐变成判决"。在整个过程中,K 看上去都是出于自己的意志做了自由选择,甚至连最后的行刑都有几分自杀的色彩。"'真像是一条狗!'他说,意思似乎是,他的耻辱应当留在人间。"

(三)"孤独与焦虑"。卡夫卡的一生平凡而孤寂。受歧视的犹太血统使他背负了沉重的精神十字架。作为犹太人,他学习的却不是希伯来语;而其习用的德语又使他在周围操捷克语的人群中陷入了语言的"孤岛"。这种特殊境遇,让他终生有一种漂泊感、失落感、孤独感。这样的人生体验浇铸了卡夫卡的小说世界,"孤独与焦虑"便成为其小说创作中的一个主旋律。

卡夫卡小说中的几乎所有人物在生存际遇中都是孤独的、无援无助的。《乡村医生》(1917)中的医生到一户人家出诊,却被病人的亲友剥光衣服,围观者虽都是他曾救治过的人,但谁也不肯给予帮助。在一些作品里,孤独更表现为一种内在的心境,如《饥饿艺术家》(1922)中主人公40天一期的挨饿表演竟不被人相信,好事者整日围着他监视他,他觉得屈辱而引吭高歌以示清白,人们却认为他本事大能够边唱边吃。40天过去了,他仍坚持要再饿下去,却被经理强迫进食。他为他的饥饿艺术未达佳境而遗憾,更为人们对他的艺术追求不理解不支持而备感孤独。在卡夫卡的作品中,焦虑常源于永远处于孤独中的个体无法把握自身的命运。格里高尔一朝醒来发现自己变为了虫,约瑟夫·K在清朗的早晨成了犯罪嫌疑人,说明人的头上永远悬着未知的厄运。把生存的焦虑表现得最为淋漓尽致的是《地洞》(1923—1924)。那只不知名的动物,为抵御想象中的危险,挖掘了迷宫般的洞穴,贮藏了许多食物;它满意了,可不知从何处传来的咝咝声又使它感到危机四伏,惶惶不可终日。小说写的是动物,隐喻的却是人"焦虑"的精神状态。

(四)"艺术救赎"。在卡夫卡的一生中,艺术创作是其生命意义的唯一来源。就此而言,艺术不仅成了其最基本的生活方式,而且是其抵御"孤独""焦虑""恐惧""虚无"以从"原罪"中获得救赎的根本方法。1924年,卡夫卡生前最后一部以"饥饿艺术家"命名的短篇小说集出版了。这个集子包含了4篇短篇小说,分别是《最初的痛苦》《小妇人》《饥饿艺术家》和《约瑟芬,女歌手或耗子的民族》(1923—1924)。这4篇小说写于其生命的最后4年,贯穿着一个共同的主题——追求艺术的艺术家因其艺术不被理解而受苦,而真正的艺术家永远都是一些为艺术而受难的"殉难者"。

在《饥饿艺术家》中,一个艺术家靠展示饥饿而体现其不断追求艺术的至高境界——依靠忍受饥饿的天数来博得艺术的桂冠,此种以毁灭自己来换取外在承认的徒劳所构成的艺术行为,因其完全有悖常理而构成了十足的荒诞。小说告诉读者:曾风行一时的饥饿艺术已今非昔比,因为曾备受关注的艺人如今却无人问津。即使在他风头正盛时,包括侍者、守门人、经理以及观众在内的任何人都无法理解此种艺术的奥妙。当人们误以为他是因挨饿而变得悲伤时,他都会非常失望乃至暴怒失态,"只有他自己才是对他如此能够忍耐饥饿感到百分之百满意的观众"。他发誓要捍卫自己的荣誉,一定要攀上饥饿艺术的巅峰——对剧场表演40天的限期是绝对不能认同的,他认为自己完全有能力超越这一俗套的规定。于是,他离开剧院走入了马戏团的牢笼。为达到饥饿艺术之巅峰,他当然愿意放弃自由,并用肉体受难来铸就艺术的辉煌。艺人从剧场走入马戏团的笼子,虽然其"被看"的地位没有改变,但是他再也不能吸引到人们的注意了。在被抛弃之后,他陷入了彻底孤独的绝境,只能独自品尝艺术表演史上这一带有屈辱性的最大悲哀。始终不再有人问津的饥饿艺术家最后悄无声息地离开了人间;笼子里取而代之的是一只黑色的小豹子。人被动物所取代,意味着拥有精神的人让位给了仅是物质性存在的动物。

《饥饿艺术家》展现了一个为艺术而受难的艺术家形象。饥饿艺术从风靡一时到彻底消失,饥饿艺术家从被关注到被抛弃直至被人遗忘,表征着真正的艺术家不能被世人所理解,真正的艺术也不可能被社会所接受。饥饿艺术家在笼子里的困境,揭示的是现代艺术家与受众、与社会的难以沟通乃至格格不入。作为艺术家,他为了捍卫自己的荣誉而拒绝进食,"他的艺术的荣誉感禁止他吃东西",他的信仰就是维护艺术的纯洁性,保持灵魂的高尚性。对这位作为精神而独立存在的饥饿艺术家而言,表演的无限性和艺术的完美性是其唯一的追求,至于其生命会因此消失他是全然不顾的,实际上他是在用生命换取其表演的最大可能性。设若从宗教的角度来解读这个形象,这个被大众抛弃的艺术家,其试图以忍受饥饿而达到新生的非毁灭的行为便具有了殉道的色彩。作为圣者,他最终还是彻底失败了,因为他最后的遗言已然戳穿了其行为的实质——"因为我找不到适合自己口味的食物。假如我找到这样的食物,请相信,我不会这样惊动视听,并像你和大家一样,吃得饱饱的"。这正体现了卡夫卡小说中那种总是包含着悖论般的独特幽默：一个为饥饿而生的艺人挨饿却是由于没有适合其口味的食物。小说这样的结尾显然以巨大的落差吞噬了小说的开头。最后，卡夫卡还特意指出了豹子的失意之处——"它似乎都没有因失去自由而惆怅，它那高贵的身躯，应有尽有，不仅具备着利爪，好像连自由也随身带着。它的自由好像就藏在牙齿中的某个地方"。失去自由却浑然不知的小豹子，与因艺术而失去自由与生命的饥饿艺术家再次构成对照——饥饿艺术家的自由事实上恰恰又是蕴藏在其饥饿的艺术当中。

三

卡夫卡的 3 部长篇以《城堡》(1922)篇幅最长，意蕴也最深厚。总体上看，该作堪称最能体现"卡夫卡式"艺术风格的长篇小说。

小说主人公 K，一个名义上的土地测量员，应威斯伯爵城堡之聘长途跋涉，于后半夜来到接近城堡的村庄，他刚在一家客栈睡熟即被喊醒，原因是要在这个属于城堡的村子逗留必须得到伯爵许可。由于拿不出证件或许可证，他遭到城守儿子的严厉盘查，幸而客栈用电话向城堡询问，得到似是而非的答复，他终于侥幸被允许住下。经过了这场遭遇，第二天一早 K 就前往城堡——它看上去近在眼前的小山上，可走了半天，他却一步也没有靠近。

待他回到客栈时，天色已晚。两位自称受城堡方面指派来做其助手的人向他报到。K 通过他们与城堡联系，但回答是"任何时候都不能来"。不过一个名叫巴纳巴斯的信使带来了克拉姆部长签署的信，承认 K 已为伯爵聘用，并指明其上司为村长，信使负责其与城堡的联系。

K 希望与伯爵对话，为此来到巴纳巴斯家讨教办法，结识了巴纳巴斯的两个妹妹阿玛丽亚与奥尔加。K 陪伴奥尔加去旅馆买啤酒，在这儿的酒吧间搭上了克拉姆部长的情妇弗丽达，当晚两人就私订终身。

　　K 面见村长,被告知此地根本不需要土地测量,所谓聘用不过是个"绝不会发生的"公文差错;村长勉强安排他去当小学的杂役,听从教师指挥;因了弗丽达的坚持,两人才决定住进学校。旅馆的老板娘对弗丽达不赴克拉姆之召难以理解,要知道她本人、村长老婆等许多女人却是心甘情愿随叫随到的,哪个傻瓜会放弃被宠幸的荣耀?

　　巴纳巴斯送来了部长的第二封信函,信中对其测量工作表示赞许,简直滑稽——他何曾进行过土地测量? 丈二和尚摸不着头脑的 K 托巴纳巴斯带口信回去,要求克拉姆给予会见的机会;同时他听说某学生的母亲在城堡待过,就想过去拜访。但这却引起弗丽达的猜忌,同时她对 K 与奥尔加姐妹的友情也早有醋意,揭露说 K 只不过想要利用自己与部长的关系达到进入城堡的目的而已。K 的一个助手乘虚而入弄走了这个娇媚的酒吧招待。

　　为打探克拉姆的消息,K 又来到巴纳巴斯家,爱上他的奥尔加告之——不要对她哥哥抱什么希望,因为他并未见过甚至根本不清楚谁是克拉姆。深夜,弗丽达和 K 的助手之一来奥尔加这里找 K,而另一助手则因受不了 K 的严厉而上城堡告状去了。关于这两个助手,因为是城堡强加给自己的,实际上 K 一直想把他们撵走了事。

　　这时巴纳巴斯带来口信,克拉姆的主要秘书艾朗格要接见 K。清晨,K 来到旅馆等候接见。待见者早已排成了长队,而艾朗格仍在酣睡,却没有人敢去叫醒他……故事就此中断,据布洛德所说,卡夫卡原设想——让 K 心力交瘁而死,而弥留之际城堡传谕允准他在此居留。

　　小说中不少地方写到城堡统治阶级的荒淫糜烂,官员们无论职级大小,玩弄起女人来一向是随心所欲,"一个官员绝不会有情场失意的事情……因为从来没有一个官员被女人拒绝过"。部长克拉姆就是个嗜好女人的"玩家",也是凌驾在女人头上的暴君。他"传召这个到他那儿去,接着又传召另一个上他那儿去,他跟谁都搞不长,他撵走她们就跟传召她们来一样随便。哦,克拉姆甚至不屑于首先写一封信,认为太费事啦……"①部长如此,他的秘书也是这样,甚至连那些形形色色的侍从都不例外,奥尔加就沦入了被侍从们发泄蹂躏的凄惨境地。可怕的是这里的人们——包括男人和女人——都视其为天经地义,如果谁稍稍表示了哪怕一丁点儿反对,整个群体都会觉得大逆不道。村上的人对城堡大大小小的官员简直唯命是听到无以复加的地步,可见这种统治不仅驯服了人们的身体,更本质的是同时夺走了人们的情感以至思想。

《城堡》背景模糊,情节荒诞,有人称它是一部迷宫似的令人晕头转向的小说。作为现代人生存境遇的寓意表达,《城堡》的首要艺术特色就是"整体象征"。当像卡夫卡这样的现代主义作家尝试用象征的"魔法"处理较为宏大的题材时,传统象征手法特有的"暗示"渗透效应之局限性便立刻彰显出来。为了克服这种局限性,他们便从"单元象征"发展出了"整体象征"。《城堡》叙述的故事看上去荒诞不经,但却实实在在是对现代人精神困境的精彩揭示。这种揭示,是经由"故事整体"的暗示而非个别细节或部分的象征来达成的。也正是因为这个缘故,"城堡"的寓意便有多种解读的可能。如,布洛德认为它指涉犹太人的遭遇——K竭尽全力几乎是死乞白赖地谋求在城堡辖下村庄的居留权,与失去祖国的犹太民族长期在异国他乡艰难地寻求立足之地的悲剧式的努力相类似。加缪则将之视为现代人孤独无依命运的象征,而本雅明从作家生平及创作中不可忽视的父子冲突现象出发,认为这个怪物所代表的权力世界实际上与"父权"同位。也有人认为作品的主旨乃"人试图进入天国而不可得的痛苦"或"充分地、淋漓尽致地反映了奥匈帝国官僚机构与人民群众之间不可逾越的鸿沟"。总体来说,《城堡》中的城堡绝非一般意义上的城堡,而是一个象征物。它近在咫尺,却又远在天边;它是一个实体,却也是一个影子。

---

① 弗朗茨·卡夫卡:《城堡》,汤永宽译,上海译文出版社1980年版,第242页。

它是一种无可名状的存在,是海市蜃楼,象征着一个不可企及的目标。《城堡》里的主人公 K 没有姓名,也不具鲜明的个性,人们既不知道他来自哪里,也不知道他为何要到一个他完全陌生的地方安家落户。换言之,经由"整体象征"的立意处理,K 显然不是一个典型化的现实中的人物,而是一个类型化的人。卡夫卡创作的动因始终是对人生的形而上的哲学思考,作品的形象和图景是他思考的载体,因而 K 作为艺术形象已非传统现实主义文学中独特的"这一个",而是现代人类最一般的代表。如果是独特的"这一个",其遭遇具有偶然性和不可重复性;而作为一般人类的代表,其生存境况则表征着人类的普遍命运。

在"整体象征"中,文本在整体框架上指向一个特定的意旨,但框架之内的具体细节则借助自然主义特有的那种客观、洗练的物象描写来达成。"用某种可以意会难以言传的整体喻义作为统摄文本的灵魂与骨骼,以在自然主义式的客观描绘中铺洒开来的大量细节具体构成文本的表层肌肉,这种象征主义与自然主义的奇妙组合乃几乎所有经典现代主义叙事文本的基本特征。一直悬置在叙事过程中的喻义在叙事结束之时以不着痕迹的不确定方式整体地显现出来,这在很大程度上乃基于'细节'描写的那种自然主义式的'真实感'。细节的'真实感'给卡夫卡等现代主义作家那种由'主观主义'主导着的'歪曲叙事'提供了着陆的'场'。可以设想,如果没有这种细节描写上的自然主义式的精雕细刻作为基础,现代主义文学叙事势必将会因其艰涩、悖谬、模糊而自行归于崩塌。"①而卡夫卡的惯用"伎俩",就是把怪诞、荒谬、不可思议之事,一本正经、煞有介事地叙述出来——按我们的常识来说越是感觉离谱的东西,描绘得就越是生动具体,具体到简直就似在你眼前发生一般。这样,荒谬戴上了合情合理的面具,怪诞也就变得娓娓动听。

---

① 曾繁亭:《文学自然主义研究》,中国社会科学出版社 2008 年版,第 247—248 页。

| 第六章 |

意识流小说

　　意识流小说是 20 世纪二三十年代在欧美各国广为人所称道的一种新的小说样式。一般来说,它特指法国的普鲁斯特、爱尔兰的乔伊斯、英国的伍尔夫和美国的福克纳等人旨在揭示人物全部意识活动的一类作品。传统小说在对其主人公进行心理描写时,其范围基本上局限于人的清醒意识,而对前意识和潜意识层面上的东西往往很少涉及;意识流小说家将笔触扩及人心理的所有领域,完全打破了传统的线性叙述结构,小说通篇随人物多层次、不定向或急剧跳跃或无限延伸的全部意识活动而展开,构成了一种新的立体网状叙事格局。

第一节　"意识流":从哲学、心理学到文学

　　不少学者认为,"意识流"只是随作家的视点取向和叙事模式的巨大变异应运而生的一种崭新的小说样式,而非一个文学流派。其理由是意识流小说家既无共同的组织和纲领,也从未发表过宣言,而且现代主义的其他诸流派都普遍运用意识流技巧。从空间上来看,意识流小说家的确

没有形成一个联系密切的派别;但从时间上来看,意识流小说家的创作在20世纪二三十年代却明显地存在着一个峰头。在这个峰头上,虽然意识流小说家没有发表过共同的宣言,但他们的创作因相同的哲学、心理学背景而具有大致相同或相近的艺术追求和艺术风格,这是毋庸置疑的。事实上,也正是由于这个峰头的存在,意识流技法才得以在短期内臻于成熟,进而影响整个现代主义的创作。因而我们说,"意识流"作为一个术语便获得了如下意指:它首先是指现代主义文学中一种独特的小说样式,也是指具体构成这种独特小说样式的那些独特的叙事技巧——但如果在时间上做出明确界定,将二三十年代的一批在使意识流叙事技巧臻于成熟并从而使意识流小说得以确立方面做出较大贡献的先锋小说家看作一个松散的流派,也未尝不可。

一

20世纪二三十年代,欧美各国一批先锋作家群起进行意识流小说的创作尝试,并最终导致一个松散的小说流派在这一时期客观存在,这既有着明显的哲学、心理学背景,又有着深厚的文学渊源。

"意识流"这一术语,最初见于美国心理学家威廉·詹姆斯(William James,1842—1910)的论文《论内省心理学所忽略的几个问题》(1884),在其后的《心理学原理》(1890)一书中他又做了进一步阐释。威廉·詹姆斯认为,传统心理学只注意人的意识活动的一部分,而忽视了另外一部分,并因而对人的意识活动做出了过于理性也过于简单的解释。他反对构造心理学家像化学家那样把心理经验分解成一个个孤立的元素,声称"意识并不表现为零零碎碎的片段,譬如,像'一连串'或者'一系列'等字样都不像起初表现的那样合适。意识并不是片段的连接,而是流动的。用一条'河',或者一股'流水'的隐喻来表达它是最自然的了。此后,我们再说起它的时候,就把它叫作思想流,意识流,或者是主观生活之流吧"①。

弗洛伊德的精神分析学说将人的心理结构划分为意识—前意识—潜意识(又称无意识)三个层面,并且极为强调理性意识与潜意识原欲相比在人的内心世界中仅占很小的比重,这直接为意识流小说家专事揭示人的内心世界(尤其是前意识和潜意识层面)的小说创作提供了理论依据。弗洛伊德在仔细研究梦的机制的过程中发现了那些运用于文学艺术以达到某种效果的方法。他认为艺术家的创作在很大程度上类似于"白日梦",因为做梦和艺术创作均是在幻想中使受抑的性欲得到满足。"像其他任何没有满足愿望的人一样,艺术家从现实转开,并把他的全部兴趣、全部本能冲动转移到他所希望的幻想生活的创造中去。一个真正的艺术家知道怎样苦心经营他的昼梦,使之失去那种刺人耳朵的音调,变得对旁人来说也是可供欣赏的。"②弗洛伊德的理论最初形成于两个世纪之交,真正产生广泛影响是在20世纪初叶;1919—1939年,是弗洛伊德声名远播、饮誉四海的时期,而这也正是先锋作家们群起进行意识流小说创作尝试的峰头。此后,随着弗氏理论被欧美各国普遍接受,意识流也成为被现代主义诸流派作家所普遍接受、吸收的一种常见手法,意识流小说家作为一个松散的流派亦因此宣告瓦解。从各个方面来看,弗洛伊德对意识流小说的形成和发展具有极为重要和深远的影响。

亨利·柏格森,作为一个对现代主义文学各个流派产生过广泛影响的法国哲学家,其理论——尤其是其关于"心理时间"的理论——为意识流小说的形成和发展提供了直接哲学依据。柏格森把人们所熟知的常识中的时间称为"空间时间"(又称"客观时间"),这是用空间的固定概念来说明的时间,它是按照过去—现在—未来的各个时刻依次延伸的、表示宽

---

① 转引自梅·弗里德曼:《意识流:文学手法研究》,申雨平等译,华东师范大学出版社1992年版,第2页。

② 弗洛伊德:《精神分析引论》,高觉敷译,商务印书馆1984年版,第314页。

度的数量概念。而相对于"空间时间"的"心理时间"(又称"主观时间"),
则是过去—现在—未来各个时刻相互渗透的、表示强度的质量概念。柏
格森认为,这是"纯粹的时间""真正的时间";人越是进入意识深处,"空间
时间"就越不适用,而只有"心理时间"才有意义——人的意识深处从来便
没有过去、现在、将来先后次序的明确分界。他特别强调,既然"真实"存
在于人们"意识不可分割的波动之中",那作家就一定要深入人物的内心,
跟着其意识的流动,从心理学的角度去刻画人物。柏格森的"心理时间"
理论,直接为意识流小说中的时空倒错提供了理论根据。

二

在传统的小说中可以找到意识流小说的发端,这是毫无疑问的。以
英国文学而论,18 世纪中期感伤主义小说家劳伦斯·斯特恩(Laurence
Sterne, 1713—1768)也许是第一个在作品中置入一个永久的"人物"作为
小说观察者的作家。在其 9 卷本长篇小说《项狄传》(1759—1767)中,叙
述的中心是项狄的父亲和叔父的奇行怪癖,而非项狄的生平——他的存
在只是为故事的叙述提供一个意识中心和独特视角。小说中的第一人称
叙述几乎全靠联想进行,一个思绪激发另一个思绪,而后者又在另一个方
向上引发离题。小说中的事件都孤立在短暂的时间之中,本来只能持续
很短时间的事件却用几百页的篇幅,而持续很久的事件却只有几行字;时
间顺序和空间次第相当明显地错乱交织。在《项狄传》中,大的线条轮廓
被小心翼翼地隐匿起来,作者在艺术上的支配似乎减到了最低点;表面上
漫不经心、满不在乎的叙述,恰恰预示了意识流小说许多惯用手法的出
现。1879 年,梅瑞狄斯(George Meredith,1828—1909)的小说《利己主义
者》的出版,标志着英国小说在意识流这一方向上令人注目的新进展。而
两个世纪之交,乔治·穆尔(George Moore,1852—1933)、亨利·詹姆斯
和约瑟夫·康拉德(Joseph Conrad,1857—1924)等人的理论探索和创作

实践,则使意识流小说日臻成熟,呼之欲出。乔治·穆尔在谈及自己的小说创作时曾说:"我追逐自己的思绪,犹如孩子追逐蝴蝶。"同法国意识流小说创始人艾杜阿·杜夏丹(Édouard Dujardin,1861—1949)持续近40年之久的友谊和其在小说技巧方面的革新,使其成为英国意识流小说的创始人之一。1895年,穆尔完成的短篇小说《米尔德里德·劳森》讲述了同名主人公在巴黎和伦敦放荡不羁的艺术家圈子里的种种经历及婚姻生活,通篇充斥着主人公的内心独白。1889年,《麦克·费莱彻》发表,单调的内心独白贯穿该书的所有章节,只偶尔有几段间接叙述穿插其间。相比之下,亨利·詹姆斯是一位明确发展出一套小说理论的小说家。他创造了"意识中心"的叙述方式——既不从那个无所不知的上帝般的作者也不从第一人称"我"的视角及观点来展开叙事,而是将整个叙述线索交付到作品中某一个角色的手中,让一切叙述与描写都从这个角色的视角和认识出发。在《梅茜所了解的》(1897)这部小说中,詹姆斯早就开始尝试的"意识中心"的叙述技巧已臻于成熟。梅茜是个无知的女孩,离婚的父母既不负责任,又道德败坏。故事中所有肮脏的细节,都是从这个天真无知的小姑娘的意识中泄露出来的。她身不由己地卷入了她凭着本能略知一二的事情中。梅茜和继父、继母所产生的一系列关系在作者巧妙的安排下,都通过揭示梅茜意识的各个阶段表现出来。梅茜的思维决定着小说的"心理节奏",决定着故事情节的发展。总起来看,通过巧妙地安排一个独特的观察者并通过他(她)的感觉限制场景,从而控制意识,这是小说家詹姆斯叙述技巧的突出特点。因此有位批评家这样说他:"我们可以说,是亨利·詹姆斯而不是其他人,向英国小说引进了意识流手法。"①当然,这一手法并未在他之后停止发展。约瑟夫·康拉德通过继承他后期

---

① 转引自梅·弗里德曼:《意识流:文学手法研究》,申雨平等译,华东师范大学出版社1992年版,第47页。

的风格,并将之与印象主义的笔法相结合,进一步促成了意识流技巧在英国叙事传统中的完善。

就法国文学而论,从 17 世纪女作家拉法耶特夫人(Marie Madeleine de La Fayette,1634—1693)的《克莱芙王妃》(1678)经卢梭(Jean-Jacques Rousseau,1712—1778)的《忏悔录》(1782—1789)和司汤达的《红与黑》(1830),到福楼拜(Gustave Flaubert,1821—1880)的《包法利夫人》(1856),我们可以发现意识流技巧渐趋成熟的另一条重要线索。法国意识流技巧的尝试探索阶段要比英国的结束得早。这可能与法国作家在创作技巧上一直有偏爱内心独白的传统而英国作家总的来说倾向于内心分析有关。杜夏丹的长篇小说《被砍的月桂树》于 1887 年出版。虽然在 20 世纪 20 年代乔伊斯指出它的重要性之前,文学界对它的艺术价值与历史地位缺乏充分的了解甚至全然不知,但毫无疑问,正是这部作品成了现代意义上"意识流小说"的真正开端。小说描写巴黎的一个花花公子生活中的 6 小时。这个名唤丹尼尔·普林斯的青年正被一场柏拉图式的爱情搞得神魂颠倒。他于 4 月一个傍晚的 6 点钟到达巴黎,午夜时分,占据他整个前半夜的爱情追求归于失败。小说所叙述的便主要是他这段时间的心理活动。这部共有 9 章,通过第一人称叙述的小说,上来先是概述"我"同卖弄风骚的青年女演员蕾阿的暧昧关系,接着,走在路上的"我"的思绪两次因偶遇旧友而被打断。然而,这些绵延流动的话语有一种奇妙的本质,使得"我"能够在与他人谈话时继续心中默语。因而,与他们的相遇尽管有可能分散"我"的注意力,但事实上却并未引起"我"的注意。普林斯以外的一切都通过他非常积极的情感活动得到精炼。这样,便可使外部景致在他的内心景象中再现。景物描写、偶遇朋友、走在路上、坐在餐馆……这些似乎都只是他心灵延伸的可见通道。普林斯的思维一直沿着相思这条脉络延续。人们发现,普林斯不是在饭馆里盯着一个漂亮女人,便是在街头上注视过往行人,要么就是在自己的房间里叙说自己如何常常沉溺于声色,最后,人们还会看到他由蕾阿陪着,待在她的公寓,或是坐在时髦的马车里。在整个 6 小时的时间里,作者都设法将注意的中心放在主人公的心灵上,并设法记录可能出现的心灵漫游。这种心灵漫游有时接近意识领域,有时则处于远离意识的状态。

小说开头一段,显然属于前者:

一片混杂的表象中,不记得发生在何时何地,处于自发自生的事物的幻觉中,单一置身于群体,单一与群体相似。迥异却又相似——相同而又是更多的单——从无限可能的存在中,我出现了。而现在,时间地点均已清楚:是今天,是此地,是此刻,叮咚敲打的钟声便是记录。我的四周就是生活:时间、地点,四月傍晚,巴黎城中;清澈的夜晚,夕阳西下,恼人的喧哗,白色的房屋,树叶的黑影;傍晚更加柔和,成为某一个人、走自己的路产生的异样欢乐;街道与众人,在空中,伸向遥远的地方,苍穹;巴黎在我四周歌唱,人们看到的种种形影模糊不清。这都漠然地为我的思绪创造了一种氛围。①

第六章,蕾阿公寓里的温暖和蕾阿怀抱里的安全感使普林斯分散了注意力。下面这些基本符合句法规则、结构松散的句子断断续续所表达的沉思,当属后者:

她正看着我……我们将要进晚餐,对了,在小树林里吃饭……女用人……搬来桌子……蕾阿……她正在摆餐具……我父

---

① 转引自梅·弗里德曼:《意识流:文学手法研究》,申雨平等译,华东师范大学出版社 1992 年版,第 140—141 页。

亲……看门人……一封信……是她来的信吗……谢谢……一阵波动,一阵嘈杂声,天空越升越高……啊,你,永远是唯一的、远古的爱妻,安东尼娅……万物都在闪烁……你在大笑吗……一排排的街灯伸展到无限的远方……啊!……夜……冰冷的,夜……啊!!! 多么恐怖!!! 什么? 我被推搡着,撕裂成碎片,被杀死……不存在……一声大笑……房间……蕾阿……天哪……我刚才睡着了?[①]

《被砍的月桂树》中的内心独白在相当程度上模糊了诗歌和散文之间的传统界限。小说的主要意图在于技巧方面,故事情节所占比重很少。杜夏丹在长达100多页的小说中保持着唯一的一个叙述中心,并力图通过在每章使用一个新的开始来改变叙述的节奏。现代意识流小说中使用的几乎所有技巧,其萌芽都可见于《被砍的月桂树》。

在德国和俄国,虽然意识流技巧的发展成熟没有像在英国或法国那样出现前后相续的清晰线索,但这方面零零落落的尝试却也大量存在。在19世纪的俄罗斯文学中,1851年托尔斯泰创作的短篇小说《一个昨天的故事》,堪称是接近意识流小说的最早尝试。而陀思妥耶夫斯基写于1876年的短篇小说《克罗卡娅》,则可以说已初步具备了现代意识流小说的基本形态:这部作品完全建立在内心独白的基础上,写一个男人站在他妻子尸体旁的自我忏悔;通过一系列不连贯的回忆,主人公"我"讲述了他与妻子奇怪的相遇、结婚后彼此的逐渐疏远以及她最后的自杀。"我"的讲述或独白,语调富于变化,中间经常出现中断及插曲;语言混乱不清,有的地方句法规则减少到最低限度,读起来颇像是诗歌中的咒语。20世纪

---

① 转引自梅·弗里德曼:《意识流:文学手法研究》,申雨平等译,华东师范大学出版社1992年版,第146—147页。

初,提倡"泛心理主义"的俄国作家列昂尼德·尼古拉耶维奇·安德列耶夫(Леонид Николаевич Андреев,1871—1919)的创作实践,具备了意识流小说的更多特征。1904 年,他写成的中篇小说《红笑》,以兄弟二人自述的形式,主要采用主人公从直观感觉中所产生的种种联想、遐思、回忆以及梦境、幻觉,抒写了经受战乱之苦的主人公极度痛苦悲哀乃至疯狂的内心体验。

德意志民族崇尚哲理思考和理性思想,在很大程度上决定了德国并不是意识流小说的一个活跃场所。毕希纳(Georg Büchner,1813—1837)于 1835 年创作的中篇小说《伦茨》叙述了狂飙突进运动主要作家伦茨在半疯狂状态下的意识活动,虽然作者用的不是第一人称的内心独白,但其写法颇类似于意识流的技巧。奥地利作家施尼茨勒(Arthur Schnitzler,1862—1931)原为一名精神科医生,与弗洛伊德交往甚密。他的有些作品,如剧本《轮舞》(1900),简直是把弗洛伊德的观点文学化了。施尼茨勒在德国文学史上是第一个运用真正的内心独白的作家,其短篇小说《古斯特少尉》(1900)是德语文学中最早的一部近乎意识流小说的作品。

三

大致来说,20 世纪第二个 10 年,是各国意识流小说普遍形成的一个时期。1913 年,法国作家普鲁斯特的长篇巨著《追忆似水年华》第一卷《在斯万家那边》出版;1915 年,英国女作家多萝西·理查森(Dorothy Miller Richardson,1873—1957)13 卷本的长篇巨著《人生历程》第一卷《尖屋顶》出版;1919 年,伍尔夫的意识流短篇小说《墙上的斑点》发表;1919 年,刚刚出版不久的《追忆似水年华》第二卷《在少女们身旁》在法国以 6 比 4 的微弱多数荣获龚古尔文学奖。这些作品的陆续发表,标志着意识流小说作为一个松散的文学流派正在迅速形成。尤其是《在少女们身旁》之获龚古尔文学奖,在很大程度上显示着意识流小说已被正式认可;在此之后,意识流小说的高峰期便在欧美各国很快到来了。

20 世纪 20 年代是意识流小说的高峰期。高峰期也是成熟期,后来被称为意识流小说经典的作品几乎均在这 10 年面世:普鲁斯特《追忆似水年华》的后 5 卷《盖尔芒特家那边》(1920)、《索多姆和戈摩尔》(1921—1922)、《女囚》(1923)、《女逃亡者》(1925)和《重现的时光》(1927)相继发表;伍尔夫的《雅各的房间》(1922)、《达洛维太太》(1925)、《到灯塔去》(1927)3 部长篇相继面世,另外在 1921 年,她还发表了短篇小说集《星期一或星期二》(1921);1922 年,乔伊斯的《尤利西斯》发表;1929 年,福克纳的《喧哗与骚动》发表。除以上意识流小说的四大经典作家之外,很多作家也在这一时期发表了意识流小说。例如美国作家多斯·帕索斯在 1925 年发表了《曼哈顿中转站》,康拉德·艾肯(Conrad Aiken,1889—1973)于 1927 年发表了《蓝色的航程》;德国的阿尔弗雷德·德布林(Alfred Döblin,1878—1957)发表了《柏林亚历山大广场》(1929);法国作家瓦莱里·拉尔博(Valéry Larbaud,1881—1957)发表了短篇小说集《情人们,幸福的情人们》(1923);等等。

20 世纪 30 年代是意识流小说的潮头回落期。1931 年,伍尔夫的长篇小说《海浪》发表,这是其意识流小说创作的高峰。在此后发表的长篇小说《岁月》(1937)和《幕间》(1941)中,人们发现伍尔夫的先锋意识明显褪落;这两部作品已不能算是意识流小说。乔伊斯在《尤利西斯》之后于 1939 年发表了另一长篇《芬尼根的守灵夜》,这部奇书用许多种语言描写主人公的一场噩梦及梦中之梦,被称为"梦幻小说"。这样一部几乎没有人能够读懂的作品说明:任何一种革新,只要过头,就会步入死胡同。福克纳在 30 年代发表的作品很多,但其中只有《我弥留之际》(1930)是名副其实的意识流小说,其余作品与其 20 世纪 30 年代后所发表的所有作品一样,先锋意识减弱,在很大程度上已重新回归传统。

20 世纪 40 年代,欧美各国虽还不时有意识流小说出现,但其造化已大不如从前。之后,作为一个原本即很松散的流派,意识流小说不复存在;但作为一种叙事技巧,意识流却被各流派的众多作家所广泛接受和吸收,而成为现代主义文学中的一种普遍手法。

第二节　意识流小说的文本特质

意识流小说作为一种新的小说样式,自有其不同于传统小说的鲜明特色。

一

在意识流小说中,人物的心理和意识活动不再是附属于情节或人物、可有可无的枝蔓,而是作为秉有独立意义的叙述对象出现在作品中。传统小说是以故事情节、人物塑造为主的,所谓"心理描写"根本上是为人物的外部行动提供依据并受情节制约的,不具有独立的意义。在与传统小说有根本区别的意识流小说中,人物的意识活动与潜意识冲动几乎构成了作品的全部内容,而由人物一系列行动所构成的情节则极度淡化,甚至消失了。情节的瓦解带来了传统小说中那种有序的线性结构的崩溃。意识流小说在结构上多呈现出一种立体的网状格局,时间和空间次第交错、颠倒。美国作家福克纳的小说《喧哗与骚动》(1929)通过人物的内心独白以及支离破碎的意识活动展现出密西西比河畔一家人的生活场景。小说的时间标题是这样排列的:1928 年 4 月 7 日,1910 年 6 月 2 日,1928 年 4 月 6 日,1928 年 4 月 8 日。这部长达 30 万言的小说,只用 4 天的讲述便写了美国南方一个没落贵族之家从 1898 年到 1943 年共 45 年的变迁,时空的变换、倒错可想而知。

早在 20 世纪中叶,西方不少有见地的批评家便注意到了意识流小说叙事的"空间性结构"模式,并强调了其与自然主义文学叙事的内在关联。在《现代小说中的空间形式》一文中,约瑟夫·弗兰克明确断定:"普鲁斯特和乔伊斯运用了自然主义的叙事原则,以普通的细节呈现人物,在对环境、情境貌似真实的描述中,用空间结构的方法规整文本中纷繁芜杂的细节。"①如同福楼拜在《包法利夫人》中描写法国外省的生活风俗一样,对把自己的作品《尤利西斯》看成"现代史诗"的作家乔伊斯来说,这部小说的明显意图之一便是给读者提供都柏林的整体生活图景,展现各种人、各种观点、各种声音、各种生活场景。因此,在《尤利西斯》中,我们不仅看到人物关系、事件背景等呈现为零散的"片段",而且发现在叙事技巧上乔伊斯颇得福楼拜的真传。以下是《尤利西斯》中的一个片段:

> 考利神父大步走向后台。
>
> ——我来,赛门,我来为你伴奏,他说。起。
>
> 锵锵锵,轻车驶过了格雷厄姆·莱蒙公司的椰子糖堆。驶过了埃尔韦里的大象牌雨衣店。
>
> 牛排、腰子、肝、马铃薯泥、可供王侯用的菜肴,坐着享用的王侯是布鲁姆和古尔丁。他们举杯喝酒,帕尔威士忌和苹果酒。②

这个小片段中的 3 个场景是同步的:考利神父登上舞台唱歌,马车在街上疾驶,布鲁姆和古尔丁在餐馆吃饭。这种场景并置的结构方式,显然来自福楼拜的"农业展览会"。乔伊斯等现代主义作家的"空间性结构"模式的确始自自然主义。

---

① Joseph Frank: "Spatial Form in the Modern Novel", in John W. Aldridge, ed.: *Critiques and Essays on Modern Fiction*, The Ronald Press Company, 1952, p. 52.

② 詹姆斯·乔伊斯:《尤利西斯》,金隄译,人民文学出版社 1996 年版,第 418 页。

只是现代主义作家并没有就此止步。在此基础上,他们不断推陈出新,使得"空间性结构"模式在技巧层面得到了极大的丰富和发展。例如,福克纳《喧哗与骚动》中的一个片段:

> 我们顺着栅栏,走到花园的栅栏旁,我们的影子落在栅栏上,在栅栏上,我的影子比勒斯特的高。我们来到缺口那儿,从那里钻了过去。
>
> "等一等。"勒斯特说,"你又挂在钉子上了。你就不能好好地钻过去不让衣服挂在钉子上吗?"
>
> 凯蒂把我的衣服从钉子上解下来,我们钻了过去。[①]

与看上去关联不大的同时性场景在叙述空间上的并置不同,这个片段是将不同时间里的类似场景在空间上并置:在与勒斯特一起穿过栅栏缺口时,班吉的衣服被钉子挂住了,当下勒斯特对待他的方式和出现在班吉大脑中的之前姐姐凯蒂对待他的方式,在并置的叙述中构成了参照,意蕴凝重。

下面是伍尔夫《达洛维太太》(1925)中的一个片段:

> 他向后靠在椅背上,非常疲倦,但仍硬挺着。他半躺着休息,他在等待,再一次痛苦地努力向人类做出解释。他躺得非常高,躺在世界的脊梁上,大地在下面震颤。许多红花长入他的肉体,那些僵硬的叶片在他的头颈旁边刷刷作响。音乐当啷啷响起来,碰撞着这上面的岩石。那是从下面的街道传来的汽车鸣笛声,他自语道;但是它在这上面猛烈地敲击着一块块岩石,四

---

① 威廉·福克纳:《喧哗与骚动》,李文俊译,浙江文艺出版社1994年版,第2页。

散开去，又汇合在由许多光滑的圆柱此起彼伏构成的震波中（音乐竟有形可见，这是一大发现），然后变成一曲圣歌。①

这个片段描写的是塞普蒂莫斯同妻子离婚后的情景，通过物理空间场景与心理空间场景的奇特转换，将塞普蒂莫斯内心世界非理性的、混乱的意识状态揭示了出来。这种由叙事者(往往是作品中的人物)特定精神或情绪状态所激发的物理空间场景之间、心理空间场景之间、物理空间场景与心理空间场景之间的自由切换，是现代主义作家采用的最常见的空间结构方式。

二

重视对非理性心理活动的挖掘和呈现，也是意识流小说的鲜明特点。传统小说中的心理描写往往只是对人物清醒的理性意识的分析和展示，意识流小说在此基础上强化了对人物前意识和潜意识领域心理活动的挖掘和呈现，尤其是特别注重对人物性心理的揭示。这正如美国文学批评家罗伯特·汉弗莱所说："意识乃指大脑活动的整个领域，自前意识起，穿越意识的各个层次直至(也包括)意识的最高层次，即理性的、可以表达出的知觉。这一最后区域几乎所有心理分析小说都涉及，而意识流小说与所有其他心理分析小说的不同恰恰就在于它所涉及的是那些朦胧的、不能用理性的语言表述的意识层次——那些处于注意力边缘上的意识层次。"②意识流小说中的大多数主人公的心理往往都处于一种异常状态。一旦精神上的打击和对现实的无力适应使人物处于一种精神失调状态，作为心理系统最根本动力的潜意识或无意识即得到时机向外渗透和转

---

① 弗吉尼亚·吴尔夫：《达洛维太太》，谷启楠译，人民文学出版社 2003 年版，第 64 页。
② 罗伯特·汉弗莱：《现代小说中的意识流》，程爱民、王正文译，湖南人民出版社 1987 年版，第 3 页。

移。在意识流小说中，引起人物精神异常的事件或变故只是意识"流"动的一个起点，是小说的一个序幕而非重心，因而对这个事件或变故，作品虽有时用简约的笔触交代一下，但更多的却往往是暗写，甚至略而不写。

意识流小说家笔下的空间，不但越发体现为人之意识活动的创设物，而且这种创设物越发由染有鲜明"情感"色彩的人的感觉印象进一步演进成在"瞬间"中绽放出来的"情绪性"的直觉幻象。在人物的回忆、想象、幻觉乃至梦境中，空间仿佛阿拉伯神话中的"飞毯"，可由人的意念驱动着自由飞翔。传统观念中受制于时间、为时间统一、体现为物质存在的广延性位序的空间，现在完全挣脱了一切羁绊，成为人之意识的附属物。由是，空间不但具有了时间的"流动性"，而且获得了时间不曾具有的"跳跃性"。在意识流小说中，先前由自然主义作家开启的叙事之"空间性结构"进一步向着"梦境"的方向挺进。"梦境性空间"结构模式的创设，显然与现代主义作家强调表现人之内心生活、发掘人的潜意识世界的叙事诉求相契合。因为空间是相对的、可以变形的，所以人们可以透过伍尔夫笔下那小小的"墙上的斑点"领略到气象万千的人之心灵波动（《墙上的斑点》），可以在同一个空间场景由不同叙事人的叙述所呈现出来的截然不同的情感意蕴中去认识他们每一个人（《喧哗与骚动》）；因为空间是流动不居的，乔伊斯也就可以在莫莉半梦半醒之间的意念起伏中展现一个女人迄今为止整个人生中所有承载着"意义"（她所认为的意义）的场景细节（《尤利西斯》）。

三

在意识流小说文本中，因为所要表述的人物心理活动常常以自由联想的方式进行，而这种自由联想又常常由一个并不重要的外部事件所激发，所以，叙事便呈现出如下特点：一方面，虽外部事件以现在时叙述的客观真实性被准确地报道出来，但这个事件及其真实性本身似乎并不具有多大的叙述价值,而只不过是导出人物心理活动的"由头"或"引子";另一方面,叙事的中心越来越集中到与起引发作用的外部框架事件之现时性无关的人物的心理活动展开上,这种以自由联想方式展开的人物的心理活动并不受外部事件现时性的约束,可以在时间的深处自由驰骋。

拿意识流小说的经典叙事文本《尤利西斯》(1922)来说,如果将该书散落在繁杂的人物心理描写中的那些对人物活动或外在行为的叙述撮要集中起来,也许短短几千字的篇幅便足以容纳。因为以传统的叙事眼光来看,著名的"布鲁姆日"只不过是两个普通市民再平常不过的一天:小说主人公的生活,从起床外出到回家睡觉,几乎没有任何非同寻常的事发生。斯蒂芬的活动:早晨8点,住在都柏林城外塔楼的斯蒂芬起床洗脸,与同住的朋友闲聊(第一章);上午,在代课的学校给孩子们上历史课,到校长迪瑟先生的办公室领取报酬,与其争论爱尔兰问题(第二章);中午,由学校进城途中在海滩上滞留闲逛(第三章),然后去报社送迪瑟校长托他转交的一封建议信(第七章);下午,在博物馆旁的图书馆与人讨论莎士比亚(第九章);晚上,与学医的朋友在妇产科医院休息室讨论繁殖问题(第十四章),在妓院醉酒后跳舞,跑到大街上与两个英国军人打架,并得到布鲁姆的救助(第十五章)。布鲁姆的活动:几乎在斯蒂芬起床的同时,犹太人布鲁姆起床准备早餐,吃早餐,为妻子买猪腰子,烹调猪腰子,读女儿的来信,大便(第四章);上午,布鲁姆信步街头,去邮局,读从未见过面的情人的来信,去教堂做礼拜,从药店买了一块香皂,在公共浴室洗澡(第五章),然后乘车前往公墓,参加朋友的葬礼(第六章);中午,来到就职的报社处理广告业务(第七章),去餐馆吃饭遇见妻子的情夫只好退出,买几片面包聊以充饥,喂食海鸥,扶盲人过马路,去博物馆参观石雕女神像(第八章);下午,在街头为妻子买了一本廉价的色情小说,自己先看得浑身灼热(第十章),在酒吧闲坐并给想象中的情人回信(第十一章),在酒吧聊天(第十二章);晚上,在海边闲逛并偷窥女孩内衣到情欲勃发(第十三章),

去妇产科医院探望朋友之妻,尾随斯蒂芬去妓院(第十四章)。布鲁姆和斯蒂芬一起的活动:凌晨 1 点左右,布鲁姆带精疲力竭的斯蒂芬来到一家简陋的小吃店吃夜宵并将他带回家(第十六章);凌晨 2 点左右,布鲁姆与斯蒂芬在家中客厅喝茶聊天,后者谢绝留宿的邀请起身回家,前者上楼在卧室与似睡非睡的妻子交谈几句后睡去(第十七章)。如果把上述活动看作小说对"布鲁姆日"的叙述,那么《尤利西斯》到此就该结束了,但就在斯蒂芬回家睡觉、布鲁姆在床上睡着了之后,小说却仍在继续——乔伊斯用最后一章(第十八章)描写了布鲁姆之妻莫莉在似睡非睡状态下的心理活动。除末尾的句点之外中间没有任何标点的这一数万字的插曲醒目地提示人们:现代主义小说文本可以完全脱开对人物外部行为的叙述而在静态的描写中达成。事实上,《尤利西斯》洋洋洒洒 80 万字篇幅中,绝大部分就是这种对人物心理——尤其是下意识心理的描写。

叙事重点的改变,直接引发了外部叙事价值的降低;意识流小说家普遍地不再在编造那种戏剧性的或构成命运重大转折的灾难性事件上费工夫,反倒是对人物细密琐碎、微不足道的心理活动的描写越发考究。跟前现代传统文本中那种按时间顺序从头到尾不漏掉任何所谓大事、像突出关节那样强调重要的命运转折关头的惯常叙事相比,意识流小说家似乎更相信从日常小事中捕获得到的情绪波动与心灵成长。"让我们在那万千微尘纷坠心田的时候,按照落下的顺序把它们记录下来,让我们描出每一事每一景给意识印上的(不管表面看来多么互无关系、全不连贯的)痕迹吧。让我们不要想当然地认为通常所谓的大事要比通常所谓的小事包含着更充实的生活吧。"①意识流文本的这一突出特点,固然与现代小说总体叙事模式的转换相关,但其深层的逻辑却在于意识流小说家对人本

---

①　弗吉尼亚·沃尔夫:《现代小说》,见崔道怡、朱伟、王青风等编《"冰山"理论:对话与潜对话》(下),工人出版社 1987 年版,第 617 页。

身的某种新见解:生活从来就是琐屑平凡的,人生又哪里有那么多戏剧性转折——不管是幸运的降临还是厄运的突至;设若说有命运,那它很可能也并非外部力量施加的结果——命运不再在别处,它就在那些琐屑的细节底下悄悄地潜行。

　　巴尔扎克和托尔斯泰等传统西方作家,总是按照某种"整体性""必然性"的"逻辑"规则叙述某个承载着人物性格、心理、命运的事件或故事——我们有理由推定:这些作家肯定大致相信世界与人生、心理与命运等都总是合乎某种"整体性""必然性"的"逻辑",而且他们本人像上帝一样清楚地洞悉这套"整体性""必然性"的"逻辑"运行机制。如果没有创世的上帝,那就是作家本人创造了这套"整体性""必然性"的"逻辑"。[①]

　　埃里希·奥尔巴赫在考察自荷马史诗开始的西方文学叙事的变迁时,在《摹仿论》一书的最后一章中对意识流小说家做了扼要的阐述。他注意到:这些现代主义作家比传统作家更加听命于生活事件的偶然性或随意性;他们对真实的素材进行筛选整理并加以扬弃和风格化的过程也并不总是按理性主义的逻辑进行的。在失去了把外部事件按部就班完整地叙述出来的意愿后,以意识流小说为代表的现代主义叙事充满了令人头晕目眩的动机的旋转、词语和概念的飞进、对词语和概念之无数联想意义的持续不断的玩弄,还有对如此明显的随意性、偶然性后面究竟隐藏着什么秩序之不断萌发却从未解决的疑虑。奥尔巴赫最后这样概括意识流小说的叙事特点:

---

① 曾繁亭:《文学自然主义研究》,中国社会科学出版社 2008 年版,第 94 页。

把描写的重心放到随意性的事情上,叙述这件事并不是为了有计划地对整个情节进行安排,它的目的就是描写这个动作本身;同时表现全新的和非同寻常的东西,即作家无意中捕获的任意一个瞬间之中所有的真实和生活的深度。在这个瞬间所发生的一切,无论外部事件也好,还是内心活动也好,虽然涉及的完全是生活在此瞬间的人本身,但由此也涉及人类基本的和具有共性的东西。正是这种随意性的瞬间才相对独立于有争议的、动摇不定的秩序——人们为之争斗因其绝望的秩序,这个随意性的瞬间以日常生活的形式在这个秩序的下面流逝。这种瞬间运用得越多,我们生活中的基本共性的东西就会越明显;作为这种随意性瞬间的对象被描述的人越多、越不同、越普通,那么其共性起的作用就会越大。①

大致而言,意识流小说家普遍意识到——设若舍弃了在"瞬间"中释放出来的"偶然性"因素,一切都将是死板而抽象的,也就不可能有任何作家能够塑造出活生生的人物和描绘出富有生气的事物。事实上,"偶然性"在理论上的被强调及其在文本中的涌出,并非要将"必然性"抹掉,而只是对"唯必然性"逻辑的一种反拨。"语言和现实之间,词和世界之间发生的既联结又分离的关系是虚构小说的基本条件。因此小说就承认了偶然性与必然性在其材料和媒介中,即在语言中具有双重的、矛盾的和平等的权利。人必须生活于世界之中——因为没有其他地方可去——然而语言,即意识的表现,却使人处于世界之外。"②意识流小说尽管往往极尽表现人物的思绪混乱之能事,但不是让人物放纵开去胡思乱想;在人物显得

---

① 埃里希·奥尔巴赫:《摹仿论——西方文学中所描绘的现实》,吴麟绶、周新建、高艳婷译,百花文艺出版社 2002 年版,第 616—617 页。

② 彼得·福克纳:《现代主义》,付礼军译,昆仑出版社 1989 年版,第 95—96 页。

颠倒、混乱的思绪中总是潜存着某种主导线索,错综复杂,"流"动不已的人物思绪总能显现出某种总体的秩序,反映出作者精心细致的筹划。因而,在无数向四处辐射的意绪片段中,读者总可以找到人物意识和性格中的主要忧虑、矛盾和向往。

四

前现代的传统小说大致形成了两种叙述方式:叙述者了解所有角色及所有细节的"全知叙述"与用第一人称的方式按"我"的观察来展开叙述的自传体叙述。不管哪种叙述方式,在传统小说中,作家的主体意识往往都强烈鲜明。意识流小说家大都将小说视为一个独立自足的整体,反对作家粗鲁地介于其中,呼吁作家"退出小说",让"人物自己来解释自己"。为此,他们常常选择一个或几个主人公作为故事的叙述者,不时地变换叙事者的角度,从不同的侧面来表现同一件事或同一个人。

传统小说以介绍、叙事、描写、评论、分析为主要手段,意识流小说则将内心独白、感官印象呈现作为表现人物内心意识的基本手段。

"内心独白"是意识流小说最基本的手法。但严格来讲,我们绝不能将"内心独白"与"意识流"等同起来,认为"内心独白"就是"意识流","意识流"就是"内心独白"。"内心独白"原系一心理学术语,它是指人的一种无声的、依赖语言的意识活动。进入文学领域后,这一术语被用来指称那种对人物内心话语直接引述的意识叙述方式。这种意识叙述方式,生动真切,平滑流畅,仿佛全然不在作者的控制之下而富自由感。用这种方式来叙述人物真实、自由、无间断的"意识流",当然再贴切不过。因而,美国批评家弗里德曼明确指出:在意识流小说中,有许多可能变换的技巧,其中主要的当数"内心独白",因为"内心独白"几乎可以再现意识的任何一个领域。

"感官印象呈现",其手法很像"内心独白",两者最大的区别就是涉及的范围不同。"感官印象呈现"只适合表述距离注意力的焦点最远的那些意绪,而"内心独白"则适合表述全部意识。"感官印象呈现"是作家真实记录感觉和意绪的最彻底的做法,在很大程度上它是把音乐和诗歌的情绪效果移植到小说中来。因为在精神领域,一般感官印象并非独白的一部分,所以"感官印象呈现"随时随地都可以和"内心独白"区分开来。当运用"感官印象呈现"的手法时,往往就难以将从内心引述来的话和某一个特定人物联系起来。"内心独白"的手法往往适用于表现人物处于活跃状态的心灵;而"感官印象呈现"则适用于表现人物处于消极被动、只受瞬息即逝的意绪约束的那种心态。

此外,受音乐、诗歌等艺术形式的启示与影响,意识流小说家还经常运用象征、隐喻等手法。在文体与语词的运用方面,往往将句法结构极度简化,甚至大段大段地不用标点符号。

第三节　个案研究:詹姆斯·乔伊斯的《尤利西斯》

詹姆斯·乔伊斯,最杰出的意识流小说大师。《尤利西斯》(1922)堪称意识流小说经典中的经典。"《尤利西斯》曾被视为自然主义的顶峰,比左拉更善于纪实,也被视为最广博最精致的象征主义诗作。这两种解读中的每一种都站得住脚,但只有和另一种解读联系起来才言之成理,因为这部小说是两种解读交互作用和相互流通的场所。恰恰是这些本质上互不相容的解读之间的关系,构成了阅读《尤利西斯》的经验……通过结合这两种对立的模式(它们在历史上已经互相分离),《尤利西斯》在结构和题材上对其中的任何一个模式都根据另一个模式加以批判,以至于两者的局限性和必要性都得到了肯定。"①

一

　　乔伊斯1882年2月出身于爱尔兰首都都柏林的一个普通公务员家庭。少年时代,他在天主教耶稣会办的学校中接受严格的古典文化和宗教教育,青年时代入都柏林大学学习现代语言课程。他从小能言善辩,才智超群,并且颇有音乐天赋,曾在国家歌咏比赛中获铜奖。乔伊斯自称"流亡便是我的美学";从小学到大学,他的学习成绩一直非常优异,他本可以有一份体面、安逸的工作,但却决心去过不安稳的日子。从22岁起,他自愿背井离乡,在欧洲各地浪游漂泊。屈指算来,生年不足60岁的乔伊斯,有近40年在异国他乡侨居流浪;其主要居留地是法国的巴黎,意大利的港城里雅斯特、罗马,以及瑞士的苏黎世。乔伊斯曾做过银行职员、教师和报刊撰稿人等;从38岁起,他长期定居巴黎,从事专业小说创作。乔伊斯一生贫病相伴,时常处于衣食无着的困境。

　　早在大学学习期间,乔伊斯就显露出写作才华和对文学的热衷。1903—1914年,他以短篇小说和诗歌创作步入文坛。1907年,他唯一的诗集《室内乐》出版;1914年,他断断续续发表的15篇短篇小说以《都柏林人》为名结集出版。这些短篇小说,均以爱尔兰首都都柏林为背景,描绘了20世纪初都柏林形形色色的中下层市民的生活,其共同的主题均在于揭示弥漫于爱尔兰社会生活中的麻木疲弱、死气沉沉、无所作为的瘫痪状态。这些作品,无论是在主题、人物上还是在结构、技法上,都属于传统小说的范畴。1914年2月,经诗人庞德推荐而在杂志上连载发表的自传体长篇小说《一个青年艺术家的肖像》(1916年结集出版),体现了他在艺术上新的探索和追求。该作品是乔伊斯尝试用意识流手法写作的第一部

---

　　①　彼得·福克纳:《现代主义》,付礼军译,昆仑出版社1989年版,第86—87页。

小说,里面同时也包含了大量传统文学的因素。《一个青年艺术家的肖像》通过未来诗人斯蒂芬在童年、青少年以及青年时期内心的感受和精神上的斗争,表现他对家庭生活的平庸、环境的冷漠、宗教的压抑和民族的闭塞所进行的斗争与反抗。主人公最后摒弃天主教信仰,拒绝以宗教为自己的终生职业,而在艺术创作中找到了自己的人生理想。小说结尾时,斯蒂芬远离祖国,远走欧洲其他国家,去寻求他的艺术事业。

有了《一个青年艺术家的肖像》这本完全的意识流小说的前奏之后,1922年乔伊斯的《尤利西斯》出版,该书从某种意义上说几乎穷尽了意识流技巧,为意识流小说竖起了一座难以企及的独一无二的丰碑。乔伊斯1939年发表用16年写成的最后一部小说《芬尼根的守灵夜》(1939),是一部用许多种语言纷然杂陈而成,极少有人能读懂的"梦幻小说"。该书描述一个人一夜之间的噩梦和狂想,通篇都是人物昏昏沉沉模糊成一团的梦呓。在这本书中,乔伊斯使意识流达到了一种夸大的精致程度,由于完全排除了做梦者内心之外的一切,结果使意识流文本的结构受到了伤害。

乔伊斯晚年生活凄苦:不唯苦于眼疾,更为女儿的精神失常所困扰。法国在第二次世界大战中沦陷于法西斯德国后,他迁居到苏黎世,忧惧频袭,心力交瘁,于1941年1月辞世。

<h2 style="text-align:center">二</h2>

《尤利西斯》描绘青年艺术家斯蒂芬、广告商布鲁姆及布鲁姆的演员妻子莫莉3个人物在都柏林的生活。3个人物的生活均限定在1904年6月16日早晨8点到次日凌晨2点45分,接近19个小时内。全书几乎没有什么情节,描写的中心显然是人物的意识活动。全书共有18章,各章人物活动的线索如下:

第一章,早晨8点钟,都柏林城外海边的塔楼。斯蒂芬和两个态度傲慢的朋友(医科大学生莫里根和其英国朋友海恩斯)住在塔楼中。斯蒂芬即乔伊斯上一部小说《一个青年艺术家的肖像》中的主人公。在这部小说开端,他回忆母亲病危,自己被从法国召回爱尔兰;母亲弥留之际曾要求他在病榻前跪下为她的灵魂祈祷,而他却因对宗教的反叛而没有从命。母亲死后,他十分内疚;亡母的形象在梦中出现,折磨他受伤的灵魂。因而他渴望精神上的安定:"……别这样,母亲,让我生存,让我活。"该章主要部分为对话和客观叙述。

第二章,上午 11 点钟,迪瑟先生的学校。斯蒂芬为了生活在这所学校当历史教员。他上完一堂历史课后,去校长迪瑟先生的办公室领取工资,并与他在犹太人及英帝国统治爱尔兰问题上发生争论。该章主要部分也是对话和客观叙述。

第三章,上午 11 点钟,斯蒂芬由学校进城途中在海滩上沉思。他所思考的问题涉及哲学、历史、神话、宗教、艺术、美学。该章几乎全是斯蒂芬的内心独白。

第四章,早晨 8 点钟,布鲁姆家中。犹太人布鲁姆一早起床到肉店买回猪腰子煎好,将早餐送到妻子莫莉的床前,读完女儿从外地的来信,吃罢早饭,洗过澡,便出门去了。莫莉收到安排演出的经理,他最近的情人波伊岚的来信,说下午将上门来排练《一支古老而甜蜜的情歌》。自从 11 年前幼子夭折之后,莫莉与布鲁姆的关系只是挂名夫妻。性欲旺盛的莫莉另有新欢,而精力衰竭的布鲁姆只能从与一个女人暗通情书和想入非非中寻求性的满足。该章主要部分为客观叙述。

第五章,上午 10 点钟,公共浴室。都柏林阳光灿烂,熏风醉人;布鲁姆信步街头。在邮局,收到其从未见过面的情人的信;从药店买了一块肥皂,去浴室洗澡。该章主要部分为客观叙述。

第六章,上午 11 点,格拉斯尼温公墓。布鲁姆参加一个朋友的葬礼。在驱车前往公墓的途中,他第一次看见走在路上的斯蒂芬;后来又看见衣冠楚楚、满面春风的波伊岚。布鲁姆恨他，并且不理解自己的妻子何以会看上他。该章中心意象是死亡，几乎全都是布鲁姆的内心独白。

第七章，中午，报社。布鲁姆来到报社，与主编安排妥广告文字。为了将上午迪瑟校长托他转交的一封建议信送到报社，斯蒂芬也来到报社，两人几乎不期而遇。该章主要部分是客观叙述。

第八章，下午 1 点钟，布鲁姆到餐馆吃午饭，看见正大口食牡蛎的波伊岚，便连忙退出，买了几片夹心面包聊以充饥。布鲁姆路上喂食海鸥，搀扶盲人过马路，对两个有困难的女人提供帮助，去博物馆参观石雕女神像，并且几乎又与急着去和莫莉相会的波伊岚碰面。该章主要部分是客观叙述，行文中使用了大量与烹调和饮食有关的词。

第九章，下午 2 点钟，在博物馆旁边的国立图书馆。斯蒂芬与莫里根及图书馆工作人员，还有一位诗人，讨论莎士比亚的戏剧。布鲁姆来图书馆查阅报纸。该章主要部分是对话和内心独白。

第十章，下午 3 点钟，都柏林街头。以电影蒙太奇的手法展现都柏林市民的生活风貌，可分为 19 组画面。第三段，莫莉将一枚硬币从窗口扔给街上行乞的水手；第五段，得意扬扬的波伊岚买了一束鲜花，又与卖花的金发女郎调情；第七段，布鲁姆给莫莉买了一本廉价的色情小说，自己先看得"全身灼热"；第十三段，斯蒂芬在书摊边与妹妹交谈，妹妹告诉他家中一贫如洗，靠卖他的书度日；第十五段，布鲁姆为死者的家属捐助了 5 个先令，其慷慨行为令他人大为惊异。该章主要部分是客观叙述。

第十一章，下午 4 点钟，奥蒙德旅馆酒吧间。两名金发酒吧女忙着招待顾客。布鲁姆给他想象中的情人回了一封信，又想起了早夭的儿子。该章与接下来的第十二章，均描述主人公布鲁姆在酒吧闲坐，主要内容是客观叙述其与酒友熟人的闲聊。

第十三章，晚上 8 点钟，森迪蒙特海岸的岩石上。布鲁姆去海边闲逛，见一群女孩在抛球玩耍，一个名叫格蒂的 18 岁女孩独坐在岩石上，向他挑逗似的晃动双腿。布鲁姆偷窥她的内衣,不觉情欲激发。

第十四章,晚上 10 点钟,国立妇产科医院。布鲁姆来此探望朋友难产住院的妻子。在医院休息室,斯蒂芬和莫里根等一帮医科大学生在讨论生育、绝育、节育问题。斯蒂芬和一个朋友搭车去妓院;望着他跟跄的身影,布鲁姆不禁为他担忧,产生一种父性的感情,决定尾随前往。

第十五章,凌晨 0 点钟,妓院。醉意朦胧的斯蒂芬疯狂地跳舞。在一阵头晕的幻觉中,他看到母亲从坟墓中走出来,恳求他为她的灵魂祈祷;在无可奈何的痛苦折磨中,他举起手杖打碎了吊灯,然后冲出大门。暗中保护他的布鲁姆将老鸨安抚一番后跟了出去。斯蒂芬在大街上说了一些冒犯英王的话,被两个英国兵打倒在地。布鲁姆向他俯下身去,恍惚之中,看到的仿佛不是斯蒂芬,而是他夭折的儿子。该章的叙述当中夹杂了大量幻觉和梦境。

第十六章,凌晨 1 点钟左右,一家简陋的小吃店。筋疲力尽的布鲁姆扶着醉得不省人事的斯蒂芬来到这里。布鲁姆悉心照料斯蒂芬,给他叫来了咖啡、糕点,给他看了莫莉年轻时的照片,然后挽着他的手回家去。该章的主要部分是客观叙述。

第十七章,凌晨 2 点钟左右,布鲁姆家中。布鲁姆为斯蒂芬煮了一杯可可,斯蒂芬已清醒过来,两人便在客厅里坐下促膝交谈。布鲁姆留斯蒂芬过夜,但他谢绝了。斯蒂芬走后,布鲁姆上楼与莫莉交谈了几句即呼呼睡去。他上床时,发现了波伊岚白天睡过的痕迹,产生了许多复杂的情感。该章的主要部分是对话和遐想。

第十八章,凌晨 2 点 3 刻,布鲁姆卧室的床上。这一章整整 62 页只有最后一个句点符号,全写莫莉躺在床上在似醒未醒、似睡未睡状态中意识的自由漂流。她几乎想到了所有她认识的男人,包括这一天下午和她发生了关系的波伊岚、自己的丈夫布鲁姆,还有刚才布鲁姆上床时提到的斯蒂芬,其中心是她的性经验和性心理。

以斯蒂芬、布鲁姆和莫莉在一天不足 19 个小时的现时活动为线索，只是该书的一个外在结构骨架。而作为有血有肉的人物的意识活动，才是该书描写的主要内容。事实上，《尤利西斯》几乎触及了都柏林生活的每一侧面，政治、历史、哲学、文化、日常生活都有所触及，因而被人称为现代社会的百科全书。作者好像用了一台高倍数的显微镜，将漫长的时间和巨大的空间浓缩到不足 19 个小时和方圆十几公里的范围之内；"乔伊斯所要表现的恰恰是全部生活、全部历史，它聚缩在 1904 年都柏林一天的生活中"①，集聚在 3 个人物的意识里。

三

关于《尤利西斯》的主题思想，评论家们历来众说纷纭，莫衷一是。有人说它是"一首表现卑琐和幻灭情绪的史诗"，有人说它是表现"内心有愧的悔恨"，有人说它是"父子亲情和夫妇爱情的颂歌"，有人说它"揭示了爱尔兰民族的精神解放问题"，也有人说它"简直是废纸篓"，"根本没有任何意义"，"不过开了个大玩笑"，而乔伊斯本人则和朋友开玩笑说："我在书里设置了许许多多的迷魂阵，教授们要弄清我到底是什么意思，够他们争论几个世纪的，这是取得不朽地位的唯一办法。"

仁者见仁、智者见智的争论本身即已说明《尤利西斯》堪称一部艺术杰作。在我们看来，《尤利西斯》的主旨体现为如下两个方面。

首先，对现实人生的庸常状态——尤其是琐碎、模糊、混乱的人之心理-情绪状态——做了真实的反映。

乔伊斯曾声称自己写《尤利西斯》就是要力求合乎事实。他认为文学家的创作，一定要面对现实。忽视事实真相的浪漫主义，是自我中心主义，它会给大多数人的生活带来不幸，置人于非命。建立在这样一种认识

---

① 转引自侯维瑞:《现代英国小说史》,上海外语教育出版社 1985 年版,第 260 页。

的基础上,《尤利西斯》表现出了无与伦比的真实性,塑造了布鲁姆这一多面、立体的"反英雄"的典型。布鲁姆是全书的中心主人公,他身上既有高尚的一面,又有低劣的一面。就低劣的一面讲,他过于忍让,对妻子的不忠,对别人的奚落和侮慢,不到无路可退,他都逆来顺受;他意志消沉,因为爱子的夭折、家庭生活的不和谐,常常想到死。更有甚者,他抽屉里藏有黄色照片,满脑子都是色情念头,偷窥女人的内衣,还在沙滩上手淫。然而,布鲁姆又不全然是一个坏人。他富有同情心,乐于助人,敢于自省。他的仁慈宽厚和懦弱忍让常常是分不开的;他一方面想到"死",另一方面又有相当远大的社会理想,悲观主义和理想主义也是"奇怪"地结合在一起的;他常有低级的动物性的冲动,但他对于妻子不忠的自省又是高级的理性思维,这也是结合在一起的。布鲁姆显然不是传统作家笔下那种"高、大、全"的"英雄",但硬说他是一个"厚颜无耻"的"庸人"也是有失偏颇的。他的妻子莫莉虽然因其性功能衰退而背叛他,但依然认为他是一个好人,比情夫强得多,因为他有教养、有礼貌、有丰富的知识和艺术修养,并且通情达理,善于体贴人,不乱花钱,不酗酒,靠得住。他的白领朋友们歧视他,但当他当场捐赠 5 先令给死者的遗孤时,他们却对他肃然起敬了:"倒是一个有文化的全面发展的人,布鲁姆这个人,他不是那种大路货,你知道……布鲁姆老兄倒是有那么一点艺术家气质的。"

乔伊斯在《戏剧与生活》中曾称,好的艺术家应该有能力从千篇一律、乏味的人生中提取到生活的戏剧性,即便那些最普通、生命中最无生气的东西也可以在杰出的戏剧中扮演角色。布鲁姆这个庸碌无为的凡夫俗子,也许就是在这种崭新的人的观念和艺术观念的洞照之下,被灌输了一种永恒的人的尊严,提升到了艺术的最高境界。"理性逻各斯本体或对生活所人为制造出来的本质论阐释退隐远去之后,纷繁复杂的生活便越来越只呈现为一江浩浩荡荡泥沙俱下的现象之流;对此,人既无力阻挡,也很难理出什么头绪。无论在哪个瞬间,生活都以其自己的形态存在在那里;无论在哪一时刻,被讲述的人物身上所发生的事情都要大于此刻所能发生的事情。既然如此,文本如若还是坚持经由所谓题材的取舍或提炼来从头至尾地叙述一个人的整个一生,或是从头至尾讲述一个持续较长时间的所谓重大事件,那结局便必然只能是对生活的扭曲。"①也许正是由于这个原因,詹姆斯·乔伊斯百科全书式的皇皇巨著《尤利西斯》,才被凝缩在一个中学教师和一个报纸广告推销商不到 24 小时的生活框架之内;而且"小说的基础是建立在对小城生活细节的偶然的、现象的、充满事实的、百科全书式的描述上"②。当然,即便这样也依然存在着文本对生活的梳理和解释问题。但经由叙事模式的革新,《尤利西斯》对生活的梳理和解释已巧妙地从作家那里转换到了其所描绘的人物身上。文本描写的一切都像是小说人物意识的映像,而作家本人则似乎完全隐遁。

　　传统的西方文学作品往往塑造一些理想崇高、道德高尚、意志坚强、行动非凡的"英雄"式主人公;现代主义文学则用充分揭示出来的理性表层下各种自然的无意识本能,抹掉了人身上神圣的灵光和英雄色彩。可以说,布鲁姆是 20 世纪西方现代文学中第一个完全成熟的"反英雄"形象。"《尤利西斯》比其他任何一部作品更能标志英雄文学的结束。随着布鲁姆的出现,人们对自己复杂的世俗品质产生了艺术的兴趣和关注,而不再把自己当作慷慨悲壮、具有一定力量的演员了。"③布鲁姆的出现标志着 20 世纪文学中"非英雄"或"反英雄"之"现代主义英雄"的诞生。"在现代主义文学中的英雄,我要说只有詹姆斯·乔伊斯能将这种英雄主义坚持到最后。"④受弗洛伊德精神分析学说等非理性主义思潮的影响,现

---

① 曾繁亭:《文学自然主义研究》,中国社会科学出版社 2008 年版,第 93 页。
② 彼得·福克纳:《现代主义》,付礼军译,昆仑出版社 1989 年版,第 95 页。
③ 侯维瑞:《现代英国小说史》,上海外语教育出版社 1985 年版,第 274 页。
④ 欧·豪:《现代主义的概念》,刘长缨译,见袁可嘉等编选《现代主义文学研究》(上),中国社会科学出版社 1989 年版,第 183 页。

代主义作家普遍热衷于发掘人性深层的东西："深度使他心醉神迷,不管它是什么样的深度:城市的、自我的、地下的、贫民窟的;或由性、酒及毒品所引起的极度感觉;或爬行于社会缝隙之间被阴影笼罩着的半人形象——游民、罪犯、嬉皮士;或意识底层的动力。现代主义作家中只有乔伊斯设法经历了所有这一切深度,而且走出来进入普通城镇的街道和其中正在进行的平凡生活。我认为,这也是为什么说乔伊斯是最伟大的现代主义作家的一个原因。"①

其次,人生的意义在于爱。

在小说第十七章,作者借斯蒂芬的嘴说文学应"永远不断地肯定人的精神"。何谓"人的精神"? 乔伊斯在《尤利西斯》中大力张扬的"人的精神"就是爱。

小说第三章中,在海边散步、沉思的斯蒂芬曾向自己提出过一个问题:"那个人人都认识的字是什么字?"后来在第十五章,他半夜见到母亲的亡灵时,他又向亡灵提出这个问题。答案究竟是什么呢? 在小说第九章,斯蒂芬在与人讨论莎士比亚的剧作时事实上曾做过明确的解答:"你明白你在谈些什么吗? 爱,当然,人人都知道的字。"

小说中心主人公布鲁姆身上通体闪耀着的正是爱这种"人的精神"。尽管他自己受人冷落,家庭也有不幸,使他极为苦恼,但在小说所描写的1904 年 6 月 16 日这一天中,他关心的仍是他的妻子,希望她生活得愉快一些。他还反省自己在夫妻不和中负有责任,要努力弥补。他想念的是死去的儿子和不在他身边的女儿;认为儿子的夭折自己也有责任,似乎要把家庭不幸的担子由自己一人来挑。在社会生活中,他对别人总是宽宏大量,诚恳坦白,宁愿自己受点委屈,也不愿伤害别人。他扶盲者过马路,

---

① 欧·豪:《现代主义的概念》,刘长缨译,见袁可嘉等编选《现代主义文学研究》(上),中国社会科学出版社 1989 年版,第 191 页。

对有困难的女人提供帮助,去为友人送葬,对死者的 5 个遗孤慷慨解囊,
关心难产的孕妇,爱护和照料斯蒂芬……

　　如果说在布鲁姆这个人物身上,表现了作者对那种"超我"层面上的
"博爱"精神的热情讴歌,那么,在莫莉这个人物身上,则体现着作者对那
种"本我"层面上的"性爱"要求的大胆肯定。长期以来,批评家们总是将
莫莉贬抑为一个"肉欲横流"的"荡妇",其实这或许是完全背离原著本意
的一种简单推定。《尤利西斯》一书前十七章正面写到莫莉的只有两处:
一处是第四章写到她和波伊岚下午 4 点要在家中排练《一支古老而甜蜜
的情歌》;另一处是第十章她向行乞的水手施舍。两处用笔均甚简约。小
说最后用很长的一章正面深入地描写莫莉,描写的全是她处于似睡非睡
状态中的潜意识活动。这一大段从一个女性心灵最幽深、最隐秘处飘出
的声音,常常被人指责为淫词秽语,其中心内容即是她的性经验和性观
念:活着就是为了爱别人,被别人爱。莫莉的"内心独白"是以有关布鲁姆
的回忆结束的:

　　　　……那天在豪思山头上我们躺在杜鹃花丛中他穿的是灰色
　　花呢套服戴着那顶草帽我就是那天弄到他求婚的真的……天主
　　呀那一吻可真长差点儿把我憋死真的他说我是一朵山花真的我
　　们女人就是花朵全是花朵女人的身体真的他这辈子总算说出了
　　一个真理还有太阳今天是为你放光真的我就因为这个才喜欢他
　　的因为我看得出他懂女人体贴女人而且我知道我能让他听我的
　　那天我尽给他甜头引他开口求我答应可是我偏不马上回答一个
　　劲儿地望着海望着天空心里想到许多他不知道的事情……我想
　　好吧他比别人也不差呀于是我用目光叫他再求真的于是他又一
　　句问我愿意不愿意真的你就说愿意吧我的山花我呢先伸出两手
　　搂住了他真的我把他搂得紧紧的让他的胸膛感到我的乳房芳香

扑鼻真的他的心在狂跳然后真的我才开口答应愿意我愿意真的。①

  这段引文表明莫莉在和布鲁姆 10 多年没有正常性生活后——尤其是这一天她还和别人发生了关系——经过半夜的反复思索,才回过头来体味当年的快乐,而且在回味中又产生强烈的兴奋和幸福感。这一心情和布鲁姆白天回想同一情景时的心情不谋而合(第八章)。长篇独白中最后几个字"愿意我愿意真的",不但在长达 62 页没用标点符号后特地用了一个戛然而止的句点,而且最后一个"真的"用了大写(译文用加重号);伴随着莫莉回忆过去时那种兴奋感的渐趋上升,读者在最后"愿意我愿意真的"这几个字中,仿佛听到了一个女人发自内心的一种激动的呼声。这呼声,是歌颂青春和爱情的欢呼。同时,因为莫莉内心独白的戛然而止也即整个小说的终结,这呼声自然而然地成了全书精神内容的一个总结,成了一个胜利的欢呼。布鲁姆和莫莉都是现代社会中活生生的人,身上带着现代社会的种种毛病;他们的夫妇生活是一种平庸无奇的生活,他们之间的关系也不是传统的诗歌、小说所歌颂的那种纯洁无瑕的爱情。但他们毕竟都是诚实的人,所过的也是一种虽然平庸但诚实的生活。小说结尾处莫莉发自内心深处的呼声,表明了布鲁姆在莫莉心中所取得的胜利(相对于波伊岚),生动地展现了他们夫妇关系当前的发展。

四

  高超的意识流叙事技法,使乔伊斯成了无可争议的现代小说大师。乔伊斯在《尤利西斯》中所使用的意识流手法是多种多样的,除常见的内心独白外,还有感官印象呈现。

---

  ① 引文中的省略号乃本文作者所加,非原著所有。

　　运用意识流技巧的目的是要深入人精神活动的深层,将那些还没有经过严密整理和组织的纷乱思绪和飘忽感触再现出来,哪怕显得松散零乱,缺乏条理,不合逻辑。为了生动逼真、原原本本地表现潜意识活动的这些特点,乔伊斯常常使用高度省略或截短的句子,表现突兀奔腾的思绪,或句子成分残缺不全,或句子结构频繁变换,前言不搭后语,超越语法常规。第八章中,布鲁姆回忆他年轻时与妻子莫莉热恋的情景时,作者就用了一连串接踵而来的残缺句子:

　　　　……她吻了我。我的青春。再也没有了。它只来一次。她的也是。明天乘火车去吧。不、不要原车返回。我要新的。天底下没有新的……你以为在逃脱。结果偏撞上了自己。最漫长的旅程是回家最近的路程……一切都变了。被忘了。年轻的变老了……

　　《尤利西斯》中语言上的不连贯性往往是作者刻意追求的一种技巧,目的在于反映意识活动的跳跃性和流动性。小说第四章中,布鲁姆起床后外出买腰子的时候,看见邻居家帮厨的佣工也在柜台旁,随后便有如下一段描写:

　　　　腰子在柳叶纹盘子里冒出一滴滴血来——最后一个(1)。他站在邻家那个姑娘身边,靠着柜台(2)。她也要买吗? 看着手里的纸条念着要买的东西(3)。都裂开了——洗东西的碱(4)。一磅半丹尼腊肠(5)。他的眼光停留在她丰满有力的臀部上(6)。他名叫伍兹(7),不知他是干什么的(8)。妻子有些老了(9)。新的血(10)。不许有人追随(11)。一双壮实的胳膊(12)。使劲地抽打着晒衣绳上的毛毡。他干得真带劲。她扭曲的裙子随着每一次抽打而摆动(13)。

在这段文字中,头两句是叙述语。第(3)句转入布鲁姆的意识:前半句是心中的自问,后半句是对这种自问产生原因的叙述交代。第(4)句起笔突兀,但读者如果记得布鲁姆此时的目光正落在姑娘拿购物单的手上,就不难想象这是指姑娘的手皲裂了,是洗涤用的碱水造成的。这一句包含了布鲁姆的观察和推断。第(5)句是姑娘报货名要买东西时说的话,是一落笔急骤的叙述语。第(6)句从布鲁姆的听觉转向视觉,是叙述语。第(7)、(8)句又返回布鲁姆的思绪:从女佣联想到其东家的名字,并进而考虑到他的职业。第(9)句又进一步联想到他的妻子。第(10)句与前句意义脱节,而且语意暧昧不明,这可能是布鲁姆对伍兹雇用该女佣的一种不怀好意的揣测:不满足于年老色衰的妻子,需要新的血气方刚的女子。第(11)句是当时爱尔兰的流行语,指女佣不得有男友,该句仍是布鲁姆的内心独白语。第(12)句是布鲁姆的又一观感,是叙述语。第(13)句所包含的 3 个句子均是由上句所引发的布鲁姆的自由联想,是内心独白语。该段文字行文多有突兀,人物意识的流动看上去好像有些来无踪、去无影,但事实上在貌似混乱的流动中却存在着作者苦心孤诣的安排。

布鲁姆的这段意识流动始终有一个核心:姑娘的臀部。在围绕姑娘的臀部所展开的意识流叙事中,明显可以看到乔伊斯放逐或悬置了传统叙事文本中那种观念性的理性意义,而感觉印象或直觉意象在个人体验中所流溢出来的"意味"或"意蕴"则充斥了文本;叙事不仅在个人体验的主导下直呈生命感觉或生命直觉,而且在弥漫文本的这种"意味"或"意蕴"的延展中显现出了生命感觉或生命直觉中所固有的趋向"感知"与"理智"的内在冲动。主要由意识流"描写"所达成的这种现代叙事文本,正是由此获得了其对读者理解的"召唤"效应。正如彼德·福克纳所说——《尤利西斯》既没有传统"再现式"叙事的那种沉静、明晰的坚实性,也没有浪漫主义小说的那种抽象、缥缈的虚幻性，而只"是一个既统一又流动的媒介，其特性是激荡不宁，扩散四溢，然而却奇怪地令人振奋"①。

布鲁姆的这种联想模式揭示了这个犹太商人得过且过、思想空虚、品位不高的市民心态。

与此形成鲜明对比的是第三章斯蒂芬在海滩上的一大段意识流动：

> 有人从莱希平台上小心翼翼地走下台阶(1)，女人(2)：下到了倾斜的海滩上，蔫蔫无力迈着八字脚，深陷在淤塞的泥沙中(3)。像我，像阿尔吉，来到了我们强大的母亲身边(4)。第一个助产妇的包沉甸甸地摆动着，另一个的伞尖戳进了沙里(5)。从市郊来，下班休息(6)。弗罗伦斯·麦凯布太太，帕特·麦凯布的遗孀，真伤透了心，家住布赖德街(7)。她的同行姐妹拖着我的身躯使我呱呱坠地(8)。从空虚混沌中创造(9)。包里装的什么？一个拖着脐带的流产死胎，裹在沾着污血的棉絮里默默无声(10)。脐带使代代相连，串联盘绕，联连众生的纽带(11)。因此才有神秘主义的僧侣，愿像神一样吗？注视自己的肚脐眼吧(12)。喂，这是金奇，接伊甸园：AA001(13)。

该段第(1)句为叙述语。第(2)句是斯蒂芬由观感所引发的判断，属内心独白语。第(3)句为叙述语。第(4)句是斯蒂芬由观感所引发的联想，属内心独白语。阿尔吉即英国诗人史文朋(Algernon Charles Swinburne，1837—1909)，他曾有诗云："我要回到伟大而甜蜜的母亲身边，大海啊，热爱人类的母亲。"[出自《时间的胜利》(*The Triumph of Time*)]第(5)句为叙述语。第(6)句是斯蒂芬的猜测，属内心独白语。第

---

① 彼得·福克纳：《现代主义》，付礼军译，昆仑出版社1989年版，第95页。

(7)句是斯蒂芬的判断和联想,属内心独白语。第(8)句是斯蒂芬的自由联想,属内心独白语。第(9)句是斯蒂芬的自由联想,由上句的助产士想到自己的出生,这句又由自己的出生想到上帝创世。第(10)句是斯蒂芬内心的自问和猜测,属内心独白语。第(11)句斯蒂芬由脐带展开自由联想,属内心独白语。第(12)句是斯蒂芬上句联想的引申:脐带使人代代相连,一直与人类的始祖相通——神秘主义的僧侣通过凝视自己的肚脐眼而与神相通,属内心独白语。第(13)句是对第(11)句联想的另一种引申:脐带使人代代相接,直接追溯到人类的始祖——脐带变成了通向伊甸园的电缆线。

意识流动的方式,尤其是人自由联想的模式往往和人物所受过的教育、文化素养的高低有着密切的联系。诗人斯蒂芬博览群书,学贯古今,才思敏捷,想象力极为丰富,且好引经据典,但由于怀才不遇,思想消沉,情调忧伤,因而他的自由联想相比于布鲁姆的自由联想,往往跨度更大,跳跃性更强。斯蒂芬联想的随意性及大跨度的跳跃性使联想的结果往往与当时激发联想的原事物相距甚远,有时甚至变得面目全非。这个例子的联想模式与布鲁姆在上个例子中的联想模式显然不大一样:女人——助产士——包里的东西——死婴——脐带——僧侣/电话。

从上面列举的两段中,我们还可以发现,《尤利西斯》一书中的客观叙述语与一般小说中的客观叙述语有很大不同。《尤利西斯》中的客观叙述语往往采用第三人称过去时态,但叙述的中心却始终围绕着人物的视点,并通过人物的视点去观察和感发周围其他事物。由于叙述语采用了符合书中人物精神的语汇、情感和口吻,在语域和视点上与人物的内心独白语也大体保持一致,叙述语与内心独白语之间存在着密切的内在联系,因此行文中作者往往非常自如、不露任何痕迹地将这两种进行交替和转换,消除了一般客观叙述语因其报道性及间接性而使读者总感到作者无所不在所产生的那种隔离感。

广泛而娴熟地运用意识流技巧是《尤利西斯》最显著的艺术特色。另外,文体风格多变、反用神话模式等也是这部小说富于独创性的重要艺术特点。

| 第七章 |

自断"粮草"的先锋

毋庸置疑,后期象征主义是 19 世纪末叶法国象征主义诗歌运动的进一步延伸。不管走得多远,我们都可以轻易辨识出表现主义的"表现"其实是直接来自 19 世纪上半期开启了西方现代文学先河的浪漫主义。而意识流小说的心理叙事与 19 世纪自然主义的生理叙事,因现代生理学与心理学的水乳交融而注定难解难分,因此也就有了所谓"心理自然主义"的说法。20 世纪西方现代主义如上 3 种潮流与 19 世纪文学传统的密切关联,意味着它们各自创建的文学大厦有着坚实的地基,这不但使它们各自产生了能够传之后世的大量经典作家与作品,而且使得它们在大胆的先锋实验中成功地为后世提供了 3 种前所未有的文学新武器——"象征"的手法、"怪诞"的手法与"意识流"的手法。

但现代主义的先锋实验并非只有一种程式。在相对壮阔的如上 3 种潮流呈现出根深叶茂的繁盛景象之外,虽有更多处地偏狭、承载单一的支流在历史的渊谷中发出过尖锐的声响,但这些声响却因过于短促、纤细,很快便淹没在波涛汹涌滚滚向前的时代洪流之中。

是的,这是现代主义军团中冲在最前面的先头部队。他们因冒进而甘愿断绝文学传统的"粮草"——因为在他们看来所谓"传统"无一不是耽误前进的"负累"。这些胸前仅仅披挂着印有"尼采""弗洛伊德"商标的最新装备的前锋,因过于莽撞且少了"三十六计"而看上去有些像散兵游勇的"游击队";因过于执念于"未来"的理想主义而绽放的高贵的愤怒,时常让他们陷于"超现实"的梦幻之中,他们又有些像那位一直形容枯槁但永远大名鼎鼎的堂吉诃德。的确,他们不屑于攻城拔寨的阵地战,更不在意打了胜仗就会得到的战利品或勋章,甚至根本就不在意胜负,而只是一路砍伐,一味向前直行。"传统"即"负累","负累"即"敌人"。面对"敌人",他们喷吐着咒骂的胡言乱语,"不择手段"地试验着各种有可能一招毙命的"功法"。

是的,这些小股的"前锋""游击队"没有作为战果或实绩的经典文本流传后世,他们留下的只有一些观念的碎片或各种毙敌一千伤己八百的"猛药""大法",因而他们本身也就像其主将们常挂嘴边的"梦幻"一样变得邈远、幽暗,模糊成一团。但在历史的长河中用心打捞检视,在百多年前文坛古战场的硝烟中,人们似乎仍能辨出他们因偏执偏激而有些扭曲的面容,依稀可以听到他们因激烈而失却稳重,因尖锐而失于轻薄的尖叫、呐喊、嘶吼……

第一节　未来主义

20 世纪伊始,未来主义首先从意大利产生,后迅速流播至法国、俄国等欧洲诸国。作为较早产生的现代主义文学流派,其基本特征是:主张彻底抛弃一切文化-艺术遗产,激烈否定传统文化;歌颂机械文明的速度与现代都市混乱的活力,称颂力量即美,因此甚至一反文学史常态地公开歌颂战争;鼓吹打破一切旧有的艺术形式与规范,倡导用自由不羁的语句随心所欲地进行艺术创作。显然,未来主义自开始便具有明显的文化虚无主义倾向,其在文学观念与方法两个层面所做的创新性实验,历来以其激进、极端的姿态令人为之侧目。

一

1909 年 2 月 20 日,意大利诗人马里内蒂在法国《费加罗报》上发表了《未来主义宣言》,这标志着未来主义文学的正式诞生。此后,它在很短的时间内席卷音乐、绘画、雕塑、建筑、舞蹈、摄影以及刚刚形成的电影工业,甚至服饰、烹调、房间装饰等诸多领域,并辐射到小说中的"意识流"、诗歌中的"意象派"、戏剧中的"荒诞派",以及现代主义中的立体主义、结构主义、达达主义等许多流派。在文学艺术之外,它还是一种社会政治意识形态,拥有自己的政党、纲领及机关刊物,在一定程度上对 20 世纪初期欧洲人的思想观念和生活方式造成了冲击。

作为一个迥异于西方传统文学和其他现代主义潮流的文学流派,未来主义的产生与发展既有其特定的社会背景,也有其合乎逻辑的文化渊源。19 世纪末,欧洲各主要资本主义国家的工业发展异常迅速,相继进入帝国主义阶段。大机器生产迅猛推进,交通运输与信息传播手段日新月异,科学技术的威力与效力深入人心。轮船、汽车、飞机相继在海陆空飞奔,电报、电话、电影、留声机进入人们的生活。随着生产方式与生活方式天翻地覆的巨变,地球仿佛变小了,人的探索视角也向纵深和邈远处拓进,视野越来越开阔。人类获得了速度,也获得了崭新的时空观。"时间和空间已于昨天死亡""我们已经生活在绝对之中"。科技与社会发展的情势使血气方刚的艺术家激动振奋,他们深感传统文学因其对时代死气沉沉的忠实描摹而已经变得完全僵化,彻底不可接受——文学应该反映以现代大都市、机器文明、速度和竞争为特征的新时代,应该以探索主客观世界的"未知"为己任。他们自称面向未来,属于未来,因而自我命名为"未来主义者"。

"自我-未来主义"是一个可作不同解释的词,应该怎样领会它？应该怎样理解"我即未来"这个含义广泛的字句？我们的批评家们乐意对它作这样的理解:"将来人们一定会承认和肯定我的","我的未来是属于我的"。①

所有的人都"生活着",寄托于过去、现在、将来而"生活着"。在过去之中是没有生活的。靠过去不是生活,只是聊度余生。

现在所固有的则是资产阶级的暮气沉沉,通常把它称为宁静而清醒的生活。

然而,在过去的墓地和现在的沼泽之上,未来正在迸发出鲜艳的,也许是不健康的、危险的火光。②

只有手中掌握着打开未来大门的钥匙的诗人才是诗人。

只有在垃圾堆中寻找为尘埃所覆盖的神秘的珍珠串,并勇于认定它们是珍珠的人才堪称批评家。

只有那些被唾弃和遭迫害的个人主义者(每个天才都是个人)的刊物才是崭新的、前无先例的刊物。③

要成为未来的诗人,就必须预言将来的事情。

当代的一些诗人正朝着这个方向努力。出现了"神的启

---

① 伊·伊格纳季耶夫:《自我未来主义》,朱逸森译,见袁可嘉等编选《现代主义文学研究》(上),中国社会科学出版社1989年版,第375页。

② 伊·伊格纳季耶夫:《自我未来主义》,朱逸森译,见袁可嘉等编选《现代主义文学研究》(上),中国社会科学出版社1989年版,第375页。

③ 伊·伊格纳季耶夫:《自我未来主义》,朱逸森译,见袁可嘉等编选《现代主义文学研究》(上),中国社会科学出版社1989年版,第378页。

示",它代替了韵文和恋爱诗,代替了诗意和韵律。①

　　未来主义各流派在理论上轩轾有别,观点分歧较多。但从他们的诸多宣言文献中,大致可以看到尼采、柏格森、弗洛伊德等各种非理性主义者对他们的影响。同时,20世纪初弥漫整个欧洲的民族主义情绪也大大左右了未来主义的走向。德意志帝国铁血宰相俾斯麦式的强权政治博得了欧洲列强的暗暗喝彩,意大利人也不例外。意大利在历史上曾经鼎盛一时,罗马帝国领世界之风骚的荣耀乃刻在意大利人心头的骄傲,而作为在19世纪中叶才终于摆脱异国统治的新兴国家的子民,意大利人心底堆砌着难以言说的耻辱。因此,不少意大利人便把恢复意大利旧有荣耀的希望寄托在对外战争上。而当时的意大利政府在政治上的软弱无能,更无形地加重了民族主义和强权政治的狂热倾向。在这种思想和社会意识氛围中诞生的未来主义,于是具有以下的思想倾向。其一,对现存的社会秩序强烈不满,急切要求改变现状——哪怕诉诸革命或战争。在未来主义者看来,现存社会秩序及其意识形态是腐朽传统的最后延续,因而是应该加以摧毁的。很多未来主义者有强烈的军国主义和无政府主义倾向,不少人视战争为清洁世界、使之健康化的唯一手段而大力讴歌战争。其二,具有强烈的民族主义、爱国主义情绪。在国家制度陷入重重危机的时刻,要求人们勇敢地站出来拯救和保卫自己的祖国。其三,狂热地歌颂都市文明、现代化工业生产以及科学技术的进步。

　　未来主义内部聚讼纷纭,派系林立,光是诗歌,在英国有"旋风派",在德国有"尼兰德派",在法国有"发作派""装疯派",在西班牙有"过激派"。1911年,俄国诗人谢韦里亚宁(Igor Severyanin,1887—1941)举起"自我

① 伊·伊格纳季耶夫:《自我未来主义》,朱逸森译,见袁可嘉等编选《现代主义文学研究》(上),中国社会科学出版社1989年版,第380页。

未来主义"大旗。1913 年,超现实主义诗人阿波利奈尔(Guillaume Apollinaire,1880—1918)在法国首次提出"立体未来主义"的理论主张,一时风头无两,并迅速蔓延到了未来主义一直甚为活跃的俄国文坛。总体来看,在林林总总的未来主义分支中,"立体未来主义"影响较大,其突出的艺术特征是努力探求艺术的"第四度空间",追求诗歌的立体美。例如阿波利奈尔的诗歌《被杀的和平鸽》——诗句排列成一只凌空欲飞的鸽子形状,尾巴张得很开,表现其被枪杀时扑打翅膀、疼痛挣扎的惨状,从而深切地表达了诗人对在战争中死去的无辜青年的悼念之情和对帝国主义战争的极度愤慨。阿波利奈尔发明的"楼梯式"后来被马雅可夫斯基等俄国"立体未来主义"诗人发挥到淋漓尽致的地步。

　　一般说来,未来主义内部是存在着左翼、中翼和右翼的区别的。以马里内蒂为首的右翼是这一流派的主体,它大肆宣扬无政府主义、虚无主义和军国主义,最终走上鼓吹法西斯战争,为墨索里尼政府效劳的反动政治道路。以帕拉泽斯基(Aldo Palazzeschi, 1885—1974)、雷蒙迪诺(Duilio Remondino, 1881—1971)、马雅可夫斯基(Владимир Владимирович Маяковский,1893—1930)等为代表的中翼和左翼未来主义者则体现了未来主义积极、进步的一面,他们或者同右翼未来主义者存有深刻分歧,或者与之进行严肃斗争。雷蒙迪诺就曾批判过马里内蒂对战争的歌颂,并脱离马里内蒂的未来主义,加入意大利共产党。

　　俄国诗人谢韦里亚宁乃俄国"自我未来主义"的首倡者。1911 年发表《未来主义序幕》,宣告"自我未来主义"在俄国的诞生。但很快,"自我未来主义"内部便发生了分化。1913 年,伊格纳季耶夫发表宣言,自称可以代表"自我-未来派协会"。谢韦里亚宁因此一度转向后起的"立体未来派",但不久亦脱离关系。"自我未来主义和其他一切文学流派一样,是正在来临的时代的征兆。"①这一"征兆"唤出了马雅可夫斯基等人的"立体未来主义"。

赫列勃尼科夫(Велимир Хлебников,1885—1922)、布尔柳克(David Davidovich Burliuk,1882—1967)、马雅可夫斯基等人于 1912 年底拟写、1913 年初发表的《给社会趣味一记耳光》,乃俄国"立体未来主义"形成的标志。因其在理论与创作两个层面都有效地推进了现代主义在俄国的发展,于是评论家们用"立体未来派"这个名称来称呼当时一切有革命精神、有冲劲的文坛先锋派。立体未来主义这个团体的成员包括马雅可夫斯基、赫列勃尼科夫、布尔柳克、卡缅斯基(1884—1961)、勃里克(1888—1945)、阿谢耶夫(1889—1963)、特列季亚科夫(1892—1939)等人。按马雅可夫斯基的说法,十月革命后,"立体未来派"与许多脱离了苏俄的先锋作家做了切割,形成了一个"共产主义-未来主义者"的团体。

未来主义激进的反叛姿态与无政府主义的政治立场,意味着它一开始便带有支持革命乃至战争的倾向。1908 年,15 岁的中学生马雅可夫斯基便在莫斯科加入了布尔什维克,但被捕 3 次后他放弃了革命活动而投身于文学艺术。1911 年,他进入莫斯科绘画雕塑建筑学校读书,1912 年开始写诗,1913 年参与发表"立体未来派"宣言《给社会趣味一记耳光》,此后便以立体未来派诗人领袖的面目活跃在文坛。其未来主义的代表作《穿裤子的云》(1915),形式雕琢,措辞生僻,高尔基读后称其虽"吵吵嚷嚷,粗放不拘",但"才华横溢"。这种才华在十月革命后也曾一度放出异彩,他创作了《向左进行曲》(1918)、讽刺诗《开会迷》(1922)等作品,还在著名的《罗斯塔之窗》刊出诗配画 3000 余幅。事实上,马雅可夫斯基在十月革命后一度曾试图在未来主义与共产主义之间建立有效的关联,其

①　伊·伊格纳季耶夫:《自我未来主义》,朱逸森译,见袁可嘉等编选《现代主义文学研究》(上),中国社会科学出版社 1989 年版,第 379 页。

1922 年发表的《关于未来主义的一封信》便是这种尝试之一。未竟之后，诗人基于政治意识形态的压力也很快脱离了未来主义，其后创作的长诗《列宁》(1924)等配合时局的作品为其在苏维埃政权中赢得了显赫地位。是时，他不仅已经远离了未来主义，而且事实上也远离了其早年的艺术初心。在激烈的内心矛盾与纠结中，马雅可夫斯基于 1930 年自杀身亡。

阿尔多·帕拉泽斯基是未来主义诗人和小说家，也是中翼、左翼的代表之一。在政治倾向上，帕拉泽斯基属于意大利中产阶级中的温和派，同以马里内蒂为首的未来主义右翼势力之间有着复杂深刻的矛盾。他站在资产阶级民主和人道主义立场上，对下层人民的悲惨遭遇有所同情，对大资产阶级飞扬跋扈的独裁统治深恶痛绝。他从不在作品中颂扬暴力、战争、民族主义和军国主义，对意大利当局奉行的殖民政策也一贯持反对态度。1915 年，针对"一战"爆发后马里内蒂的参军及其《战争是清洁世界的唯一手段》的出版，帕拉泽斯基等立即发表《未来主义与马里内蒂主义》一文，阐明同马里内蒂的分歧，宣布同"马里内蒂主义"决裂。文中认为，马里内蒂所代表的不是真正的未来主义，而只是"马里内蒂主义"。所谓未来主义，应该是指如下的一种思想运动：它的明确目标是创造和传播唯有未来才能得到验证的因而本质上是最新的价值；它同传统文化既存在必然的内在联系，又对其有创造性新拓展；它的表现形式无限自由，发自肺腑，摆脱了一切逻辑制约；它致力于人的彻底和最终的解放，崇尚自由、天才和独创性。文中认为，"马里内蒂主义"和未来主义恰好相反。在思想上，"马里内蒂主义"具有军国主义、沙文主义倾向；在艺术表现上，相对于未来主义强调"自由不羁的想象""独创性""新的感觉""对文化的吸收与超越"，它信奉的是"自由不羁的字句""形式的怪诞""新的技术主义""对无知的崇拜"，因而"马里内蒂主义"本质上是一种"无知"，而未来主义本质上是一种"超级文化"。帕拉泽斯基等人所阐明、倡导的这种看上去健康明亮的"真正的未来主义"实际只停留在理论阶段，没有多少真正的、名副其实的创作实践。帕拉泽斯基较著名的作品有诗集《诗》(1909)、《纵火犯》(1910)等,另有长篇小说《贝拉的法典》(1911)。

二

19 世纪中叶,意大利终于摆脱奥匈帝国的殖民统治,实现了民族独立与国家统一。相对于老牌的帝国主义国家,意大利在 19 世纪与 20 世纪之交虽尚显落后,但毕竟也步履蹒跚地步入了垄断资本主义阶段。工业化大潮的冲击,使得一部分城市贫民和小资产者朝不保夕,政治上无地位、经济上无保障的农村居民日子更是难过。人们普遍期盼变革,但行动上又似乎没有明确的目标;不少人向往革命,却又带有很大的盲目性乃至破坏性冲动。是时,意大利的这种社会状况与社会氛围和俄国极其相似。正是因为它们在 20 世纪初都是以小生产者、小资产者为主的国家,且都处在地火汹涌的革命或战争前夜,所以这两个看上去并不搭调的国家才共同为未来主义提供了安营扎寨的温床。

菲利普·托马佐·马里内蒂是未来主义的创始人和核心人物,也是其右翼的主要代表。

1876 年 12 月 22 日,马里内蒂出生在埃及亚历山大港一个意大利人家庭中,父亲恩里科是个精干的律师和商人,他积聚下的巨额财富,为儿子日后的文学和政治活动提供了可靠的经济保证,母亲阿玛丽亚·格罗莉出身于书香门第,是个抒情诗人。1888 年,马里内蒂进入法国耶稣会在亚历山大开设的圣法朗梭瓦·克萨维尔学校读书。他深受法国文化的熏陶,偏爱法国文学作品,又在母亲的指导下研读但丁、邓南遮等意大利诗人的作品,因而有"半是意大利人,半是法国人"之称。1893 年,他前往巴黎准备文学学士考试,其间广泛接触了法国象征派文学艺术。1895 年,在律师父亲的劝说下,马里内蒂就读意大利帕维亚大学法律系,不久转入热那亚大学法律系,1899 年毕业。

早在 16 岁时,马里内蒂就创办过小型刊物《纸草》。大学期间写的《老海员》曾在巴黎"大众星期六"优秀诗歌评奖会上获大奖。大学毕业后,他更决定放弃法学,完全从事文学活动。从 1900 年起,他积极为法国一些刊物撰稿,主动结交著名作家,并在意大利各地举行集会,发表演说,大力宣传法国浪漫派和象征派诗人如雨果、波德莱尔、马拉美、兰波、维尔哈仑(Émile Verhaeren,1855—1916)等的诗歌。马里内蒂的早期诗歌属"自由诗",包括学生时期的《老海员》、1902—1904 年间的《征服星球》《毁灭》《亲密的邓南遮》《流血的木乃伊》等。它们在思想上是反社会主义和反民主主义的,在艺术上对以邓南遮为代表的意大利唯美主义抱有不满,风格上有浓重的象征主义倾向。1905 年,马里内蒂创办国际性刊物《诗歌》,并展开诗歌技巧讨论,进一步提倡"自由诗"。他的早期创作还有 1905 年的剧作《饕餮的国王》,这是一部象征主义戏剧,同时也兼有未来主义的特征。

1909 年 2 月 20 日,《未来主义宣言》发表,马里内蒂正式开始了他作为未来主义者的生涯。同年,他的第一部长篇小说《未来主义者马法尔卡》在巴黎出版。小说中塑造了"未来的人"的典型:他长得如一个机器人,身体的每一部分如机器零件一样可以随意拆下安上;他具有无比的本领,能够飞上蓝天,揽星抱月;他没有良心,没有道德感,没有感情,也没有爱与被爱,只是一个冷漠无情的机器人。这种"未来的人"的实质即尼采所言的那种蔑视传统道德和人类情感,只崇拜意志力的"超人"。1912年,《未来主义文学的技术性宣言》发表,同年发表的还有马里内蒂在利比亚采写的战地通讯《的黎波里之战》。1913 年,马里内蒂参与支持的未来主义喉舌性质的刊物《莱采巴》出版。不久,诗集《扎-土勃-土勃》(1914)发表。这段时期是马里内蒂创作的盛期,他的主要文学作品和理论文章都写在这个时候;他在这个时期还出访法、俄,极大地影响了未来主义在这两国的产生。

马里内蒂远不是一个安分守己的文学家,他意志坚强,精力充沛,狂妄自大,傲慢自负,是个叛逆色彩很浓的人物。早在 1892 年,他便因传播左拉小说、断然拒绝朗读歌颂教皇的教材等"出格"行为被耶稣会学校开除,并因此于 16 岁时便在巴黎拉丁区有了一段放荡不羁的生活。1908—1910 年,因谴责奥地利哈布斯堡王朝、"未来主义晚会"引起斗殴等原因,马里内蒂被当局逮捕达 4 次之多。1909 年,批评家希兹斯在巴黎《日报》上撰文抨击《饕餮的国王》,勃然大怒的马里内蒂竟然找过去抽了对方的耳光——这一令整个新闻界为之耸动的行为暴露出马里内蒂的进攻性性格特征。马里内蒂似乎出生时便带有对战争近乎本能的爱好。1911 年意大利发动对利比亚的侵略战争,他以战地记者身份,赶赴利比亚采访,第二年就发表了《的黎波里之战》。1913 年保加利亚与土耳其交战,马里内蒂前往索非亚"体验生活"。第一次世界大战爆发后,马里内蒂立刻志愿入伍,被编入伦巴第军团。1914—1915 年,因带头参与要求意大利政府参战的集会和示威游行,他又被当局逮捕羁押了 3 次。1915 年,他的《战争是清洁世界的唯一手段》出版。意大利政府最终宣布参战后,马里内蒂不胜欢喜,指挥一支装甲部队左冲右撞,获得了军功章。

马里内蒂不想把未来主义拘死在文学圈子里,他视之为一种社会理想和政治要求。1918 年,他组建"未来党",视法西斯党为朋友,视社会党和民主力量为敌人。1919 年,墨索里尼邀请马里内蒂作为法西斯党候选人;第二年,因无法说服墨索里尼接受其反对王权和教会的立场,马里内蒂等决定使"未来党"同法西斯断绝关系。1924 年,马里内蒂同已执掌政权的法西斯再度合流,认为借助墨索里尼能够"实现未来主义最低纲领",同年,其政论文集《未来主义与法西斯主义》出版。1929 年,他被官方授予意大利科学院院士称号。1942 年随法西斯军队进入苏联。1944 年 12 月 2 日因心脏病发作去世。

马里内蒂的创作是充满内在矛盾的。1919 年发表的诗体小说《一颗炸弹里面的八个灵魂》等具有向传统艺术手法回归的迹象,1922 年出版的第二部长篇小说《难以驾驭的人们》更明显地背离了未来主义的艺术规则。这部长篇小说采用寓意手法,表现黑人对自由的渴求。1933 年发表的散文《埃及的魅力》回忆了马里内蒂童年时代的埃及,幻想建立符合未来主义蓝图的新埃及。在艺术手法上,它已经摆脱了未来主义怪诞、离奇、突兀的特征,而多有平易、朴实、流畅的倾向,因而被评论家认为是马里内蒂最优秀的散文,堪与邓南遮的风格相媲美。这一切也隐含了未来主义主旨与创作实践的矛盾,说明了未来主义同客观现实的内在对立性。

　　《他们来了》是马里内蒂的短剧名作,也是未来主义戏剧代表作之一。全剧汉译文本仅千字左右。故事发生在一间豪华的客厅里,时间是晚上,巨大的吊灯放射着耀眼的光芒。舞台布置:左方是敞开的门窗,通向花园;靠近墙壁,摆着一张异常高大的安乐椅,安乐椅两边,一字摆开 8 张座椅,左右各 4 张。全剧台词总共只有 4 句,都是总管的命令。故事伊始,总管和两名仆人从左门上场,总管说:"他们来了。赶紧准备。"说完下场。仆人们忙着把 8 张座椅围绕安乐椅摆成马蹄形。总管又气喘吁吁地从花园上场,说:"新的命令。他们非常困乏……赶紧准备一批枕头、凳子……"说完下场。仆人们带着备用东西上来忙活着。总管又气喘吁吁地从花园上场:"新的命令。他们肚子饿了。准备开饭。"仆人们布置餐桌,在第一个座席前放一瓶鲜花,在第二个座席前放 8 瓶酒,在其他座席前仅放一副餐具。其中有一张座椅的两条后腿立起,靠在餐桌上。总管又着急地奔跑上场,发布了最后一道谁也搞不清是什么意思的命令:"Briccatirakamè-kamè"。仆人们把餐桌重新搬回幕启时的位置。8 张座椅尾随安乐椅呈一字长蛇阵摆开,形成一条对角线,穿过舞台。吊灯熄灭,月光通过花园的门洒在舞台上。在一盏看不见的聚光灯照射下,安乐椅和 8 张座椅在地板上的影子越来越长,最后它们朝通向花园的门移去。仆人们则龟缩在角落里,浑身颤抖,极其痛苦地等待这些椅子缓慢走出客厅。

早在 1915 年,马里内蒂就发表了《未来主义合成戏剧宣言》,对传统戏剧进行了严厉批评,认为自古希腊以来,戏剧技巧越来越教条化和学究化,当今戏剧节奏太慢,手法太笨,"只配称作煤气灯时代的戏剧",因此力倡"未来主义戏剧"。《他们来了》就是一出具有鲜明未来主义特征的戏剧。

其一,它极富动感。全剧以极少的文字描绘了一个生活片段,短小精悍。无论台词还是动作提示,都没有心理分析和要求。剧中人物,总管来去匆匆,上台动作急促,台词不多,仆人们自始至终都是忙忙碌碌的。其二,强调对潜意识等非理性世界的挖掘。马里内蒂反对戏剧像照相机一样平板地再现生活,认为应该在舞台上"展示我们的智力从潜意识、捉摸不定的力量、纯抽象和纯想象中发掘出来的一切",而不应理会它们如何违背真实、离奇古怪。马里内蒂在对《他们来了》的说明中指出,剧中的桌椅"呈现出给人以深刻印象的态势,充满神秘的启示","一切感觉敏锐和富于想象力的人",都会发现它们具有一种"奇特的幻觉般的生命"。其三,是对"合成戏剧"的初步试用。马里内蒂倡导建立"合成戏剧",主要手段是:突出灯光、声响、色彩等的综合作用;用电影手法表现传统戏剧无法表现的如战争、天空、飞行、海洋等场景;多条线索平行展开,互相渗透;消除演员和观众、现实与幻觉、意识与无意识之间的界限。而主要特征则是在极其有限的时间里,把众多的客观事实和主观感觉全压给观众,从而扩大戏剧的容量。《他们来了》不能算是这种"合成戏剧"的最好说明,但它突出了灯光的作用,有机渲染了舞台上众椅子的那些"充满神秘的启示",也可算作"合成戏剧"的一次演习。

《他们来了》影响深远。皮兰德娄(Luigi Pirandello,1867—1936)写作怪诞剧时,曾从中受到过启发;尤奈斯库(Eugène Ionesco,1912—1994)在写作荒诞派名剧《椅子》(1952)前,也曾接触它并对之有所思考。

至于马里内蒂和整个未来主义,则更是声名在外,影响深远,意象派领袖庞德曾如此表达对他的感激之情——马里内蒂和未来主义给予整个欧洲文学以巨大的推动,设若没有未来主义,那么,乔伊斯、T. S. 艾略特、整个意象派诗歌运动都不会存在。

三

在文学渊源上,未来主义受到象征主义的深刻影响,同时又是对意大利颓废主义的直接反叛。法国象征主义是未来主义的重要源头。马里内蒂的早期诗作《老海员》(1897)、《征服星球》(1902)、《流血的木乃伊》(1904)等,都是用法语写成的象征主义诗歌。颓废主义在19世纪末的欧洲文坛蔚然成风,其在意大利的代表是帕斯科里(Giovanni Pascoli,1855—1912)、邓南遮(Gabriele D'Annunzio,1863—1938)和福加扎罗(Antonio Fogazzaro,1842—1911)等。颓废派宣扬悲观主义,提倡"为艺术而艺术",反映了一部分资产阶级知识分子面对现实时苦闷、彷徨、失望的情绪。未来主义者对颓废主义吟风弄月、艺术至上的唯美主义倾向进行了大力批判,主张艺术应该反映飞速发展的社会现实,强调艺术与生活的统一。总体来说,在美学观和艺术创新方面,未来主义者有其独到的创见和贡献,也有其明显的偏见和错误。

首先,在文学与传统的关系上,未来主义者反对因袭陈规,提倡革故鼎新。马里内蒂认为从古至今的文学一直赞美停滞不前的思想、痴迷的感情和酣沉的睡梦,而倘若谁想使意大利艺术变得年轻,生机盎然,便应当把它从对过去的模仿中解放出来,从传统主义、学院主义中解放出来。但他走得过火,以至于把文学艺术传统和精神枷锁等同起来,认为欣赏一幅古典绘画,无异于把自己的情感注进一具棺材,因此要铲除博物馆和图书馆,把艺术作品随同它的作者的尸体一起焚烧。这种倾向在布尔柳克、早期的马雅可夫斯基那里也表现得较为突出。

其次,在文学创作主体的心理规律上,未来主义认为理性和逻辑的认识方法是静止、僵死和片面的,是无法认识事物的运动、发展和变化的,只有借助于直觉和潜意识、幻觉和想象,把自己的感受、情绪和意念无拘无束地表达出来,才能达到认识奥妙无穷的主观世界的目的。因而未来主义特别强调作家的主观表现,推崇创作中的主观体验和"凌乱的意象",大力表现病态的心理、神秘的幻觉、梦境、黑夜甚至死亡。未来主义者否定传统文学的正义、美德、爱情、幸福等主题,认为"英勇""无畏""叛逆"是诗歌的本质因素,把"速度""力量""运动"作为未来主义大力表现的对象和主题。在题材方面的重要特征是动态的人、物和动态的生活入主其篇章。在体裁方面,未来主义文学的突出特色是以诗歌为主。其诗歌代表作有阿波利奈尔的《醇酒集》(1913)、马里内蒂的《扎-土勃-土勃》(1914)、马雅可夫斯基的《穿裤子的云》(1915)等;其小说代表作有马里内蒂的《未来主义者马法尔卡》(1910)、帕拉泽斯基的《贝拉的法典》(1911)等;其戏剧代表作有马里内蒂的《他们来了》等。

再次,未来派认为诗歌必须毁弃"承袭于荷马的陈旧句法",应当消灭形容词,消灭副词,使用动词不定式,名词须得成双重叠,还应当消灭标点符号。他们认为唯此才能表现出生活的延续性和用直觉理解生活的灵敏,才能避免静止,保持变化,使语言获得解放,并且有生动活泼的风格。未来主义者认为传统的类比是一种"直接相近的类比",如把动物比拟成人,或者比作另一种动物,它只相当于一种照相术;而他们则依靠"自由不羁的想象",使用"绝对自由类比"。他们还断言,类比的本质是一种深切的爱,坚持认为应把相距遥远的事物通过极广泛的类比,通过一连串相似的形象联系起来,从而使诗歌达成一种容纳物质生活的多色彩、多声部和多形态的合奏式风格。

另外,未来主义者认为,人类总是习惯于用自己青春的欢乐或衰老的痛苦给物质涂上一层感情色彩,而对于他们来说,一块铁或木的能量已经比一个女人的微笑或眼泪更能打动人心。他们认为应该给文学注入生命的原动力,应该用物质自身具有的诗意的魅力代替人类业已衰竭的多愁善感的心理。这实际上是想消除传统文学的"情景交融""物我同一"特征,而代之以物质主义。未来主义者还认为,发现金属、石头和木头等物的呼吸、感觉和冲动,是观察物体的一种新的角度,是一种类似于从高空俯瞰而不是从正面或后面打量的深刻的透视。由此他们笃信,文学应该引入一贯被忽视的声响、重量、气味三要素。比如在马里内蒂的作品《光辉》里,有一组谐声字 dum-dum-dum-dum,表示的就是"照耀非洲的太阳旋转时发出的声音和橘红色天空的重量"。

第二节　超现实主义

超现实主义是第一次世界大战后首先在法国兴起的一个文学艺术流派,后很快波及欧美其他国家和地区。不仅限于文学领域,超现实主义艺术运动在绘画、雕塑、戏剧、电影等诸领域,均得到很大的反响。

一

法国的超现实主义文艺运动是由达达主义演变而来的。第一次世界大战期间产生于瑞士的达达主义,其倡导者乃法国诗人特雷斯顿·查拉。1915 年,一群来自欧洲各国的文学家和艺术家躲避战乱麇集于中立国瑞士,他们常在苏黎世的酒馆相聚,高谈文艺阔论时局,讨论作品,切磋技艺。很快,一个以查拉为首、由一些青年诗人组成的文艺社团便形成了。1916 年 2 月的一次集会中,查拉把裁纸刀随便插入一本法德词典,打开后,刀尖所指之词恰好是"达达"(DaDa),由是这个文艺社团便获得了"达达"的命名。DaDa 本来是初学说话的幼儿语言,是"马"的意思,用它作为一种文艺运动的旗号,纯属偶然,并无任何意义。1917 年 7 月,查拉主编的《达达》杂志第一期刊出,第一批达达派作品面世。第二年,查拉发表的《一九一八年达达宣言》标志着达达主义已渐入佳境。

1919 年,法国年轻诗人安德烈·布勒东、路易·阿拉贡和菲利普·苏波(Philippe Soupault,1897—1990)等人在巴黎创办《文学》杂志。同年底,查拉来到巴黎,布勒东小组与达达派会合,巴黎成为达达派新的大本营。达达主义对某些未来主义作家美化战争的做法及强烈的民族主义倾向甚为不满,转而从虚无主义出发,奉行巴枯宁“破坏即创造”的无政府主义宗旨,主张摒弃旧的传统价值观念、道德体系和思维方式,反对一切有意义的事物,甚至包括达达主义本身。达达主义激进的反叛姿态曾一度引起广泛关注,但它既没有系统的理论也没有令人瞩目的文学实绩,所以,这个团体很快便趋于瓦解。从 1922 年起,达达社团内部便出现了明显的分歧。布勒东不满于达达派的虚无主义与无政府主义,认为文学应对现实生活世界起建设性作用,而不是毁掉一切;同时,在文学创作方法上,布勒东也基于弗洛伊德的精神分析理论提出了一套全新的见解。1923 年,在达达派举行的最后一次集会上,布勒东等人对达达派发起讨伐,导致布勒东原小组成员与达达派分道扬镳。事实上,早在 1919 年创办《文学》杂志之时,布勒东等人便开始反传统的先锋创作实验;同年,他与苏波合作完成的诗集《磁场》堪称其“自动写作”理论指导下的第一个产品。1924 年,法国一批颇具名望的文学家和画家创立了“超现实主义研究会”,并发行同人杂志《超现实主义革命》;1924 年 10 月,布勒东发表其第一篇纲领性文献《超现实主义宣言》,系统地阐述了超现实主义的宗旨和方法论。大批原达达派成员开始倒向布勒东一边,布勒东小组的势力不断壮大,一个自我命名为“超现实主义”的文艺流派正式诞生。1925 年前后,超现实主义渐趋高潮,不仅兵强马壮,而且创作成就斐然。至 1929 年,就连查拉本人也加入了超现实主义的行列,达达主义最终为超现实主义所替代。查拉自己后来在谈到达达运动时说:"指导我们行动的原则的确是'破坏一切',不过它的价值也正在于为后继的事物扫清道路。"①

"超现实主义"这一术语最早见于阿波利奈尔的剧本《蒂蕾霞丝的乳房》。"人当初企图模仿行走,所创造的车轮却不像一条腿,这样,人就在不知不觉中创造出超现实主义。"②布勒东在借用"超现实主义"这一词时,已赋予了这个词新的含义,他在《超现实主义宣言》中给超现实主义下了如下定义:"超现实主义,名词。纯粹的精神的无意识活动……在不受理性的任何控制,又没有任何美学或道德的成见时,思想的自由活动。"③超现实主义在其发展初期,按布勒东宣示的艺术追求与方法路径前进,目标统一。但随着运动的不断深入,超现实主义团体内部发生了新的变化。20世纪30年代,左翼文化运动风起云涌之际,超现实主义者与法共观点渐趋一致,不少超现实主义作家成为法共党员。政治因素直接导致了超现实主义团体内部的分化,以阿拉贡为代表的一部分人日益倾向马克思主义,而以布勒东为首的另一部分人则与马克思主义和法共始终保持着距离。布勒东认为超现实主义运动应当保持绝对自由,不受任何其他力量的制约。他在1930年发表的第二篇《超现实主义宣言》中,重申了艺术创作的自由原则,加剧了超现实主义内部的分裂。1932年,阿拉贡由于赞成苏联共产党的总路线,接受法共的主张,率先与布勒东决裂,退出了超现实主义团体。后来,创会元老艾吕雅、苏波等人也先后与布勒东分道扬镳。

第二次世界大战爆发后,超现实主义队伍迅速瓦解。成员们各奔前

---

① 《中国大百科全书·外国文学》(第1卷),中国大百科全书出版社1982年版,第206页。
② 赵乐甡、车成安、王林主编:《西方现代派文学与艺术》,时代文艺出版社1986年版,第277页。
③ 布列东:《什么是超现实主义?》,见伍蠡甫等编《现代西方文论选》,上海译文出版社1983年版,第169页。

程,有的应征入伍,有的不愿参战而出走国外。1941 年,布勒东离开法国到了美国,超现实主义运动因此在美国有了较大发展。超现实主义成员经由各种形式的作品以及展览会、报告会等,展示了运动的活力,扩大了在美国的影响。1946 年,布勒东返回法国,重新组建超现实主义团体,并出版了许多刊物和作品。但此时,超现实主义已是强弩之末,无论是社团规模还是创作成就,较之以往都相去甚远。1966 年,布勒东的去世给超现实主义运动以致命打击。1969 年,法国的超现实主义团体正式宣布解散。

1919 年,布勒东曾将查拉《一九一八年达达宣言》称为"具有决定意义的宣言",并称"我的的确确被您的宣言所激励了;我不知道谁还能具有您所表现出来的这种勇气。如今,您吸引着我的全部注意力"①。超现实主义是由达达主义脱胎而来的,但其成就和影响却远远超过了达达主义。超现实主义运动前后绵续约半个世纪,其意义和影响殊为深远。在其发展过程中,它还受到了象征主义、立体未来主义的影响。在观念层面,弗洛伊德的"潜意识"学说和释梦理论、柏格森的"直觉主义"哲学乃超现实主义的理论基础。在著名的《超现实主义宣言》(1924)中,布勒东称:"在文明的掩护下,以进步为口实,人们已经将所有(不管是否有理)可以称为迷信或幻想的东西,一律摒除于思想之外;并且禁绝了一切不合常规的探求真理之方式。看来完全是出于偶然,最近才澄清了精神世界的一个部分,而我以为是绝对最为重要的那个部分,亦即大家早已佯作毫不关心的那个部分。这要感谢弗洛伊德的发现。根据这些发现,终于形成了一股思潮;而借助于这股思潮,人类的探索者便得以做更进一步的发掘,而不

---

① 转引自袁可嘉等编选:《现代主义文学研究》(上),中国社会科学出版社 1989 年版,第473 页。

必再拘泥于眼前的现实。想象或许正在夺回自己的权利。"①

　　超现实主义的中心命题是"超现实",这一命题是超现实主义者将柏格森的直觉主义、弗洛伊德的精神分析学说同黑格尔的本质论加以综合归纳而得出的结论。"超现实"也叫"绝对现实",是指"内在现实"(本质)与"外在现实"(现象)的统一。在他们看来,人的梦幻、潜意识与客观现实这两类看似矛盾的事物之交汇便构成了神秘莫测的"超现实";"超现实"是由梦幻和现实统一而来,但又居于二者之上,可以说是二者的一种融合。为了表现这种"绝对真实"的超现实,超现实主义作家反对理性控制下的思维活动,认为清醒、理智、合乎逻辑的思维活动已被现代文明所毒化,不再是纯精神。于是,他们转而探究人的潜意识、梦幻乃至人的疯狂妄想和偶合事物,用布勒东的话说,就是"这些梦幻和联想在一开始几乎构成了超现实主义的全部素材"②。他们认为在梦幻和潜意识状态下,人的精神是彻底自由的,因此,便把探讨梦幻和潜意识作为自己把握另一种真实的手段和任务。于是,对于梦境的记述便成为超现实主义早期重要的活动之一。

　　在创作方法上,超现实主义提出了"自动写作"的理论。所谓"自动写作",就是一种摒弃一切理性思考,在无意识冲动驱使下,不受任何意向和已知事实支配的写作方法。它抛弃了一切语言规范、思维逻辑和表达惯例,无论是词与词的组合还是句子与句子的衔接,都是偶然和随意的。超现实主义者认为这是一种最纯正、最生动的表现形式,它为非理性的潜意识敞开大门,使人能够更深入地理解人的潜意识和现实世界。布勒东曾这样来谈论"自动写作"的程序——

---

　　①　安·布勒东:《超现实主义宣言》,丁世中译,见袁可嘉等编选《现代主义文学研究》(上),中国社会科学出版社 1989 年版,第 475 页。
　　②　转引自柳鸣九主编:《未来主义　超现实主义　魔幻现实主义》,中国社会科学出版社 1987 年版,第 130 页。

　　找一个尽可能有利于集中注意力的静僻处所,然后把写作所需要的东西弄来。尽你自己之所能,进入被动的、或曰接受性的状态。忘掉你的天才、才干以及所有其他人的才干。牢记文学是最可悲的蹊径之一,它所通往的处所无奇不有。落笔要迅疾而不必有先入为主的题材;要迅疾到记不住前文的程度,并使你自己不致产生重读前文的念头。第一个句子会自动地到来,这是千真万确的,以至于每秒钟都会有一个迥然不同于我们有意识的思想的句子,它唯一的要求便是脱颖而出。很难预断下一个句子将会如何;它似乎既从属于我们有意识的活动,也从属于无意识的活动,如果我们承认写下第一句所产生的感受只达到了最低的限度,何况这也无甚紧要;超现实主义试验的意义,大抵也就在于此。还有一点,就是标点符号似乎有碍于这股热流酣畅地奔泻,尽管那是必要的,就像是要在一根颤动不已的绳子上打结一样。只要你愿意,就一直往下写。请相信:柔声细语是绵绵不断、不可穷竭的。①

　　布勒东也是最早试用"自动写作"法的超现实主义作家,1919 年的一个夜晚,当他要就寝时,他听到了一个音节分明的声音——"有一个人被窗子切成两段",于是,他的视觉中便出现了这一意象,紧接着,许多栩栩如生、神秘莫测的意象和短语又不断从他脑中自动涌出,他便任这种意识漫流开来。事后,他把这些意识追记下来,这便成了超现实主义作家运用"自动写作"法创作的第一次尝试。德国现代主义研究专家彼得·比格尔

---

　　① 安·布勒东:《超现实主义宣言》,丁世中译,见袁可嘉等编选《现代主义文学研究》(上),中国社会科学出版社 1989 年版,第 488—489 页。

指出,"从特里斯坦·查拉的'报纸剪辑'诗,到最现代的事件,对物质性的狂热服从并非是一种社会状态的原因而是它的结果。在这一社会状态中,只有偶然所揭示的东西才能免于虚假的意识,摆脱意识形态,不被打上人类生活状况的完全具体化的烙印"[1]。在《娜嘉》(1928)一书的开头,经由对一系列奇怪的事件的陈述,布勒东表达了其"客观的偶然"的含义——依赖于在互不相关的事件中选择一致的语义要素。对于那些并不被认为有可能发生的事,超现实主义者往往给予高度注意,对那些因琐碎平凡而不为人所注意的事,他们更是另眼相看。换言之,他们重视一般世俗思维触及不到的琐事。

在语言上,超现实主义作家偏爱用奇特、反常的语言形式,追求"神奇"的艺术效果。具体主要采用两种方法,一种是意象自由联想,一种是文字自由联用,而这两种方法均是不合逻辑的、反理性的,所以,在超现实主义作品中,经常出现一些奇特怪异的意象和违反常规的语句,如"精美的尸体将喝新酒""我爱海面上的你,当它是绿色时红得像蛋""地球像橘子一样蓝""白天是什么? 黄昏时分一位裸体洗濯的女人""船儿安睡在银色的暴风雨中"等,这类句子比喻庞杂,想象离奇,均表现出作家们在极力追求一种奇异的艺术效果。但超现实主义作家们过于标新立异,也常常使得作品因怪诞、神秘、晦涩而难以卒读。

二

安德烈·布勒东是法国超现实主义文学的创始人,既是超现实主义理论家,又是重要的诗人和小说家。

1913 年在巴黎学医时,布勒东结识了法国著名诗人保尔·瓦莱里。在后者的引导下,他阅读了大量早期象征派诗歌,这对他后来的创作影响

---

[1]　彼得·比格尔:《先锋派理论》,高建平译,商务印书馆 2002 年版,第 138 页。

甚大。第一次世界大战爆发后,布勒东应征入伍,在军队的一家精神病院服役,开始研读弗洛伊德的著作,并把弗洛伊德关于下意识活动的阐释应用于临床试验,这为他后来创建超现实主义文学流派奠定了理论基础。1917 年,布勒东回到巴黎,通过阅读洛特雷亚蒙(Comte de Lautréamont,1846—1870)的诗集以及与象征派诗人阿波利奈尔等人的交往,对文学产生了浓厚的兴趣。1919 年,他发表第一部诗集《当铺》,并伙同阿拉贡、苏波等人合办《文学》杂志,开始了职业作家的生涯。

1922 年,布勒东在维也纳拜访了弗洛伊德。这次会面促使布勒东脱离达达派,转而建构并倡导超现实主义。1924 年,布勒东抛出纲领性文章《超现实主义宣言》,大力鼓吹弗洛伊德学说,提倡精神的绝对解放,并明确指出超现实主义这个运动的目的,"是要解决清醒与入睡,理性和癫狂,客观性和主观性,表象和描写,过去和未来,群体和个人感情,以至生和死的矛盾冲突"①。《超现实主义宣言》发表的同时,布勒东还发起了"超现实主义研究会",并主持出版了机关刊物《超现实主义革命》。在这期间,布勒东与其伙伴进行了大量创作实践活动。1924 年,布勒东发表随笔集《可溶解的鱼》,作品以若干毫不相干的故事片段的组合,记录了梦幻和潜意识活动,再次具体实践了其所倡导的"自动写作"。1928 年,布勒东发表宣言文献《超现实主义与绘画》以及其最具代表性的小说《娜嘉》。

第二次世界大战爆发后,布勒东应征入伍,不久法国溃败,加之其新作《黑色幽默诗集》(1940)被查禁,于是他于 1941 年出走美国,侨居纽约,继续进行超现实主义活动。他主编了《VVV》月刊,并以超现实主义为题举办了多次演讲会和展览会,为团体赢得了许多新成员,使超现实主义运

---

① 转引自赵乐甡、车成安、王林主编:《西方现代派文学与艺术》,时代文艺出版社 1986 年版,第 286 页。

动在美国得到长足发展。

布勒东的代表作是诗体小说《娜嘉》,写成于 1928 年,这是一部典型的超现实主义作品,在法国文学史上享有较高声誉,被西方文学评论家称为"当代文学中最奇异的作品"①。小说没有清晰、连贯的故事情节,其主要线索是写 1926 年的某天,布勒东在巴黎街头徜徉,邂逅一位穷困潦倒、走投无路的女青年,名叫娜嘉。在交往的过程中,两人之间产生了一种既像友谊又像爱情的微妙的关系。娜嘉起先因缺钱而不得不干一些下等活,甚至以出卖肉体为生,后来又对布勒东的超现实主义产生了浓厚的兴趣,她以惊人的联想力和预见力向布勒东揭示了一个肉眼所无法窥见的新世界。最后,由于娜嘉的言行过于荒诞、癫狂,难为常人所理解,她终于被关进了精神病院。除了叙述娜嘉的故事,作者还用相当大的篇幅,以"自动写作"的方法记叙了多个互不关联的片段。

从小说塑造的人物形象看,娜嘉是作者精心刻画的超现实主义的理想人物。她既感性生动又富有神秘感。当布勒东在巴黎街头偶然遇到她时,她这样来向布勒东介绍自己:"我叫娜嘉,在俄语中这是'希望'一词的前半部分,但仅仅是前半部分。"布勒东一见到她便为其眼神所吸引:"这双眼睛里会发生什么奇异的事情? 这双眼睛里同时包容的隐隐约约的穷困和清清楚楚的自尊又说明了什么?"当布勒东问她:"您是谁?"她毫不犹豫地回答:"我是一个游荡的灵魂。"娜嘉身上,固然有作为流浪者、娼妓的一面,但更有自由高于一切的思想意识,因此,自始至终布勒东都把她奉为"自由的精灵"。她蔑视一切传统的世俗和清规戒律,她在一片潜意识和梦幻领域中打破了文明和理性的枷锁,获得了心灵的解放和自由。她具有非凡的想象力,她能看到开花的星、蓝色的风和像水一样的火。她也

---

① 转引自赵乐甡、车成安、王林主编:《西方现代派文学与艺术》,时代文艺出版社 1986 年版,第 290 页。

具有惊人的预知力,她对 1000 个人的过去、现在和未来了如指掌。她能以奇异的联想去发现常人所见不到的新问题、新见解,以此来开拓布勒东的视野,启迪布勒东的心智,并引导他去探索一个尚不为人所知的新世界。布勒东曾赞扬娜嘉那双蕨草似的眼睛对着一个充满希望的世界张开,但当娜嘉孤独而勇敢地前行时,她却没有得到自己所渴望的自由,人们由于无法接纳和容忍她的自由思想,而将她关进了精神病院,她的名字中所暗寓的那部分"希望",最终被现代文明社会撕得粉碎,这一悲剧性的结局留给人们的只有愤懑和慨叹。

作品开头以"我是谁?"发出自我质询,又以"一切都还不能确定我是谁"作答,通篇探讨了一系列关于"我"的问题,由此可见文本"寻觅自我"的主旨。小说中所提及的"我",并不是一般人所理解的个别、特定的自我,而是不断发展、不断变化的,保持了人的活力和本性的普通的人。小说中所出现的人几乎都是"我"的化身。作者始终让娜嘉处于梦幻与现实的交织状态中,如一个梦游者般,以发掘她作为"人"的精神潜力。在梦幻与潜意识状态中,她具有了极强的悟性和预知力,既可以推测过去,也可以预知未来,既可以存在于客观世界,又可闯入主观世界。作者通过她诡秘的言行,表明只有摆脱现代文明与理性的束缚,人们才能获得最充分的自由,才能得到最大限度的解放。在作者笔下,娜嘉的最后归宿"精神病院"也具有深刻的象征意义——由咖啡馆、商店、影剧院、雕塑等现代文明标志点缀着的现代社会,正是关押精神自由者的"精神病院"——它迫使人们就范顺从,从而扼杀了人的非凡的内部精神力量。

《娜嘉》这部作品从体裁上看,很难归属于哪一种文体——既不像诗,又不像散文,也不像传统意义上的小说,但它同时又兼容了这几种体裁。作者将小说的外形构造、散文化的风格与诗的语言融为一体,经过移接和再造,使《娜嘉》在叙事形态上呈现出非常奇异的特色。布勒东在文学形式上的这种创新,与他的超现实主义作品所要表达的内容密切相关:作品注重对人的下意识和梦幻作描写,而诗的迷幻、朦胧,散文的自由、散漫,恰恰适于表现这种内容。

除安德烈·布勒东外,在超现实主义文学中占有重要地位的作家还有法国的保尔·艾吕雅(Paul Éluard,1895—1952)、路易·阿拉贡,英国的狄兰·托马斯(Dylan Thomas,1914—1953)等。

保尔·艾吕雅是法国著名诗人。1911 年因患肺病入院疗养而开始写诗,1918 年发表诗集《和平咏》。艾吕雅先加入达达主义的行列,后又积极投身超现实主义运动。第二次世界大战爆发后,他参加了抵抗运动,并加入法共。晚年,他主要致力于争取和平的运动。艾吕雅的作品主要有《痛苦之都》(1926)、《爱情与诗歌》(1929)、《当前的生活》(1932)、《丰富的眼睛》(1936)、《诗与真》(1942)、《活得问心无愧》(1944)等诗集。在诗歌表现形式上,他并不过分追求标新立异,而是寻求一种自然朴实的诗风,诗句清新流丽,散发出浓郁的生活气息。

路易·阿拉贡是法国著名诗人、小说家和文艺理论家。早年学医,1917 年开始发表作品。1919 年参加达达运动,继而又伙同布勒东、苏波等人发起超现实主义运动。早在 1927 年,阿拉贡便加入法共,并因此与超现实主义团体决裂。第二次世界大战中,阿拉贡应征入伍,并参加抵抗运动。1957 年,苏联政府给他颁发列宁和平奖以表彰他在文学方面为维护当时苏共总路线所做出的贡献。阿拉贡一生著述甚多,但他主要以诗闻名于世。1920 年,他发表第一部超现实主义诗集《欢乐之火》,后又发表了歌颂布尔什维克革命的诗集《乌啦!乌啦尔!》(1934)和号召人民奋起抗击法西斯入侵的《断肠集》(1941)等。除诗歌外,阿拉贡还有《巴黎的农民》(1926)、《共产党人》(1949—1951)等小说行世。

狄兰·托马斯是英国诗人,生于英国威尔士南郊一个中学校长的家庭,中学时代就开始写诗,17 岁离开威尔士到伦敦专事创作。1934 年,他发表第一部诗集《诗十八首》,两年后又发表《诗二十五首》(1936),诗中形象奇特,语言铿锵有力。后来,他又相继发表了诗文集《爱的地图》(1939)和《新诗集》(1942)。第二次世界大战期间,他为伦敦英国广播公司服务。诗集《死亡和出场》(1946)的问世,使其名声大噪。托马斯的诗作从题材和手法上看,基本属于超现实主义流派。在弗洛伊德思想的影响下,他的许多诗充满了对生与死、爱情与信仰的痛苦探索,并以复杂的象征手法,描写了对死亡的向往以及梦幻和潜意识活动。在《死亡也一定不会战胜》中,作者一咏三叹,歌吟了人虽不免一死,但只要与大自然融为一体,便可获得永生。

第三节　先锋派的逻辑

在马里内蒂数十篇纲领性的宣言文献中,其于 1909 年发表的、标志着未来主义形成的《未来主义宣言》最为重要,作者放弃了任何传统的修辞,上来便劈头直呼——

一、我们要歌颂冒险的热情,赞美充满精力的习惯和横冲直撞的行动。

二、敢作敢为、无所畏惧、离经叛道将是我们的艺术的主要本质。

三、文学从古至今一直赞美静止的沉思、如痴如狂的恋情和睡眠状态。我们要赞美进取性的运动、焦虑不安的失眠、奔跑的步伐、翻跟头、打耳光和挥拳头。

四、我们宣告,由于一种新的美,世界变得更加光辉壮丽了。这是速力之美。一辆赛车的外壳上装饰着粗大的管子,像凶狠地舐着舌头的毒蛇……一辆汽车吼叫着,仿佛踏在机关枪上奔跑;它们比沙莫色雷斯的胜利女神更加美丽动人。

五、我们要歌颂手握方向盘、用理想的操纵杆戳穿地球面,沿着地球的正确的轨道运行的人类。

六、诗人应当具备慷慨、狂热、豪放的气质,以激烈的壮举振奋人心,在热忱中增加原始的组成部分。

七、离开斗争,就不存在美。如果不具备敢作敢为的进攻精神,就不会产生杰作。应当把诗当作向未知力量发起的勇猛攻击,目的是迫使它们向人类屈服。

八、我们穿过无数世纪走到了尽头!……既然我们要攻破那座叫作"不可能"的神秘的城门,为什么还向后看呢?时间和空间在昨天消亡了。我们已经生活在绝对之中,因为我们已经创造了无处不在的永恒的速度。

九、我们要歌颂战争——世界唯一的洁身之道,我们要歌颂军国主义、爱国主义和无政府主义者的破坏捣乱,我们歌颂美丽的理想,并愿为之献出生命,我们称赞蔑视妇女的言论行动。

十、我们要把形形色色的博物馆、图书馆和科学院全部摧毁,向道德主义、女权主义以及一切卑鄙的机会主义和实用主义的思想开战。

十一、我们歌颂在劳动、娱乐和反叛的激情下的巨大的人群;歌颂现代都市里色彩缤纷、人声鼎沸的革命的拍岸之浪;歌颂夜晚灯火辉煌的船坞和工地上热气腾腾的景象;歌颂那些贪婪地吞进冒烟的"长蛇"的车站;歌颂那些用缕缕青烟作绳索攀上白云的工厂;歌颂那些像身躯巨大的健将横跨在太阳照耀之下如钢刀闪光发亮的河流上面的桥梁;歌颂那些沿着地平线飞速航行的轮船;歌颂那些在铁轨上奔驰的胸膛宽阔的机车,它们犹如巨大的铁马套上了钢制的缰绳;歌颂那些滑翔着的飞机,它们的螺旋桨像迎风的旗帜呼啸，又像热情的人群在欢呼。①

《一九一八年达达宣言》是查拉所写的 7 篇"达达宣言"中最重要的一篇。文中表达了达达派与未来派看上去几乎没啥区别的现代主张:反对一切传统,反对一切常规。"立体派产生于观察事物最简单的方法""立体派和未来派的学会已使我们感到厌倦"②。作为后来者,达达主义者对其未来主义先辈显然已经嗤之以鼻,因为他们已将"反对一切"的立场贯彻到底。在非常决绝地宣称"达达即没有意义""达达不意味任何东西"之后,达达派坦率而又明确地表明:达达主义者反对的一切里面也有达达主义在内。简言之,达达分子比未来派更为狂热——它反对一切人们认为有意义的事物,反对既存的一切人为创设的事物。在这篇让达达主义以及作者本人都进入历史的文字的末尾,查拉高昂、激烈的语调几乎令整个文坛晕眩——

我宣称宇宙间的一切权力都反对这种出自哲理工厂的腐朽太阳的淋病,这是运用达达主义厌恶的一切手段进行的一场激烈的斗争。

一切能成为家庭之否定的厌恶的产物都是达达;用全身心举拳抗议,进行摧毁性的行动是达达;掌握那些以简单的妥协和礼仪的名义抛弃的种种方法是达达;取消逻辑,即无能力创造者的舞蹈是达达;取消一切由我们的奴仆制定的社会等级和差别是达达;每样东西、所有的东西、情感和黑暗,幻象及平行线精确

① 菲·马利涅蒂:《未来主义宣言》,吴正仪译,见袁可嘉等编选《现代主义文学研究》(上),中国社会科学出版社 1989 年版,第 361—363 页。
② 特·查拉:《一九一八年达达宣言》,项��译,见袁可嘉等编选《现代主义文学研究》(上),中国社会科学出版社 1989 年版,第 465 页。

的相交都是战斗的方式——达达；取消记忆是达达；取消预言是
达达；取消未来是达达；对自发直接产生的每一个上帝的绝对
的、不容争辩的信仰是达达；优美地、无害地从和谐向另一个领
域的跳跃；像响亮的唱片般被抛出的语言的轨迹；尊重当前所有
处在疯狂状态的人——严肃的、胆怯的、腼腆的、热情的、强壮
的、果断的；除去教堂一切无用和沉重的附属物；让令人不快或
充满爱恋的思想像闪光的瀑布一样喷涌，或者爱惜这思想之
流——带着随遇而安的强烈满足——和处在无昆虫的荆棘丛中
龙凤生的、天使般的灵魂具有同样的强度。自由：达达、达达、达
达。这是极度痛苦的呼号，这是一切对立、矛盾、怪物和混乱的
交织：这就是生活。①

最终推演出"反对一切"的现代主义先锋团队，最初是从要"火烧""水
淹"博物馆、图书馆开始的。所以人们很容易将此归结为"反传统"——

　　我们要切除这个国家身上由教授、考古学家、导游者和古董
商们组成的臭气熏天的痈疽。
　　意大利充当旧货市场的时间已经太久了。我们要把这个国
家从数不清的博物馆的霸占下拯救出来，这些博物馆在她身上
布满了数不清的坟场墓地。②

　　那么来吧，手指熏黑了的快乐的纵火者们！来了！来了！

---

①　特·查拉：《一九一八年达达宣言》，项巇译，见袁可嘉等编选《现代主义文学研究》
（上），中国社会科学出版社 1989 年版，第 471—472 页。
②　菲·马利涅蒂：《未来主义宣言》，吴正仪译，见袁可嘉等编选《现代主义文学研究》
（上），中国社会科学出版社 1989 年版，第 363 页。

……干起来吧！你们点燃图书馆的书架！……你们将河水引来淹没博物馆！……啊，看着那些自命不凡的旧画撕破了、褪色了，在水面上随波逐流地漂浮，是多么开心！……你们举起锄头、斧子、铁锤，毫不手软地捣毁那些受人尊敬的城堡吧！①

过去的东西挤得太紧。科学院和普希金比象形文字还难于理解。

把普希金、陀思妥耶夫斯基、托尔斯泰等，从现代生活的轮船上扔出去。

谁不忘初恋，谁就无法知道最终的爱情。②

我心目中的超现实主义充分地表明了我们绝对不信奉正统的态度；所以在对现实世界打的这场官司中，必得请它作为反证人出庭。恰恰相反，它只能佐证那全然走神的状态；我们很希望在现世能达到这种状态。③

因此，本土很多学者对现代主义的界定标准就是"反传统"。但事实上，"反传统"要落到实处，必定要挖掉"传统"得以构建的地基，这就有了构成现代主义本质特征的反理性、反逻辑、反体系——

---

① 菲·马利涅蒂：《未来主义宣言》，吴正仪译，见袁可嘉等编选《现代主义文学研究》（上），中国社会科学出版社 1989 年版，第 364 页。

② 维·赫列勃尼科夫、达维德·布尔柳克、弗·马雅可夫斯基等：《给社会趣味一记耳光》，张捷译，见袁可嘉等编选《现代主义文学研究》（上），中国社会科学出版社 1989 年版，第 382 页。

③ 安·布勒东：《超现实主义宣言》，丁世中译，见袁可嘉等编选《现代主义文学研究》（上），中国社会科学出版社 1989 年版，第 503—504 页。

　　在文学中消灭"自我",也就是消灭一切人的心理活动。彻底被图书馆和博物馆毒害的人类,屈服于吓唬:人的逻辑和知识,绝对再也贡献不出任何有价值的东西了。因此,我们必须把他们从文学中清洗出去,最终以物质来代替人类。应当用直觉去捕获物质的本质,这并不是物理学家和化学家能做到的事情。[①]

　　人们以为通过思考能够合理地解释所写的东西。思维对哲学来说是一件好东西,但它是相对的。精神分析法是一种危险的疾病,它消除人们反现实的倾向,把资产阶级系统化。终极真理是没有的。辩证法是一架有趣的机器,它以一种平常的方式把我们引向我们终将获得的观点。难道人们真的相信通过严密的逻辑已经揭示了真理并确定了自己观点的正确性吗?由于欲念而变得严谨的逻辑是一种器质性的疾病。哲学家喜欢补充这一点:观察的权利。但恰恰就是这种理性的优良特性证明了理性的软弱无力。人们观察,从一个或几个角度着眼,这就必须从现有的千千万万个角度中进行挑选。经验也同样是一种偶然的结果,是个人官能体验的结果。自从科学变成一种思辨体系,失去了功利的特性——变得毫无用处——至少对于个人,我便对它产生了反感。我仇恨浑浊的客观性与和谐性。这种科学把一切都归得井井有条。继续努力吧,孩子们! 人道……科学指出我们是自然的奴仆:一切都秩序井然,无论调情还是酗酒。继续努力吧,孩子们! 人道,可爱的资产者和圣洁的记者们……我反

---

　　① 菲·马利涅蒂:《未来主义文学的技术性宣言》,吴正仪译,见袁可嘉等编选《现代主义文学研究》(上),中国社会科学出版社 1989 年版,第 370 页。

对体系,最能被接受的体系是原则上没有任何体系的体系。①

　　我们需要一些有力的、率直的、确切的,但又永远无法理解的作品。逻辑总把事情复杂化。逻辑永远是谬误。它从外在形式上操纵概念、语言向着终极,向着虚幻的中心展开。这种链索就像使人窒息的多足虫一般扼杀着独立。艺术一旦和逻辑相结合,就将处于乱伦中,永远大口地吞食自己的尾部,自身淫乱,变成一种具有新教色彩的令人生厌的东西,变成一座建筑,一堆暗灰色的、沉甸甸的肚肠。②

　　既然每一种秩序注定是谨慎的理智的产物与防卫的手段,形象的合奏曲必须谱写成最大限度的混乱。③

　　在作品中,这个世界既没有被详细说明,也没有被下定义,它是以千变万化的形式属于观众的。对于创作者来说,它既无原因又无理论。秩序＝混乱;我＝非我;肯定＝否定:这是纯艺术至高无上的光辉。这种纯粹表现为在没有延续、没有呼吸、没有光明、没有监督的瞬间全宇宙井井有条的、永恒的、混乱的纯净性。④

---

① 特·查拉:《一九一八年达达宣言》,项姝译,见袁可嘉等编选《现代主义文学研究》(上),中国社会科学出版社1989年版,第468页。
② 特·查拉:《一九一八年达达宣言》,项姝译,见袁可嘉等编选《现代主义文学研究》(上),中国社会科学出版社1989年版,第470页。
③ 菲·马利涅蒂:《未来主义文学的技术性宣言》,吴正仪译,见袁可嘉等编选《现代主义文学研究》(上),中国社会科学出版社1989年版,第370页。
④ 特·查拉:《一九一八年达达宣言》,项姝译,见袁可嘉等编选《现代主义文学研究》(上),中国社会科学出版社1989年版,第466页。

超现实主义的基础是信仰超级现实；这种现实即迄今遭到忽视的某些联想的形式。同时也是信仰梦境的无穷威力，和思想能够不以利害关系为转移的种种变幻。它趋于最终地摧毁一切其他的精神学结构，并取而代之，以解决人生的主要问题。①

反理性必然会涉及既往承载着理性的话语模式；事实上，包含文学艺术在内的"传统"文化大厦最基本的建筑材料便是文字。由是，现代主义的先锋兵团普遍表达了对既有话语体系、语法规则的敌视——

物质既不悲伤也不快乐。它有勇气、意志和绝对力量这些天生的品质。它完全属于能摆脱传统句法束缚的预言未来的诗人。传统句法是沉重的、狭隘的，固定在地面不动，因为它只有理智而无手臂和翅膀。只有反句法的诗人能从互不连贯的字句中深入了解到物质的实质，并能消除物质与我们之间的盲目的对立。②

我们就是要反其道而行之，要把一切粗野的声音、一切从我们周围激烈的生活中发出的呼喊都利用起来。我们在文学中表现"丑"，并且推倒一切尊严。滚开吧！你们不要摆出伟大的卫道士的姿态来听我说话！必须每天朝文学的祭坛上吐唾沫！我们进入了自由直觉的无限统治时期。在自由的诗歌之后，自由

① 安·布勒东：《超现实主义宣言》，丁世中译，见袁可嘉等编选《现代主义文学研究》（上），中国社会科学出版社 1989 年版，第 484—485 页。
② 菲·马利涅蒂：《未来主义文学的技术性宣言》，吴正仪译，见袁可嘉等编选《现代主义文学研究》（上），中国社会科学出版社 1989 年版，第 371 页。

的语言终于到来！①

句法过去一直是诗人们用来说明宇宙间各种色彩、音乐、造型和结构的一种抽象的符号。句法过去一直是千篇一律的解说员和导游。必须取消这个媒介物，使文学直接进入宇宙，同宇宙合为一体。②

必须消灭句法，将名词无规则地任意罗列，保持名词所代表的事物的原意。③

取消标点符号。删削了形容词、副词和连接词后，标点符号就自然地作废了。自然形成的连贯串通具有特别生动活泼的风格，不需要用逗号和句号标出荒谬悖理的停顿。为了强调某些运动和标明它们的方向，将采用数学符号＋－×÷＝＞＜，以及音乐符号。④

必须解除不被人理解的顾虑。不需要被人理解。过去，当我们用传统的和理性的句法写出未来主义的感想片段时，我们

---

① 菲·马利涅蒂：《未来主义文学的技术性宣言》，吴正仪译，见袁可嘉等编选《现代主义文学研究》(上)，中国社会科学出版社 1989 年版，第 373 页。
② 菲·马利涅蒂：《未来主义文学的技术性宣言》，吴正仪译，见袁可嘉等编选《现代主义文学研究》(上)，中国社会科学出版社 1989 年版，第 372 页。
③ 菲·马利涅蒂：《未来主义文学的技术性宣言》，吴正仪译，见袁可嘉等编选《现代主义文学研究》(上)，中国社会科学出版社 1989 年版，第 366 页。
④ 菲·马利涅蒂：《未来主义文学的技术性宣言》，吴正仪译，见袁可嘉等编选《现代主义文学研究》(上)，中国社会科学出版社 1989 年版，第 367 页。

也不曾考虑能否被别人理解。①

我们从高耸入云的摩天大厦上，看他们是多么的渺小！……我们命令尊重诗人们的下列权利：

一、有任意造词和派生词以扩大词汇量(造新词)的权利；

二、有不可遏止地痛恨存在于他们之前的语言的权利；

…………

如果说在我们的字句上暂时还留有你们"健全的理性"和"高尚的趣味"的肮脏烙印的话，那么在这些烙印上面，自身有价值的(自在的)词所具有的新的、未来的、美的亮光已破天荒第一次在时隐时现地闪耀。②

反对一切，自然需要力量，而且是非常强大的力量，于是现代主义的先锋便慨然宣称"强力"即"美"——

艺术，说到底，只能是暴力、残忍和邪恶。③

你们注意不要将人类的情感赋予物质，但是你们可以推测物质的各种定向冲动，即它的压缩力、膨胀力、聚合力、分裂力、它的微小粒子团的结合与电子的旋转。不是写拟人化的物质的

---

① 菲·马利涅蒂：《未来主义文学的技术性宣言》，吴正仪译，见袁可嘉等编选《现代主义文学研究》(上)，中国社会科学出版社1989年版，第372页。

② 维·赫列勃尼科夫、达维德·布尔柳克、弗·马雅可夫斯基等：《给社会趣味一记耳光》，张捷译，见袁可嘉等编选《现代主义文学研究》(上)，中国社会科学出版社1989年版，第383页。

③ 菲·马利涅蒂：《未来主义宣言》，吴正仪译，见袁可嘉等编选《现代主义文学研究》(上)，中国社会科学出版社1989年版，第365页。

戏剧。一块钢板令我们感兴趣,是由于它很坚硬,也就是说,由于它的分子或者电子的非人工的和不可思议的结合能够抵挡诸如一颗炮弹的射击。对于我们来说,一块铁或一块木头的热量已经比一个女人的微笑和眼泪更能打动人心。①

我们领略过战栗和苏醒。我们怀着对力量的陶醉回到人世,把三齿叉刺入无忧无虑的肉体。我们是四周植物丰茂的遭到厄运的小溪,树胶和天雨是我们的汗水,我们流血,感到口渴,我们的血液充满了生机。②

我们有大量摧毁性的、否定性的工作要完成。清扫,冲洗。经过一种疯狂、一种极度疯狂的状态之后,个人的廉洁从一个落入强盗之手的世界中完整地显示出来,这些强盗们正在撕裂和毁灭着世纪。没有目标,没有计划,没有组织:难以制服的疯狂、崩溃。语言和体力的强者将生存下去,因为他们激烈抗争,他们的四肢和思想都发出敏捷的强光。③

而自由,毫无疑问是他们一切力量的来源,也是他们唯一肯定的东西——

自由:达达、达达、达达。这是极度痛苦的呼号,这是一切对

---

① 菲·马利涅蒂:《未来主义文学的技术性宣言》,吴正仪译,见袁可嘉等编选《现代主义文学研究》(上),中国社会科学出版社 1989 年版,第 370—371 页。

② 特·查拉:《一九一八年达达宣言》,项嫚译,见袁可嘉等编选《现代主义文学研究》(上),中国社会科学出版社 1989 年版,第 465 页。

③ 特·查拉:《一九一八年达达宣言》,项嫚译,见袁可嘉等编选《现代主义文学研究》(上),中国社会科学出版社 1989 年版,第 471 页。

立、矛盾、怪物和混乱的交织，这就是生活。①

"达达"就是这样由于需求独立、反感一致而产生的。我们的人都保持着自己的自由。我们不承认任何理论。②

超现实主义，名词。纯粹的精神的无意识活动……在不受理性的任何控制，又没有任何美学或道德的成见时，思想的自由活动。③

从马里内蒂开始，现代主义最激进的前锋部队都热衷于撰写、宣读、发表"纲领"或"宣言"。很大程度上，"纲领"就是这些探路者从充满荆棘的丛林向现代主义大部队发来的最新电报讯息，而"宣言"很多时候便是这些一路飞奔的先行者最重要的实绩——相形之下，他们创作了什么小说、诗歌或剧本倒显得无足轻重，几乎没人在意、记得了。至此，现代主义明显获得了一个传统文学并不具有的新的现代属性——在他们宣示跟生活格格不入之后，艺术离生活不是更远而是更近了；艺术与生活的边界似乎越来越模糊不清，其间一种唤作"行为艺术"的东西便应时而生。未来主义等现代主义团体的文学活动堪称最早的"行为艺术"。当此种探讨艺术不是什么而非是什么的风尚席卷开去，一个由解构主义主导的所谓"批评的世纪"便在 20 世纪伊始呱呱落地。

---

① 特·查拉：《一九一八年达达宣言》，项嬿译，见袁可嘉等编选《现代主义文学研究》（上），中国社会科学出版社 1989 年版，第 472 页。

② 特·查拉：《一九一八年达达宣言》，项嬿译，见袁可嘉等编选《现代主义文学研究》（上），中国社会科学出版社 1989 年版，第 465 页。

③ 布列东：《什么是超现实主义？》，见伍蠡甫等编《现代西方文论选》，上海译文出版社 1983 年版，第 169 页。

参考文献

一、中文文献

[1] 埃里希·奥尔巴赫. 摹仿论:西方文学中所描绘的现实[M]. 吴麟绶, 周新建, 高艳婷, 译. 天津:百花文艺出版社, 2002.

[2] 巴雷特. 非理性的人[M]. 段德智, 译. 上海:上海译文出版社, 2012.

[3] 彼得·比格尔. 先锋派理论[M]. 高建平, 译. 北京:商务印书馆, 2002.

[4] 彼得·福克纳. 现代主义[M]. 付礼军, 译. 北京:昆仑出版社, 1989.

[5] 崔道怡, 朱伟, 王青风, 等. "冰山"理论:对话与潜对话[M]. 北京:工人出版社, 1987.

[6] 戴维·洛奇. 二十世纪文学评论:上册[M]. 葛林, 等译. 上海:上海译文出版社, 1987.

[7] 戴维·洛奇. 二十世纪文学评论:下册[M]. 葛林, 等译. 上海:上海译文出版社, 1993.

[8] 弗洛伊德.精神分析引论[M].高觉敷,译.北京:商务印书馆,1984.

[9] 伽达默尔.真理与方法[M].洪汉鼎,译.上海:上海译文出版社,2004.

[10] 黄晋凯,张秉真,杨恒达.象征主义·意象派[M].北京:中国人民大学出版社,1989.

[11] 黄晋凯.荒诞派戏剧[M].北京:中国人民大学出版社,1996.

[12] 霍夫曼.弗洛伊德主义与文学思想[M].王宁,谭大立,赵建红,译.北京:生活·读书·新知三联书店,1987.

[13] 柳鸣九.意识流[M].北京:中国社会科学出版社,1989.

[14] 罗兰·斯特龙伯格.西方现代思想史[M].刘北成,赵国新,译.北京:中央编译出版社,2005.

[15] 马·布雷德伯里,詹·麦克法兰.现代主义[M].胡家峦,等译.上海:上海外语教育出版社,1992.

[16] 毛崇杰.存在主义美学与现代派艺术[M].北京:社会科学文献出版社,1988.

[17] 梅·弗里德曼.意识流:文学手法研究[M].申雨平,等译.上海:华东师范大学出版社,1992.

[18] 米歇尔·福柯.知识考古学[M].谢强,马月,译.北京:生活·读书·新知三联书店,1998.

[19] 萨特.存在与虚无[M].陈宣良,等译.北京:生活·读书·新知三联书店,2007.

[20] W.考夫曼.存在主义[M].陈鼓应,孟祥森,刘崎,译.北京:商务印书馆,1987.

[21] 维尔多内.未来主义[M].黄文捷,译.成都:四川人民出版社,2000.

[22] 袁可嘉,等.现代主义文学研究[M].北京:中国社会科学出版社,1989.

二、外文文献

[1] BARTHES R. Writing degree zero[M]. LAVERS A, SMITH C, trans. New York: Hill and Wang, 1968.

[2] BARZUN J. Classic, romantic, and modern[M]. London: Secker & Warburg, 1962.

[3] BEEBE M. Ivory towers and sacred founts: the artist as hero in fiction from Goethe to Joyce[M]. New York: New York University Press, 1964.

[4] BELL-VILLADA G. Art for art's sake and literary life: how politics and markets helped shape the ideology and culture of aestheticism[M]. Lincoln and London: University of Nebraska Press, 1996.

[5] BORNSTEIN G. Romantic and modern: revaluations of literary tradition[M]. Pittsburgh: University of Pittsburgh Press, 1977.

[6] BOURKE R. Romantic discourse and political modernity[M]. New York: St. Martin's Press, 1993.

[7] BÜRGER P. The decline of modernism[M]. University Park, PA: The Pennsylvania State University Press, 1992.

[8] CHARVET P E. A literary history of France: 1870-1940[M]. London: Ernest Benn Limited, 1967.

[9] CHIARI J. The aesthetics of modernism[M]. London: Vision Press, 1970.

[10] COLUM M M. From these roots: the ideas that have made modern literature[M]. New York: Columbia University Press, 1937.

[11] ENGLER W. The French novel: from 1800 to the present[M]. GODE A, trans. New York: Frederick Ungar Publishing Co., 1970.

[12] GAGNIER R. Individualism, decadence, and globalization: on the relation of part to whole, 1895-1920[M]. Basingstoke: Palgrave Macmillan, 2010.

[13] GORDON J. Physiology and the literary imagination: romantic to modern[M]. Gainesville: University Press of Florida, 2003.

[14] GREENSLADE W P. Degeneration, culture and the novel: 1880-1940[M]. Cambridge: Cambridge University Press, 1994.

[15] HABERMAS J. The philosophical discourse of modernity[M]. Cambridge: Cambridge Polity Press, 1987.

[16] HOUGH G. Image and experience: studies in a literary revolution [M]. Westport: Greenwood Press, Inc., 1960.

[17] HOWE I. The idea of the modern in literature and the arts[M]. New York: Horizon Press, 1967.

[18] JOYCE S. Modernism and naturalism in British and Irish fiction: 1880-1930[M]. New York: Cambridge University Press, 2015.

[19] LEHAN R. A dangerous crossing: French literary existentialism and the modern American novel[M]. Carbondale and Edwardsville: Southern Illinois University Press, 1973.

[20] LEVENSON M. Modernism and the fate of individuality: character and novelistic form from Conrad to Woolf [M]. Cambridge: Cambridge University Press, 1991.

[21] LEVINE G. One culture: essays in science and literature[M]. Madison, London: The University of Wisconsin Press, 1987.

[22] MASUR G. Prophets of yesterday: studies in European culture, 1890-1914[M]. London: A. Wheaton & Co. Ltd. , 1963.

[23] MOSSE G L. The culture of Western Europe: the nineteenth and twentieth centuries[M]. London: John Murray Ltd. , 1963.

[24] NICHOLLS P. Modernisms: a literary guide[M]. Houndmills and New York: Palgrave Macmillan, 2009.

[25] NORRIS M. Beasts of the modern imagination: Darwin, Nietzsche, Kafka, Ernst and Lawrence[M]. Baltimore: The Johns Hopkins University Press, 1985.

[26] SAURAT D. Modern French literature: 1870-1940 [M]. Port Washington, New York: Kennikat Press, 1947.

[27] SHERRY V. Modernism and the reinvention of decadence[M]. New York: Cambridge University Press, 2015.

[28] SPERBER J. Europe 1850-1914: progress, participation and apprehension[M]. Harlow: Pearson Longman, 2009.

[29] STEIN S. Freud and the crisis of our culture[M]. Boston: The Beacon Press, 1955.

[30] STRINATI D. An introduction to theories of popular culture[M]. London: Routledge Press, 1998.

[31] TRATNER M. Modernism and mass politics: Joyce, Woolf, Eliot, Yeats [M]. Stanford, California: Stanford University Press, 1995.

[32] TRAVERS M. An introduction to modern European literature: from romanticism to postmodernism[M]. Hampshire: Macmillan Press Ltd. , 1998.

[33] WEIGHTMAN J. The concept of the Avant-garde: explorations

in modernism[M]. London: Alcove Press, 1973.

[34] WEIR D. Decadence and the making of modernism[M]. Amherst:
University of Massachusetts Press, 1995.